à mes parents,
Jacqueline et Herman

Cécile Koppel

Le monde d'Anaonil

Livre III

DimHénoé

37

---ping-pong---

(Ulysse)

Ulysse était assis sur un énorme tuyau. Il se passait les mains sur le visage. Il inspira profondément puis expira lentement et longuement par la bouche. Après cette prise de conscience et la fatigue aidant, il sentait monter en lui une sorte d'hébétude faite de peur et d'accablement. Solim ne lui donna pas le temps de se laisser envahir par le découragement.

— Onil… Reprends-toi… Tu as ma vie entre tes mains, Auriane compte sur toi et les siols ne te tiennent pas encore.

C'était la première fois que Solim appelait Auriane par son nom… Jusqu'à présent, il avait toujours parlé d'elle en disant *l'innée*. Ulysse fut surpris, et les sombres idées qui l'assaillaient passèrent un instant au second plan… Auriane… c'est à elle qu'il devait penser… Il était recherché de toute façon. Un peu plus, un peu moins, qu'est-ce que cela changeait ?

Une trentaine de jours s'étaient écoulés depuis son enlèvement par les siols, en plein jour, en pleine ville… C'était à cet instant que sa vie avait basculé. Toutes ces révélations ne modifiaient rien pour lui. Matériellement, sa situation restait sensiblement la même. Entre hier et aujourd'hui, il n'y avait en réalité qu'une seule différence : Ulysse comprenait mieux en quoi il était différent. Il commençait à concevoir l'étendue de ce dont il était capable. Il avait quelques coups d'avance et il devait mettre toute cette stratégie au service d'Auriane…

Un moment passa sans qu'aucun d'eux ne parle. Le tranquille ronronnement des pompes emplissait l'air d'une vibration aux oscillations hypnotiques. Solim posa la main sur l'épaule d'Ulysse en opérant une petite pression par laquelle il lui signifiait son soutien et peut être aussi une certaine estime… Ulysse le laissa faire et se mit debout. Il s'étira pour expulser un peu de cette fatigue qui engourdissait son corps.

— Allez, Onil… On y va.

— Où ?

Solim lui montra le passage souterrain abritant les machineries des jeux d'eau.

— On quitte Serdhif.

En voulant garder les codes du thermato noir qu'il portait quand il avait fui les siols, Ulysse avait transféré d'un thermato à l'autre tous les codes qu'il possédait, y compris ceux du thermato gris qu'il avait sur lui pour déambuler dans Eghenne. Il était donc en possession des codes gris de Serdhif, ceux des circuits d'eau. Les tunnels d'entretien étaient pleins de ramifications, mais Ulysse possédait tous les éléments nécessaires pour s'y retrouver. Solim et lui progressèrent une bonne partie de la nuit. Parfois l'espace dont ils disposaient leur permettait de rester debout. Parfois il fallait se courber ou ramper.

— On s'arrête. On dort un peu.

Ulysse n'avait plus parlé à Solim depuis les révélations qu'il lui avait faites, mais Solim lui avait déjà proposé plusieurs fois de s'arrêter. Ulysse ne ralentit pas l'allure. Ils progressaient déjà tellement lentement…

— Pas le temps…

— Onil… tu peux essayer d'ici…

Régulièrement, Ulysse caressait de la main, à travers le tissu de son thermato, le téléphone portable de Sylvain qu'il avait fait passer d'un vêtement à l'autre depuis son départ du monde d'Ambroise. C'était un modèle petit et léger, mais dans l'esprit d'Ulysse, son poids était considérable... Et pourtant... l'espoir ne pèse pas lourd...

— Non. Il me faut un point en hauteur et dégagé... et le moins d'écrans protecteurs possible à traverser. D'ici, il faudrait une puissance énorme... et même en supprimant le maximum d'obstacles, je ne suis pas sûr d'y arriver.

Un silence fait de fatigue et de résignation sembla emplir tout entier l'espace restreint qui les entourait. Ulysse avait encore fait quelques pas, mais Solim ne le suivait plus.

— Ça fait combien de temps ?

Ulysse ne se retourna même pas.

— Combien de temps que quoi ?

— Qu'Auriane a été ramassée par les violets ?

— Je ne sais plus...

Il réfléchit.

— Peut-être six... ou sept jours...

— Quelle précision !

Ulysse devinait le petit sourire cynique au coin des lèvres de Solim. Il répondit impassiblement, avec une froide lassitude.

— Ne recommencez-pas... Je n'en sais rien. Je dors n'importe quand... quand je dors... je passe mon temps dans des tunnels et des souterrains...

Solim conclut posément :

— Ne cherche pas. On n'est plus à un jour près, de toute façon. On s'arrête et on se repose un peu.

Un jour... des millions d'instants... Ulysse se rappelait sa propre captivité. Il savait qu'un jour pouvait représenter une éternité... Quand le temps s'arrête au fond d'un cachot, un jour d'éternité, ça compte... Ulysse aurait voulu tenir bon et continuer d'avancer. Mais Solim s'assit et se cala le dos contre les tuyaux. Il ferma les yeux.

Ulysse s'arrêta à son tour un peu plus loin. Il pensait à son plan. Il sortit le portable de Sylvain et il le regarda longuement. C'était le même que celui qu'Auriane avait sur elle. Du moins... Ulysse voulait croire qu'elle l'avait encore sur elle... Sinon... Il ne voulut pas s'attarder sur cette éventualité.

Ulysse comptait déterminer exactement les performances techniques de ce téléphone et en étudier le fonctionnement. Avec l'aide de son telib, ce serait facile. Mais il avait eu tellement d'autres problèmes à résoudre qu'il n'avait pas encore pris le temps de s'y mettre.

Il commença à tapoter sur l'écran et envoya des textos. Peu importait où allaient les ondes que le téléphone émettait dans ce tunnel. C'était son telib qui les captait. Il allait en analyser les différentes trames. Il déterminerait la taille des séries constituant chaque unité d'information et les garderait en mémoire. Son telib serait bientôt capable de servir en quelque sorte de serveur téléphonique : il recevrait le message du téléphone qu'Ulysse avait dans les mains et, en amplifiant le signal, il serait en mesure de le transmettre à n'importe quel autre téléphone... Or il n'existait qu'un seul autre téléphone sur terre dans cette dimension.

Quand il lui avait expliqué ce qu'il comptait faire, Ambroise lui avait fait remarquer que l'amplification ne serait jamais suffisante pour couvrir une très longue distance. Ulysse l'avait rassuré. Il savait, lui, de quelle amplification son telib était capable. Mais Auriane ne pourrait pas lui répondre... Envoyer un SMS à Auriane ne lui dirait pas où se trouvait son téléphone... Il ne serait guère plus avancé.

Ulysse avait réfléchi à la question et le téléphone qu'il étudiait maintenant confirmait ce qu'avait dit Alexandre : c'était un appareil capable de réagir à un signal-système. Dans le monde d'Ambroise, on appelait ça un « ping » : un signal très court et insensible aux perturbations qui permettait de déterminer si deux appareils pouvaient communiquer. Si c'était le cas, le « ping » qui arrivait directement dans la puce de l'appareil déclenchait en retour l'envoi d'un signal identique, le « pong ». *Même éteint,* le téléphone d'Auriane enverrait ce signal de réponse. C'était ce « pong » qui permettrait à Ulysse de calculer où se trouvait le téléphone d'Auriane. Afin de mener à bien ce projet, il fallait qu'Ulysse soit dehors, dans un espace dégagé.

En attendant que le sommeil l'engourdisse, il se concentra sur le premier aspect : donner à son telib tous les éléments pour lui permettre de déterminer le protocole de communication utilisé par le portable. Envoyer un texto à Auriane ne servirait pas à grand-chose, mais l'idée lui occupait l'esprit et lui permettait de penser à elle sans se retrouver projeté dans une spirale de questions angoissantes… Et c'était déjà beaucoup…

(Auriane)
À DimHénoé, les jours se succédaient. Auriane quittait sa cage au matin et la regagnait le soir. Elle passait beaucoup de temps avec Zéhéda, et Nedji ne la lâchait pas. Zéhéda lui avait expliqué qu'on attendait le passage de quelqu'un d'important, et qu'à ce moment, on déciderait de ce qu'il fallait faire d'elle. Le fait qu'elle soit une innée leur posait un problème… son cas n'était pas répertorié. C'est pourquoi elle vivait cette situation bâtarde : surveillée le jour et enfermée la nuit.

Auriane trouvait ce régime à la fois contraignant et humiliant. Mais elle comprit qu'elle aurait pu être traitée bien plus mal : elle aurait dû passer tout son temps dans sa cage, enfermée du matin au soir et du soir au matin. Zéhéda et Lô s'étaient montrés de bons avocats et c'est à eux, semblait-il, qu'Auriane devait ce régime plus souple. Son statut particulier d'innée avait fait pencher la balance dans ce sens. À sa place, une lignée n'aurait certainement pas bénéficié d'une telle liberté ! C'était du moins ce qu'Auriane avait compris.

Mais avait-elle tout compris ? Le ton de Zéhéda s'était fait très dur quand elle avait parlé de lignées. Que voulait-elle dire ?... Que si Auriane avait été une lignée, elle ne serait jamais arrivée jusque-là ? Les lignées étaient gardées ailleurs ?... ou bien... on ne les gardait pas du tout ?... Que faisaient-ils des lignées qui les menaçaient quand ils parvenaient à avoir le dessus ? Les jukams les tuaient ?... Et une innée ? Auriane avait renoncé à comprendre quel pourrait être son sort. Elle se demandait de quoi ces gens avaient peur... Qu'elle se sauve ? Comment ?

Pour qu'elle comprenne tout le reste, il avait déjà fallu énormément de temps, d'imagination, et des talents divers en mime, en dessin ou en bruitage. Chaque nouveau concept abordé nécessitait beaucoup d'efforts et d'attention. Auriane ne chercha pas à creuser ce sujet.

Elles avaient aussi parlé de ce qui était arrivé à Lô. Zéhéda avait expliqué à Auriane qu'un vent de folie soufflait sur Eghenne et que les jukams s'étaient trouvés dans la tourmente. D'après ce qu'Auriane avait compris, Lô avait sauté ou avait été poussé... bref, il était tombé d'un toit ou par une fenêtre d'une hauteur correspondant à deux ou trois étages. Mais une fois en bas, il avait eu la chance de ne pas être roué de coups, puis achevé d'une décharge d'amplificateur, comme le jukam qu'on avait ramené en même temps que lui...

Auriane n'avait pas saisi qui était pris dans ces émeutes, ni avec quelles armes ils se battaient, ni pourquoi des serviles se battaient entre eux. L'eau du Cerli était devenue dangereuse. Peut-être un poison ? Ou plutôt quelque chose de corrosif, comme de l'acide sulfurique. En tout cas, Eghenne était bouclé et personne ne pouvait plus en sortir.

Auriane ne mesurait pas l'ampleur de la violence qui secouait ce labyrinthe de passages tortueux entre des immeubles vétustes et des canaux aux eaux mortelles, mais elle se doutait que les rebelles coincés dedans devaient vivre des heures difficiles... surtout quand ils étaient des lignées...

Lô était toujours dans cet endroit qui semblait servir d'infirmerie. Son état ne lui permettait pas de grimper les échelles ou d'escalader les passages raides, et il n'était pas encore en mesure de regagner des espaces plus personnels. Mais il faisait quelques pas et descendait jusqu'à la cascade grâce à l'astucieux système de nacelles suspendues qui servait de monte-charge ou occasionnellement d'ascenseur. C'était son bras qui était le plus abimé, probablement cassé en plusieurs points. Il le portait en écharpe, immobilisé dans une gouttière en bois. Il se remettait doucement et Zéhéda restait de longs moments avec lui.

Lô était un garçon agréable et avenant, mais il gardait envers Auriane une réserve faite de silences qu'Auriane assimilait à de la défiance. Il l'observait souvent quand elle parlait avec Zéhéda et ne se mêlait pas de leurs conversations. Son regard pesait sur Auriane... Pas franchement hostile, non... mais quelque chose comme réticent... ou circonspect.

Visiblement, Lô et Zéhéda partageaient une relation privilégiée. D'après ses références et sa culture, Auriane aurait dit qu'ils vivaient une relation de couple... ce qui n'empêchait pas Zéhéda d'avoir quelques fois, avec d'autres hommes, un comportement sans équivoque. De temps à autre, Auriane la trouvait dans d'autres bras que ceux de Lô, et pas forcément ceux de la même personne à chaque fois. Zéhéda ne s'en cachait pas. Même Lô ne pouvait pas l'ignorer.

Auriane n'arrivait pas à comprendre comment s'articulaient entre elles les relations de couple de ce monde, mais elle veillait à laisser Lô et Zéhéda seuls de temps en temps pour leur ménager un peu d'intimité. Peut-être n'en avaient-ils rien à faire... Elle agissait quand même comme elle aurait agi chez elle. Dans ces moments où elle voulait se faire discrète, Auriane entrainait Nedji. Elle partait prêter main forte à une tâche ou une autre : aider un groupe qui cueillait des fruits, dégager un passage dans la forêt aux abords de la plaine, tailler ou aménager de nouveaux espaces troglodytes, ramasser du bois pour les feux... Parfois elle restait simplement à rêvasser au bord de l'eau... Et quoiqu'elle fît, Nedji la suivait.

Qu'elle soit avec Zéhéda ou seule avec Nedji, Auriane ne perdait pas de vue le but qu'elle s'était fixé : comprendre et se faire comprendre en simihal. Elle en était à apprendre des petites phrases toutes faites qu'elle essayait de replacer dans le bon contexte. Elle n'en connaissait encore que quelques-unes, mais c'était un bon début. Elle n'avait aucune notion de grammaire. Elle apprenait à parler de la même façon qu'un bébé qui baigne dans une langue et l'utilise progressivement, sans jamais en avoir décomposé les règles.

Ulysse avait su s'exprimer dans sa langue en une semaine. Il avait même su la lire et l'écrire... Auriane était loin d'une telle performance. Combien de temps faudrait-il encore pour qu'elle puisse parler avec aisance, au moins en ce qui concernait la vie quotidienne ? Elle faisait des efforts de mémoire soutenus et constants. Elle comprenait un peu, mais parler... C'était plus difficile.

Quant à lire... Cette langue ne s'écrivait qu'avec des points et des traits placés dans des carrés de taille égale alignés dans un sens comme dans l'autre. Auriane n'avait absolument aucune idée des règles qui permettaient de les transformer en sons...

(Ulysse)
Ulysse et Solim arrivèrent enfin à la cellule de captage. C'était principalement un barrage pourvu de tout un système de régulation pour assurer une pression et un débit constant. Il faisait nuit. Mais ce n'était pas la même nuit que celle où ils

étaient entrés dans les tuyaux... Ils étaient restés plus d'un jour entier sous terre. Ils quittèrent la station sans difficulté... et ne déclenchèrent aucune alarme. Ils franchirent les barrières en les escaladant et disparurent dans la nature principalement composée de pinèdes et de garrigue qui environnaient Serdhif.

Ils n'avaient rien emporté. Ils pouvaient compter sur les réserves d'eau recyclée de leurs thermatos respectifs. Heureusement, car ils avaient suivi des conduits et atteint un barrage sans jamais avoir eu accès à la moindre goutte d'eau... Mais ils n'avaient rien emporté à manger non plus...

— J'ai vu Auriane fabriquer des pièges pour attraper des... des bêtes pas très grandes... qui vivent dans des trous... avec des grandes oreilles...

Même dans sa propre langue, Ulysse ne parvenait pas à se souvenir du nom de ces animaux.

— Des lapins ?!

— Oui.

— Pour quoi faire, des lapins ?

— Pour les manger...

— *...Ils mangent des lapins ?!...*

— Ils mangent un tas de choses dont vous n'avez pas idée. Mais attraper un lapin, ça avait l'air compliqué. Je ne suis pas sûr d'y arriver. Auriane non plus n'avait pas réussi.

— De toute façon, ça ne me tente vraiment pas... Il me reste encore trois pilules de nutram déshydraté.

— Où avez-vous trouvé ça ?

— À Fohem... Celui qui a créé Fohem pour moi avait dû en apporter... J'ai tout pris, mais il n'y en avait pas beaucoup.

— Il n'y en avait pas, au refuge ?

— Je n'ai pas eu le temps de chercher ! Je te rappelle qu'on est partis un peu vite... Pour ma part, une minute avant de me retrouver à te suivre dans les rues d'Eghenne, j'ignorais que j'allais sortir... Et toi ?... Tu as pensé au ravitaillement ?

Ses yeux insistaient. Il soupira.

— L'anticipation n'est décidément pas ton fort…

Ils renoncèrent à chasser le lapin et Ulysse regarda autour de lui pour déterminer l'endroit le plus adapté à l'émission de son « ping ». Il fallait envoyer le signal avec une puissance très importante. Maintenant, ils n'étaient plus sous la cloche de protection de la ville, mais Ulysse pensait que plus l'espace serait dégagé autour de lui, mieux ce serait.

Ambroise avait paru surpris quand Ulysse lui avait affirmé qu'il saurait déterminer la provenance du « pong » que lui enverrait le portable d'Auriane. Les ondes ont une propagation concentrique : elles partent d'un même centre, en cercles. Comme quand on envoie un caillou dans l'eau… Comment pouvait-on déterminer d'où arrivait le signal ? Devant l'assurance d'Ulysse, Ambroise avait cherché sur internet et avait découvert qu'il existait un appareil capable de cette prouesse. Seules les armées utilisaient cet outil de haute technologie appelé « radiogoniomètre ».

Son radiogoniomètre, Ulysse l'avait dans la tête. Il connaissait la puissance du signal qu'émettrait le portable d'Auriane. Quand il aurait établi sa direction et sa puissance à l'arrivée, il calculerait les pertes d'amplitude en chemin et serait alors en mesure de déterminer la distance (*) (*voir note en fin de chapitre*)… Dès lors qu'il aurait la direction et la distance, il saurait exactement où se trouvait le portable d'Auriane.

Contrairement à Ambroise, Solim n'avait pas cherché à savoir ce que comptait faire Ulysse. Les équations physiques ne lui auraient pas posé de problèmes, mais à aucun moment il n'avait demandé à manipuler le portable pour en comprendre les capacités et le fonctionnement. Il suivait son ancien élève… et ne partageait pas cette obsession de retrouver Auriane à tout prix.

Cette capacité qu'avait Ulysse de se déplacer sans être repéré, tous deux auraient pu l'utiliser pour se réfugier quelque part. Maintenant qu'ils avaient quitté Serdhif, Solim avait sa petite idée sur l'endroit où ils auraient pu se rendre. Il essaya d'en toucher un mot à Ulysse, mais sans succès. Ulysse lui suggéra d'aller se mettre à l'abri et de le laisser se débrouiller tout seul. Solim s'énerva un peu. Comment ferait-il sans telib ?

— Sans telib, vous pouvez marcher. C'est ce que j'ai fait pour rejoindre Serdhif la première fois. C'est lent et fatiguant, mais il y a très peu de risques !

Solim pesta intérieurement. Il ne disposait d'aucun moyen pour contraindre Ulysse à le suivre, et, sa préoccupation principale restant de garder un œil sur lui, il ne lui restait pas d'autre choix que de l'accompagner.

Solim et Ulysse grimpèrent autant que le terrain leur permit de grimper. Ils atteignirent enfin le haut d'un promontoire naturel qu'Ulysse jugea parfait pour ce qu'il voulait faire… au grand soulagement de Solim qui commençait à s'impatienter… Ulysse se prépara. Il choisit l'endroit où il voulait s'installer et récapitula silencieusement comment il allait s'y prendre.

La puissance que nécessitait l'envoi d'un signal assez fort pour couvrir le plus de distance possible lui demanderait un maximum de concentration. Par contre, capter le signal de retour ne lui poserait aucun problème. Son telib savait exactement quel signal chercher. Il arriverait à le déterminer même s'il était extrêmement faible… Encore fallait-il qu'il y ait un retour… Peut-être serait-il obligé de s'y reprendre à plusieurs fois.

Une fois suffit. Le « pong » arriva, très faible. Son telib traça la direction et la trajectoire du signal, compara la force du signal reçu, calcula l'atténuation et détermina la distance (*). Il ne fallut pas longtemps pour qu'Ulysse connaisse exactement le point d'où le signal était parti. Il cherha l'écade de ce point dans sa carte intérieure, mais bizarrement il n'y avait que de l'eau. Juste un point dans la mer…

Il recommença et chercha encore. De quoi s'agissait-il? D'une ile ?… Une ile minuscule, alors. Vraiment minuscule et dont son telib ne savait absolument rien, sauf qu'il y avait dessus une plateforme. Comment pouvait-il y avoir une plateforme dans cet endroit dont la réalité physique était si mal répertoriée ? Son telib ne lui communiquait strictement aucune autre information… C'était surprenant… Le telib de Solim ne lui signalait absolument rien sur ce même écade… aucun indice attestant qu'il pouvait exister à cet endroit un relais assurant une quelconque forme d'échange, de propagation ou de transmission au sein du réseau…

— Comment est-il possible tu aies si peu de données ? Tu es en mesure de déterminer qu'il existe une plateforme sur cet écade et tu ne peux rien repérer d'autre ?

Ulysse ne répondit pas. Il trouvait cela bizarre, lui aussi. Solim reprit :

— Et tu veux nous téléporter d'ici vers un endroit aussi mal défini ? Une plateforme sortie de nulle part et que tu localises aussi mal ? Est-ce que tu te rends compte combien c'est risqué ?

— Oui. Et je le ferai tout seul si vous ne souhaitez pas venir avec moi.

Solim parla des dangers d'une téléportation sauvage.

— On va arriver sur une plateforme. Des dangers, il y en a très peu… à part celui de ne pas partir…

— Et si les régulateurs nous repèrent ?

— Si réellement je ne suis pas traçable, personne ne nous repèrera…

(*)Voici pour les matheux l'équation d'Harald T. Friis :

Pr/Pt = Gt*Gr (y /4*Pi*R) ²

Gt est le gain linéaire de l'antenne d'émission,
Gr est le gain linéaire de l'antenne de réception,
Pt est la puissance délivrée à l'antenne d'émission,
Pr est la puissance collectée sur l'antenne de réception,
Λ est la longueur d'onde (de la fréquence de travail)...

Donc en développant :

R = Pi *4 * (y / √ ((Pr/Pt) / (Gt*Gr)))

...et R, c'est justement ce que cherche Ulysse,
à savoir la distance séparant les deux antennes...

(**)Bon... d'accord... ☹...

...cette formule n'est valable que dans le vide absolu...
La vraie formule, c'est celle-là :

$$\alpha = \left(\frac{\lambda}{4\pi R}\right)^2 \left| 1 + \sum_{n=1}^{N} \Gamma_n \frac{R}{R_n} e^{-j\frac{2\pi}{\lambda}(R_n - R)} \right|^2$$

*Mais là,... pour isoler **R**... c'est compliqué !...*
Pourtant les matheux y arrivent...
Sans telib !
Voilà ! Merci à Aymeric et Ambroise,
Mes conseillers techniques !
Cécile ☺

38

---prudence---

Solim et Ulysse se retrouvèrent éblouis par une luminosité qui n'avait rien à voir avec celle qu'ils venaient de quitter. Ils regardaient autour d'eux. Le grand cercle et le portique se trouvaient comme posés par hasard sur cette plage de sable blanc. Les matériaux utilisés pour sa construction étaient les mêmes que sur n'importe quelle autre plateforme. Par contre, le cercle au sol comportait des éléments surprenants et l'ensemble laissait le sentiment d'un assemblage artisanal.

— C'est une plateforme spéciale, ça… Sûrement que n'importe qui ne peut pas s'y matérialiser. Et on n'est même pas partis d'une autre plateforme… Comment tu as fait ?

— Je ne sais pas. Rien. Je n'ai rien recherché.

— Ce n'est pas une plateforme du réseau. Comment pouvais-tu en connaitre l'existence ?

Songeur, Solim détaillait Ulysse. Mais il ne cherchait pas à en savoir plus. Il regarda autour de lui.

— Il n'y a pas grand-chose, ici… Tu es sûr qu'elle est là ?

— En tout cas, son portable s'y trouve.

— Quelqu'un a pu l'emporter là…

Ulysse frissonna. Oui. Il y avait tellement de choses dans ce plan qui pouvaient mal tourner… Mais… un problème après l'autre… Il chercha une autre réponse.

— Sauvage ou pas, il y a une plateforme… Si personne ne vivait là, il n'y en aurait pas.

— Pas sûr. On se trouve peut-être sur un lieu d'étude.

— Perdu au milieu de rien ?

— On peut étudier la faune, la flore ou la géologie partout. Une plateforme, ça veut dire plusieurs personnes et plusieurs provenances à la fois. Sinon une porte aurait suffi.

Ulysse reconnut que Solim avait raison. Visiblement, il n'y avait rien au bord de l'eau. Il fallait chercher des traces de vie ailleurs. Ulysse se dirigea vers la lisière de la forêt qui bordait la plage. Solim lui emboita le pas.

— Onil… Il faut être extrêmement prudent…

— Je *suis* extrêmement prudent.

Toujours cette… orgueilleuse prétention ! Ou bien était-ce simplement de la provocation ? Solim secoua la tête et haussa les épaules. Il se sentait démuni sans l'appui de son telib.

— Tu vois quoi, plus loin ?

— Rien de remarquable. Il n'y a ni route ni habitation. Il n'y a rien de répertorié. Je vois une rivière par là…

— Suivons cette direction. Les humains placent toujours leurs lieux de vie près des points d'eau.

Ils s'avancèrent vers la forêt mais n'aperçurent pas le départ du sentier. La végétation devenait vite trop dense pour s'y aventurer. Ils continuèrent sur la plage. Ils choisirent de rejoindre la rivière à l'endroit où elle se jetait dans la mer et de la remonter. Ulysse marchait devant. Assez rapidement, il gagna le bord de l'eau. C'était beaucoup moins fatiguant d'avancer sur le sable mouillé. Les traces qu'ils laissaient derrière eux disparaissaient chaque fois qu'une vague un peu plus forte venait lécher le rivage.

— Et si je renvoyais un signal maintenant qu'on est tout près ? On saurait localiser exactement l'endroit où se trouve-le...

Solim le coupa.

— Et après ? Tu comptes nous transférer dessus ?... Non... On a vu que ce n'était pas très grand, cette ile. On va chercher d'abord par nous-mêmes. Inutile de prendre le risque de se faire repérer... ce n'est pas le moment !

— C'est rarement le moment de se faire repérer. Mais ça nous ferait peut-être gagner du temps.

— Non. On va marcher. Comme tu le disais toi-même, c'est lent et fatiguant, mais il n'y a pas de risque.

Les risques... les risques... Ulysse trouvait que Solim ne parlait que de ça. Tout seul, il serait allé beaucoup plus vite. Peut-être bien qu'il finirait par expérimenter quand même les idées qu'il avait, quoiqu'en pense Solim !... Il prit sur lui de ne rien ajouter et changea de sujet :

— Pourquoi les violets l'ont-ils amenée là ?

— Elle s'est peut-être échappée...

— C'est une innée. Elle n'a pas pu arriver là toute seule... même à pied. Il y a de l'eau tout autour.

— Je n'en sais rien, Onil. Mais...

Solim suspendit sa phrase et Ulysse la termina en imitant sa voix :

— ...il faut être très prudent...

Solim prit un air agacé mais ne dit rien.

Ils remontèrent la rivière jusqu'en fin d'après-midi. Le terrain était difficile et ils ne progressaient pas très vite. Ils avaient à boire autant qu'ils voulaient, de l'eau vive et fraîche, mais la dernière pilule de nutram qu'ils avaient avalée était loin et Ulysse avait très faim. Solim ne disait rien à ce sujet. Il ressentait certainement les mêmes appels qui agaçaient son estomac.

Ulysse donna le signal d'une pause. Il se plaça en guetteur les deux pieds dans l'eau. Un petit moment, il ne bougea pas. Solim le regardait faire depuis le bord et ne posait aucune question.

17

Soudain, il vit Ulysse plonger ses mains dans l'eau et rejeter du même geste un gros poisson sur la berge. L'animal sauta dans tous les sens un moment et finit par ne plus bouger. Ulysse l'avait laissé bondir à droite et à gauche sur les galets et s'était éloigné. Il revint avec du bois. Il fit un feu. Pendant qu'il attendait qu'il y ait des braises, Solim ouvrit enfin la bouche.

— Onil... Le feu, ce n'est pas une bonne idée... Que veux-tu faire ?

— J'ai mangé un truc comme ça chez Auriane. C'était bon et j'ai faim. Il n'y a pas de boules de contrôle, ici.

— Qu'est-ce que tu en sais ?

Si Ulysse s'était sincèrement posé cette question, il aurait reconnu que Solim avait raison de l'inciter à davantage de prudence. Mais... il se sentait coincé. Comme si Solim le gardait en laisse... Ce n'était pas par manque de prudence qu'il avait été enlevé... Un « Ulysse prudent » se serait quand même retrouvé entre les mains des siols et ne vivrait plus aujourd'hui dans le monde tranquille des lignées... davantage de prudence ne lui aurait pas non plus permis de s'échapper...

Aujourd'hui, un Ulysse plus prudent, serait probablement prisonnier dans un nid de siols... ou mort... Mais Ulysse ne jugea pas utile d'entamer une polémique. Il préféra garder ses réflexions pour lui. Il posa le poisson directement dans le feu. Assez vite, ce dernier s'enflamma.

— Ils font comme ça chez les innés ?... Et ils mangent quoi ? Le charbon ?

Le poisson brûlait. Ce ne devait pas être la bonne méthode, parce que bientôt, il n'en resterait rien. Ulysse le retira du feu en le faisant rouler à l'aide d'un bâton. Il posa une pierre plate au milieu du tas de braise et y déposa le poisson qui finit de cuire tranquillement.

Quand il le jugea prêt, Ulysse l'entama par le côté qui n'avait pas entièrement brûlé. Il ne restait pas grand-chose de consommable et Ulysse comprit en arrivant à ce que le poisson avait dans le ventre qu'il aurait fallu le vider d'abord... C'était nettement moins bon que ce qu'il avait mangé chez Auriane. C'était même assez mauvais. Il devait manquer toutes ces herbes et les autres ingrédients que les innés mettaient en même temps sur le feu. Et puis peut-être que la méthode de cuisson nécessitait quelques mises au point. Mais pour une toute première expérience culinaire, il était assez fier de lui. Il avait faim et mangea avec plaisir. Il en proposa à Solim qui n'émit aucun avis, mais engloutit volontiers sa part lui aussi.

Ulysse s'éloigna à nouveau. Ne pas le voir rendait Solim anxieux. Il revint un bon moment plus tard avec des fruits. Les connaissances de Solim en botanique lui permirent de déterminer qu'ils ne contenaient pas de substances toxiques. Ulysse se jeta dessus jusqu'à être rassasié. Pour sa part, Solim n'avait jamais songé à se nourrir d'aucun des végétaux qu'il avait eu à manipuler, mais il en mangea aussi.

La nuit allait tomber. Ils décidèrent de rester là. Solim demanda à Ulysse de ne plus s'éloigner seul. Ce constant souci de prudence continuait d'irriter Ulysse qui répondit que tout de suite, il allait dormir et qu'après, on verrait. Solim insista :

— On ne sait pas où on est. On ne connait aucun des dangers possibles de cette forêt. On reste ensemble... *tout le temps.*

Ulysse soupira.

— ...Oui...

Solim dormait encore. Le jour se levait. Ulysse s'étira et regarda autour de lui. La lumière était belle et la température engageante. Il hésita à se déshabiller pour se baigner. Ce serait agréable... Et rincer un peu ses cheveux ne serait pas un luxe. Il les détacha. Quel violet aurait eu une tignasse pareille ? Auriane serait déjà dans l'eau si elle avait été là... Cette pensée le fit sourire... et lui fit mal. Où était-elle ? Non. Manger d'abord... Ils avaient été si bons, ces fruits, hier... Il se leva et s'enfonça dans la forêt pour retourner à l'endroit où il les avait ramassés.

Il marchait à travers la végétation dense et déboucha dans l'espace dégagé où poussait l'espèce de manguier qu'il avait trouvé la veille. Concentré sur sa cueillette et aucunement sur ses gardes, il ne perçut pas le mouvement derrière lui. Rapides et silencieuses malgré les nombreux obstacles, cinq personnes s'approchèrent au plus près et formèrent un demi-cercle dans son dos. Quand il les aperçut, il n'avait déjà plus le temps de les gagner de vitesse en fuyant d'un côté ou de l'autre. Devant, il y avait l'arbre et ses branches basses qui s'entrelaçaient jusqu'au sol. Il fit volte-face, mais n'eut pas la présence d'esprit de lâcher les fruits qu'il avait dans les mains… ses assaillants furent sur lui immédiatement.

Ulysse utilisa ses jambes et ses pieds pour envoyer des coups dans tous les sens avant de réaliser qu'il n'avait rien à faire de ce qu'il tenait dans les mains. Alors il envoya aussi ses poings sur ses agresseurs et parvint à faire reculer deux d'entre eux. L'un de ceux-là se servit de la machette qu'il avait à la ceinture pour faire de grands moulinets. Ulysse, occupé à tenter d'en assommer un autre, lui tournait le dos et le tranchant l'atteignit, ouvrant une profonde entaille dans son thermato d'abord, puis dans sa chair. Les fibres du thermato se ressoudèrent au premier contact, mais dessous, Ulysse sentit la chaleur du sang qui dégoulinait le long de son dos et dans une de ses manches, trop abondant pour être recyclé immédiatement.

Il continua à se démener, envoyant ses mains et ses pieds en se maudissant de n'avoir jamais appris à se battre à coup de rayons. Impossible de se concentrer un seul instant pour se transférer ailleurs. Il allait si peu souvent dans des endroits où la téléportation sauvage était possible, qu'il n'avait même pas envisagé cette solution-là. De toute façon, ce n'était probablement pas possible ici non plus… Une lame s'enfonça dans son bras. Quelque chose lui piqua le cou et il sentit son corps s'engourdir. Il tomba d'un seul coup.

Il était toujours conscient mais… très loin. Comme s'il s'était regardé depuis la cime des arbres à travers un long tuyau. Il voyait ce qu'il y avait dans son champ de vision mais ne pouvait plus tourner la tête, ni bouger aucune partie de son corps. Son esprit était comme englué. Rien n'était bien… rien n'était mal... Les choses étaient. C'était tout.

— Tu en as mis, du temps !

— Je ne trouvais plus la fléchette.

— Regarde dans quel état il a mis Soya ! La prochaine fois qu'on marche en forêt, garde-la à portée de main !

Soya était sur le sol, complètement groggy. Mais il finit par se relever, le visage tuméfié. La fille qui avait parlé tenait son bras. Visiblement, elle avait mal. Elle s'approcha d'Ulysse.

— Qu'est-ce qu'un violet vient faire ici ?

— Peut-être un déserteur qui vient nous rejoindre ?

— Ouais… Et il a fait comment pour arriver là ?… On lui demandera ça plus tard. En attendant on ne le laisse plus bouger… même pas un orteil !

Elle se tourna vers celui qui se trouvait à côté du porteur de machette et qui avaient pris suffisamment de recul pour ne pas se faire amocher :

— Cherche autour s'il n'y en a pas d'autres.

— J'ai rien vu. Il faut rentrer vite pour lui griller son telib avant qu'il s'en serve.

— T'es pas allé bien loin ! Trouillard !… Allez. On rentre. Attachez-le.

— Pas la peine de faire vite… on est tranquille pour un moment…

Ils transportèrent Ulysse suspendu à une grosse branche par les poignets et les chevilles.

Ulysse retrouvait progressivement ses facultés. La conscience exacte de ce qu'il vivait était revenue d'un coup, mais son corps lui semblait lourd et extrêmement lent. Il était au pied d'une grande falaise, au milieu d'un large cercle formé par de nombreuses personnes, toutes vêtues de tissus chamarrés. Aucun thermato... La plupart avait les cheveux longs, mais Ulysse aperçut trois personnes au crâne curieusement lisse. Celles qui étaient derrière se haussaient sur la pointe des pieds pour le voir. La distance que ces gens avaient laissée entre eux et lui était plus que prudente. Ils restaient là, à regarder, et ces regards qui le détaillaient sous tous les angles n'avaient rien d'accueillants.

Très vite après leur arrivée, un homme qui, lui, avait les cheveux courts, s'était approché d'Ulysse et, à l'aide d'un initialiseur portable, avait stoppé le fonctionnement de son telib. Il avait dû certainement griller son code comme l'avaient fait les siols dès qu'ils l'avaient enlevé. Ulysse ne fut pas surpris de l'étrange sensation que produisait la perte totale de son telib. Il pratiquait cet exercice régulièrement, ces derniers temps... Il ne réagit pas et l'homme vérifia le bon fonctionnement de l'opération.

Ceux qui arrivaient de la forêt avec Ulysse le détachèrent.

— Rattache ses mains dans son dos. On ne sait jamais... Il doit revenir à la surface. Il pourrait...

— Non... Regarde-le...

Ulysse paraissait encore complètement drogué.

— Il y a du sang qui est sorti par la manche. Déshabille-le, qu'on voit où il est blessé.

Pour le déshabiller, il fallut lui laisser les mains libres. C'est le porteur de machette et le « trouillard » qui s'y collèrent. Ulysse avait suffisamment amoché trois d'entre eux, et ceux-là ne pourraient pas tout de suite se servir correctement de leurs mains. Un quatrième avait le visage abimé. Restaient les deux qui avaient reculé avant qu'Ulysse ne les approche et ces deux-là entreprirent de lui ôter son thermato.

Le premier trouva le portable. Il le retourna dans ses mains et le tendit à l'homme aux cheveux courts qui le manipula à son tour. Pendant ce temps le deuxième dégageait les épaules d'Ulysse en abaissant le haut du thermato violet. Il s'arrêta net et eut un mouvement de recul.

— Eh ! C'est quoi, ça ?!… Il a un talem dans le dos !

Un silence absolu tomba. Ulysse sentit leur stupeur… Être une lignée, ici, ce n'était pas bon… Il n'avait pas complètement récupéré et ne savait pas s'il serait capable de courir, mais il pensa que cet instant de surprise était sa dernière chance de s'enfuir. Il se redressa d'un coup. Il envoya promener les deux qui le tenaient mais n'eut pas le temps de faire un pas de plus. La fille au bras abimé lui lança son pied dans l'épaule et Ulysse entendit craquer quelque chose quelque part. Il perdit l'équilibre. Des mains le plaquèrent au sol. L'herbe et les cailloux s'amalgamèrent aux croutes pâteuses de son dos. La plaie s'était remise à saigner.

Ulysse réussit par deux fois à se dégager et à progresser un peu mais son corps était difficile à mouvoir. Il ne réagissait pas assez vite. Il ne sentit même pas la piqure de la fléchette. Comme la première fois son corps s'engourdit et il sombra d'un coup. Il n'avait plus mal nulle part et de nouveau, rien n'avait plus aucune importance. Des gens parlaient. Il entendait. Il comprenait… et tout était absolument égal.

— C'était un telib de servile qu'il avait, tout à l'heure. Un telib de violet. Je suis sûr. Je l'ai vu.

— Tu n'es pas le seul à l'avoir vu !

— Eh bien, c'est un servile violet avec un talem dans le dos…

Et ça, ce n'était pas possible.

Les commentaires allaient bon train, chacun y allant de son interprétation. Derrière chaque nouvelle explication, Auriane sentait de la peur. Elle avait vu revenir le groupe et son prisonnier. Elle s'était rapprochée, curieuse comme tous ceux qui étaient là.

Toujours discrète, elle était restée derrière et s'était hissée sur la pointe des pieds pour apercevoir quelle était la drôle de prise qu'avaient faite les patrouilleurs. Elle ne l'avait pas reconnu tout de suite. Il avait été déposé sur le sol face contre terre et elle ne voyait pas son visage. Puis il s'était assis et le cœur d'Auriane avait sauté quelques battements. Elle avait reculé, s'éloignant un peu, le temps de reprendre son souffle. *Ulysse ?!... Il était là !... Enfin !* Personne ne faisait attention à elle.

Elle était revenue dans le cercle et ne l'avait plus quitté des yeux. Quand plus tard le cercle s'était éparpillé, chacun retournant à ses occupations, Auriane aurait voulu rester là, devant ces poteaux auxquels était suspendu un Ulysse nu qui n'avait plus aucune réaction. Mais elle venait de prendre une décision : personne ne devait comprendre qu'elle le connaissait. Elle s'obligea à s'éloigner.

Les discussions à propos de l'arrivée d'Ulysse n'avaient pas cessé. Auriane écoutait en essayant de comprendre. C'était difficile. Quand Zéhéda ou Nedji s'adressait à elle, elles parlaient lentement, en détachant les mots. Prise au vol, cette langue chantante coulait comme de l'eau, souvent trop rapide pour une débutante. Elle avait compris qu'Ulysse était drogué et avait attendu. Elle était partie cueillir des herbes en lisière de forêt. Maintenant, elle revenait et elle voulait qu'il la voie. Qu'il sache qu'elle était là.

Auriane marchait vers lui. Elle le voyait de dos. Il était attaché par les poignets à de grands poteaux qu'elle avait jusque-là pris pour des haubans. Peut-être s'agissait-il quand même de haubans ?… Ses pieds touchaient à peine le sol. Ses bras très écartés tiraient sur ses épaules. Des volutes brunes se détachaient sur la peau blanche d'une de ses omoplates, mais ailleurs, plusieurs plaies avaient saigné, brouillant le dessin de son talem que décidément, elle n'arriverait jamais à voir en entier. De longues mèches sales et broussailleuses tombaient dans son cou. Le soleil n'allait pas tarder à brûler sa peau là où ses cheveux ne la protégeaient pas.

Le savoir près d'elle lui apportait un immense réconfort. Son statut de prisonnier ne faisait pas de lui une relation très utile… Il n'était pas le bienvenu et ne pourrait strictement rien changer à la situation qu'elle vivait… pourtant il suscitait en elle un soulagement qui n'était pas dû uniquement à sa présence… un apaisement qui provenait d'ailleurs. D'encore plus loin. C'était comme si son monde, celui de ses parents, de ses frères, existait à nouveau… Avait-elle fini par en douter ?

Elle se prépara à passer tout près de lui et préféra ne plus le regarder. Ce serait plus facile pour rester de marbre. Elle s'était confortée dans ce choix qu'elle avait fait de l'ignorer. Elle bénéficiait d'une certaine marge de liberté dans ses déplacements et d'un capital d'estime restreint, mais qui augmentait doucement… Elle devait faire comme si elle ne le connaissait pas. Il ne servirait à rien de mettre en danger tout cet acquis en se montrant proche d'un individu que tout le monde ici considérait comme un ennemi.

Ulysse n'avait rien senti pendant un long moment. Tout l'indifférait, son corps autant que ce qui l'entourait. Puis la conscience était revenue. Ce qui faisait la réalité de sa situation s'était abattu sur lui d'un seul coup. Maintenant, il avait mal. Partout.

Dans son épaule, c'était une douleur vive et mordante qu'il tenait en respect tant qu'il ne bougeait pas. Dans son dos, le coup de machette traçait une ligne brulante qui battait au même rythme que son cœur. Il se concentrait sur cette crampe qui revenait sans cesse dans son mollet, celui qu'il s'était volontairement blessé. Il essayait de bouger juste sa cheville afin de détendre le muscle. Il fixait ses pieds. Se concentrer ainsi sur un point ne suffisait pas à lui faire oublier tous les autres… Il se maudissait d'être bêtement tombé entre leurs mains.

Il vit du coin de l'œil une silhouette passer non loin de lui… Il sut que c'était elle sans l'avoir réellement regardée. Il redressa la tête d'un coup sec, renvoyant sa tignasse en arrière et un fulgurant trait de douleur vive transperça son épaule. *Auriane !...* Elle était là ! *Elle était là !* Il l'avait retrouvée !

Elle passa sans lui prêter aucune attention, comme si son sort l'indifférait totalement. Juste un peu plus loin, elle s'arrêta et fit volte-face pour s'adresser à la jeune fille qui semblait accrochée à ses talons. Leurs regards se croisèrent un infime instant. Il crut y discerner de la compassion mais aussi une grande détermination. Ensuite, elle s'éloigna pour de bon.

Ulysse la suivit des yeux avec intensité aussi longtemps qu'elle fut dans son champ de vision. Derrière elle, la jeune fille se retourna et le dévisagea avec curiosité.

39

---exogène---

— Comment tu as fait pour parvenir jusqu'ici ?

Ulysse avait été décroché de ses poteaux. Il avait difficilement réussi à grimper cet escalier sans fin… Il avait marché à l'intérieur de la falaise, son bras valide soutenu par un garde qui trouvait qu'il n'avançait pas assez vite. Il avait admiré la beauté sauvage du décor, l'ingéniosité et la qualité des réalisations qui faisaient le confort de ces lieux de vie. Il avait espéré apercevoir Auriane une nouvelle fois. Mais il n'avait croisé que des visages inconnus et des regards hostiles.

On l'avait mené dans cette salle où des hommes et des femmes, six en tout, le dévisageaient. Curieusement, ils avaient tous les cheveux coupés très courts. Certainement un signe distinctif. Les deux hommes qui étaient venus le chercher avaient les cheveux longs et, comme beaucoup de personnes ici, l'épaisse quantité de dreadlocks qui formait leur chevelure était attachée au niveau de leur nuque par un ruban lâche. Ils avaient amené Ulysse jusque-là et l'avait rudement assis sur un tabouret bas.

Personne ne se montrait accueillant à son égard. Cela confortait Ulysse dans l'idée qu'Auriane l'avait ignoré sciemment. Il s'était demandé si elle avait pris un coup sur la tête ou si on lui avait vidé la mémoire… elle l'avait à peine regardé. Il espérait qu'elle fasse simplement semblant de ne pas le connaitre. Et si c'était le cas, elle avait bien raison… Il ne serait pas judicieux que ces gens s'aperçoivent qu'elle était l'amie d'une lignée...

L'homme qui était resté derrière le tabouret lui donna une forte pichenette derrière la tête.

— Tu réponds ?!

Ulysse sortit de ses réflexions.

— Euh...oui... Par la plateforme.

— Avec qui ?

— Tout seul.

— Tu mens ! Les jukams sont les seuls à disposer des comedox. Personne ne peut arriver par la plateforme sans être accompagné par un jukam. Et les jukams n'emmènent pas des lignées... À moins d'ordres précis... et jamais en leur laissant un telib opérationnel... Alors ?... Comment ?

Ah. Effectivement... Ulysse avait trouvé étonnant ce peu de protection... Les comedox... Comment était-il possible qu'il les ait ?... Pourtant, sans ces codes mémoire ajustés à ses gènes, il n'aurait jamais dû pouvoir arriver jusque-là... Etait-ce encore quelque chose que son telib spécial lui permettait de faire sans qu'il comprenne ni comment ni pourquoi ?

Le poing de l'homme debout derrière le tabouret lui percuta violemment les lombaires. Ulysse poussa un grognement sourd et bascula en avant. Au sol, il regroupa son corps et se redressa. Il dut rester à genoux. Le deuxième homme le saisit par les cheveux pour lui secouer la tête.

— On t'a posé une question. On veut une réponse vraie. Respecte un peu les Avertis. Tu monopolises une bonne partie des membres de l'Assemblée pour toi tout seul. La moindre des ch...

Une femme le coupa.

— Du calme, Biwam. Il nous répondra. Quand il aura suffisamment soif et faim, il nous parlera.

Ulysse murmura :

— Inutile de me taper dessus. Je n'ai jamais entendu

28

parler des jukams. Je ne sais rien. J'ignore comment je suis venu et…

Il reçut un coup de genou dans l'épaule. Sa clavicule lui fit horriblement mal et un cri s'étrangla dans sa gorge. Il se tint en boule sans bouger.

— Ce n'est pas ça qu'on te demande !

— Biwam… celui-là ne t'a rien fait.

Le dénommé Biwam lui lança un regard dur.

— Celui-là ne vaut pas plus que les autres… Des ordures et des assassins…

Le ton était acerbe. La femme le reprit doucement :

— Toutes les lignées n'ont pas désiré le massacre de Padohes. Certaines même étaient contre. La plupart ne l'ont même pas su.

— La plupart s'en foutaient… Ce n'est peut-être pas lui qui a tué Siz et Malou, mais…

— Ce n'était certainement pas lui. Il est trop jeune.

Un homme assis se tourna vers la femme et dit calmement :

— On doit savoir vite comment il est arrivé jusqu'ici. S'il y a une faille dans notre cuirasse, il faut s'en protéger sans tarder.

La femme regarda d'un côté puis de l'autre.

— Vous n'en avez pas assez de toute cette violence ?

— On n'est pas dans le Monde Parfait. Les lignées sont… barbares, elles aussi. On ne fait qu'utiliser leurs méthodes et celles qu'ils font appliquer aux violets, aux gardiens verts et à tous les serviles à leur botte qui ont pour mission de les protéger… Sans parler de celles des siols, qui sont bien pires… Si toi ou d'autres ne supportez pas qu'on interroge celui-là, sortez. Vous reviendrez quand il sera prêt à nous dire ce qu'il sait. L'affamer pour qu'il parle est moins brutal, mais vous finassez… au bout du compte, qu'est-ce que ça change ? C'est tout aussi éprouvant… C'est surtout trop long ! On le tient, on en termine avec lui.

Il se leva et regarda de chaque côté.

— Un thermato de violet, un telib de servile et un talem dans le dos... C'est quoi ? D'abord une innée... ensuite celui-là... C'est très étonnant ce qui arrive jusqu'à nous en ce moment... Et puis ça. C'est quoi ce boitier ?

Il manipulait le téléphone. Biwam envoya une forte claque derrière la tête d'Ulysse.

— Réponds, toi ! C'est quoi ?

La femme aux cheveux courts leva les yeux au ciel :

— Biwam...

Elle s'adressa à l'homme qui s'était levé :

— ...C'est un Kadjal qu'il nous faudrait. Il en saurait vite beaucoup plus.

— Et... Tu en as un sous le coude ?

— On pourrait attendre le retour de...

— Non, Soedal. On n'attend pas ! On fait parler celui-là. Ceux qui ont des états d'âme n'ont qu'à aller faire un tour.

Tous demeurèrent dans la pièce. La femme qui voulait un peu moins de violence resta aussi. Elle ne dit rien et se tint en retrait... comme quatre des sept personnes présentes. Les membres de l'Assemblée se sentaient le devoir d'être au moins témoins...

La suite fut dure et éprouvante pour Ulysse, et dans une moindre mesure, pour beaucoup de ceux qui étaient présents. L'homme qui avait défendu la méthode forte se leva et se posta à côté du prisonnier. Mais ce furent les deux autres qui le frappèrent... méthodiquement... en alternance. Ils suivaient les ordres de l'homme aux cheveux courts qui posait les questions et leur faisait signe.

Le premier cognait sans acharnement particulier, déterminé et technique. Il épargnait la tête. Il avait noté la vive réaction d'Ulysse chaque fois que des coups atteignaient son épaule et visait régulièrement cet endroit. Le dénommé Biwam quant à lui, y mettait tout son cœur et frappait avec conviction, un peu n'importe où, comme s'il se défoulait.

Ulysse soutint qu'il n'avait jamais eu de telib de servile et que ceux qui disaient le contraire s'étaient forcément trompés. Il leur dit avoir récupéré ce thermato dans une réserve de rebelle. Il leur fit remarquer que s'il avait eu le choix et s'il avait su où il allait, il n'aurait pas débarqué parmi eux dans un thermato violet… Le boitier, il ne savait pas ce que c'était. Il l'avait trouvé. Par terre. À Eghenne. Il leur dit ne pas avoir eu connaissance de l'existence de leur colonie auparavant. Il affirma ne pas savoir comment il avait pu se matérialiser sur leur plateforme.

Toutes ces explications… n'expliquaient rien. Ulysse en avait conscience. Mais il ne voulait pas parler d'Auriane, et s'il leur avait déclaré avoir un telib spécial, personne ne l'aurait cru. D'ailleurs, il n'avait plus de telib du tout et aucun moyen de prouver quoi que ce soit. La seule interprétation envisageable pour les personnes présentes dans cette pièce, c'était une aide extérieure… la trahison d'un de ceux qu'ils appelaient les *jukams*, puisque ceux-là semblaient être les passeurs… Et comme Ulysse n'avait aucun nom à leur fournir, et rien de crédible à leur dire, il ne put qu'encaisser les coups et les supplier d'arrêter jusqu'à perdre connaissance.

La femme haussa les épaules.

— On n'est guère plus avancé maintenant… Et dans l'état ou vous l'avez mis, on ne peut même plus le suspendre à ses poteaux.

— Pourquoi ? Il a toujours ses deux poignets. On peut toujours l'accrocher.

— Biwam… Regarde-le… Tu viens de défouler ta rage sur lui sans aucune retenue et tu lui en veux toujours autant d'être ce qu'il est ? Il n'y peut rien, tu sais… Mets-le dans une cage en bas. Si on doit recommencer, qu'au moins il se remette un peu d'abord…

Un homme protesta :

— Dans les cages, en bas, on l'aura moins à l'œil…

— Dans l'état où il est, il ne risque pas de s'échapper.

Biwam bougonna :

— Oh ça… Quand il s'agit de s'enfuir… j'en ai vu récupérer très vite. Les coups, il s'en remettra.

Celui qui avait mené l'interrogatoire conclut :

— Amène-le dans une cage. Et envoie quelqu'un s'occuper de la blessure qu'il a dans le dos. Elle est pleine de saletés. S'il fait une infection, il va nous clamser entre les doigts et… on n'a pas encore tout compris.

— Et l'innée ?

— L'innée ? C'est une bonne idée. Mets-la dans la même cage que celui-là… et fournit-lui du baume… et des slags. Elle s'en occupera. Elle passe beaucoup de temps auprès de Lô depuis qu'il est de retour. Elle a vu comment on faisait… Elle doit savoir s'y prendre.

En fin d'après-midi, l'absence d'Ulysse entre les haubans avait inquiété Auriane. Elle avait posé une ou deux questions, mais n'avait pas osé insister de peur que l'on remarque l'intérêt qu'elle lui portait. Quand elle avait été ramenée vers la cage, elle était passée à côté des deux poteaux… Toujours personne.

Elle marchait docilement, la tête baissée, et ne vit le corps d'Ulysse roulé en boule dans un coin de la cage qu'au dernier moment, quand elle franchit la porte. Elle sut tout de suite que c'était lui et retint avec force l'élan qui la poussait à se précipiter en disant son nom. Elle garda un air distant et demanda de qui il s'agissait.

— Le prisonnier. Une lignée…

Elle ne posa pas d'autre question. Le gardien tendit la main sans rien dire. Elle lui remit le couteau qu'on lui laissait pendant la journée depuis quelques temps et qu'on lui retirait la nuit. Elle resta les mains sur les barreaux à regarder son portier s'éloigner en même temps qu'arrivait, dans l'autre sens, un jeune homme qui portait un seau et un sac.

Il marcha jusqu'à Auriane et lui fit signe de rapprocher le seau qui était déjà dans la cage. Il y transvasa le contenu du sien à travers les barreaux. Puis, plongeant sa main dans le fond, il déposa dans l'eau une poignée de gros coquillages pointus qu'Auriane avait appris à placer sur la peau des blessés. Il tira de son sac une éponge et un grand morceau de tissu fin et rouge roulé en boule. Il les lança. Une petite fiole roula sur le sol. En montrant le corps d'Ulysse, il dit quelques mots parmi lesquels Auriane reconnut des injures. Sans même s'assurer qu'Auriane ait compris, il partit.

Quand elle fut sûre d'être seule, elle s'approcha d'Ulysse. Il avait les yeux ouverts et il la regardait. Elle ne lui dit rien et il ne parla pas tout de suite non plus. Il lui fit simplement un sourire qu'elle lui rendit. Encore une fois, il était nu. Même son frère, Auriane ne l'avait pas vu aussi souvent à poil ! Cette idée l'amusa, mais la fit frissonner. Elle refusa de se laisser emporter vers son monde et s'interdit d'y penser. Elle s'assit à côté d'Ulysse et dit doucement :

— Ça y-est ? Tu entames le niveau 2 ?

Ulysse la regarda sans comprendre.

— …En tabassage de gueule. C'est ton deuxième stage, non ?

Ulysse sourit. Il était soulagé de la retrouver comme il l'avait laissée, imprévisible et moqueuse. Il répondit sur le même ton :

— Tu as raté des épisodes. Je suis déjà au niveau 3… ou 4…

Auriane lui caressa le front, dégageant les cheveux collés sur son visage.

— Laisse-moi voir.

Elle passa le corps d'Ulysse en revue. La plaie dans son dos était la plus impressionnante, mais la lame de la machette ne s'était réellement enfoncée dans la chair que sur les quelques centimètres du premier impact. Le reste de l'entaille n'était pas très profonde. Partout ailleurs, à part un sérieux trou dans le bras gauche, il s'agissait d'estafilades sans gravité. La clavicule devait être cassée. Pour le reste, de nombreuses contusions, mais rien d'alarmant. Elle fit son diagnostic à haute voix.

— Dans le fond, si on résume, tu vas plutôt bien...

Ulysse murmura :

— Auriane...

Son regard se fit intense. Il hésita. « *Je suis tellement content de t'avoir retrouvée* » ? « *J'ai eu si peur de te perdre* » ?... des phrases creuses qui ne disaient pas grand-chose du soulagement et du... bonheur... oui... du bonheur qu'il ressentait vraiment... Elle le fit taire d'un doigt sur sa bouche et lui caressa la joue de ce geste tendre du bout des doigts qu'elle avait souvent vu faire pour se dire bonjour.

— Je sais...

Non, elle ne savait pas. Elle ne savait pas avec quel acharnement il avait voulu la retrouver. Elle ne savait pas quels risques il serait encore capable de prendre pour elle... si l'avenir lui en donnait l'occasion... S'il avait encore un avenir...

Auriane rapprocha le seau et saisit l'éponge. Ulysse l'arrêta d'un geste.

— Attends. Laisse-moi boire d'abord.

Elle l'aida en recueillant l'eau au creux de ses deux mains. Quand il eut suffisamment bu, il demanda :

— Qu'est-ce qu'ils t'ont fait ?

— À moi ? Rien. Les violets, pas grand-chose. Et eux, là, rien du tout. Ils ne savent pas trop quelle attitude avoir avec une innée. Ils m'observent. Toi par contre...

— Oh, moi… Moi, je suis une lignée. C'est déjà un crime en soi.

Elle trempa l'éponge dans l'eau et commença à nettoyer ses plaies.

— Je suis devenue une spécialiste du nettoyage à l'éponge…

— Tu l'étais déjà avant d'arriver ici ! Je n'en reviens pas de ce que des gens de ce monde se servent d'eau pour se laver… À croire qu'on est revenu chez toi !

Auriane accusa le coup et Ulysse se mordit la lèvre. Parler de ce sujet-là ? Non. Pas tout de suite… C'était un sujet qui allait être dur, et ils avaient toute la nuit devant eux…

Un temps de silence s'installa. Auriane le rompit.

— C'est qui, ces gens, Ulysse ? Qu'est-ce qu'ils font à DimHénoé ?

— J'ai entendu parler d'eux. On les appelle les dims… C'est *ohendim*, en fait.

— Je sais que *dim,* ça veut dire *à côté.*

— Exactement. Et *ohen,* c'est… *pousser, croître.* Ohendim, ça veut dire quelque chose comme : *qui se développe à l'extérieur.*

Ulysse se concentrait pour trouver le terme le plus juste.

— …*Exogène*, je crois… Encore une fois, je n'ai plus de telib ! Je ne peux pas vérifier.

Comment Ulysse pouvait-il avoir un tel vocabulaire ? Auriane le regarda, perplexe. Ce mot lui disait quelque chose. Elle avait vu ça en SVT. Mais elle ne se souvenait plus du sens exact. *Les exogènes ?*… Un nom bizarre pour un groupe humain. Mais après tout… Pourquoi pas… Peut-être que le mot *jukam* avait, lui aussi, une signification étrange. Elle acquiesça. Ulysse continua.

— On n'en parle pas, chez moi. Du moins pas dans les milieux où j'évolue. Les exogènes étaient des serviles…

Tous… Je ne sais pas comment ils s'y sont pris, mais ils ont réussi à sortir du réseau et ont fondé des communautés. Celle-ci… et sûrement d'autres. Je sais aussi qu'ils ne reviennent plus dans le monde des lignées. Mais leur objectif à long terme, c'est quand même de faire évoluer la condition des serviles vers plus d'égalité partout sur la planète. Ils disparaissent et vivent entre eux dans des lieux tenus secrets. Seuls certains d'entre eux font la navette.

— Ceux qui reviennent chez les lignées, c'est pour quoi faire ?

— Je ne sais pas exactement. Je n'en ai jamais rencontré. Certainement qu'ils espionnent pour assurer leur protection… Ils cherchent à convaincre des serviles de les suivre, ou à délivrer ceux qui sont prisonniers. Ils s'assurent que ceux qu'ils ramènent soient fiables. Je crois surtout, qu'ils s'approprient la technologie dont ils ont besoin et l'emportent. Le matériel, aussi. Ils ne laissent personne savoir où ils vivent… Jamais aucune lignée ni aucun servile de ma connaissance ne m'a dit savoir comment ils circulent, ni à quoi ils ressemblent… Tu en a vu ?

— Des jukams ?

— Je ne savais pas qu'ils s'appelaient comme ça. C'est la deuxième fois que j'entends ce mot aujourd'hui.

— C'est l'un d'eux qui m'a amenée ici. Ça veut dire quoi, *jukam* ?

«…*Jukam* ?… Il y a une idée de mouvement qui disparait… Humm… …*Furtif* ?

C'est comme ça qu'Auriane aurait appelé les combinaisons qu'ils portaient : des combinaisons-furtives. Elle raconta son évasion avec Lô et Zéhéda. Ulysse lui dit qu'il avait entendu parler de ces combinaisons qui couvraient le corps entier mais qu'il croyait que c'était une légende. Ce qu'elles permettaient de faire lui semblait extraordinaire. Auriane en fut surprise. Elle pensait qu'avec un telib, tout était possible… pour tout le monde. Elle découvrait petit à petit que la question était bien plus complexe.

Tout en parlant, Auriane prodiguait des soins à Ulysse. Elle le lava du mieux qu'elle put. Sur chaque plaie, elle passa le baume qui se trouvait dans la petite fiole. Elle finit le contenu de la bouteille en massant les contusions. Cela n'avait peut-être aucune utilité, mais dans le doute…

Elle aurait été bien incapable de dire si l'os de sa clavicule était ou non déplacé… et encore moins de le remettre en place. Mais elle avait déjà vu comment immobiliser l'épaule et savait qu'en cas de fracture de la clavicule, c'était la seule chose à faire.

Elle découpa une lanière de tissu et attacha le bras d'Ulysse plié contre sa poitrine, la main au niveau du cou. Enfin, elle voulut placer sur son dos les coquillages à proximité de la plus profonde des blessures. Elle avait vu comment il fallait s'y prendre. Ulysse l'arrêta. Il prit entre les doigts de sa main valide une coquille pointue et la manipula en demandant à Auriane ce que c'était.

— Des slags. Je suppose qu'ils ont un rôle d'antibiotique, ou en tout cas, d'asepsie. Et ils accélèrent la cicatrisation. J'ai vu l'évolution des plaies quand on place ces bestioles à côté… c'est surprenant.

Ulysse était sceptique. Il souffrait… Ce nettoyage était pénible. La manière dont Auriane avait disposé son bras pour l'attacher avait nécessité des mouvements douloureux et la fatigue aidant, une certaine irritation le gagnait.

— Laisse tomber les remèdes de sauvages. Ça ne sert à rien. C'est… trop long… trop compliqué…

Il regardait dans le vague.

— Je n'en peux plus de tout ça !

…Et il ne parlait pas seulement des soins… Auriane voulut lui prendre le coquillage des mains. Ulysse la repoussa vivement et le lança hors de la cage. Ce geste rageur lui arracha un petit cri. Il soupira et dit avec aigreur :

— Mais pourquoi je me retrouve encore dans une situation pareille ?! C'est mon telib qu'il me faut pour soigner tout ça !

Cette réflexion acerbe ne s'adressait pas vraiment à Auriane mais elle le rembarra quand même, calmement, sur un ton posé et plein d'ironie. Elle lui dit qu'il y avait effectivement une époque où sa vie était simple. Une époque bénie où il n'avait besoin de personne… où son telib et lui étaient les maitres du monde. Mais que ça, c'était *avant* ! Avant qu'une lignée sans scrupule ne vienne jusque dans son monde enlever une innée stupide. Avant que, grand seigneur, la lignée sans scrupule ne prenne la pauvre petite innée perdue sous son aile, et lui affirme, la bouche en cœur, qu'il allait tout faire pour la ramener chez elle. Maintenant, il fallait assumer ! …et avancer !

Le ton était monté progressivement. Il y avait un profond agacement dans la manière dont Auriane venait de lui donner le fond de sa pensée ! Son résumé de la situation était sommaire, mais rappelait avec fermeté à Ulysse pourquoi et comment ils en étaient arrivés là.

Après s'être tue un moment, elle adoucit l'intonation pour finir sa tirade :

— Tu n'as plus de telib, Ulysse. Et je n'y suis pour rien. Alors laisse-moi faire. C'est parfaitement indolore et très efficace. Dès demain ton dos sera déjà en bien meilleur état.

L'électrochoc avait été salutaire. Ulysse céda et se laissa faire sans oser ajouter quoi que ce soit.

Quand elle eut fixé les coquillages sur sa peau, elle utilisa le reste du tissu pour lui confectionner une tunique sommaire : un trou pour passer la tête et une ceinture autour de la taille. Auriane se remit à poser des questions. Ulysse continua à lui expliquer ce qu'il avait compris de leurs situations respectives. Jusqu'au moment où elle demanda :

— Tu veux dire qu'ils ne nous laisseront jamais repartir ?

Comment pouvait-elle poser cette question ? Elle voyait bien les conditions dans lesquelles ils étaient gardés l'un et l'autre… Elle avait entendu tout ce qu'il venait de lui exposer… Elle comprenait certainement quels étaient les enjeux. Elle se doutait que ce secret, toutes les personnes vivant ici seraient prêtes à tout pour le préserver… Comment pouvait-elle imaginer que leur statut de prisonnier puisse changer ? Le regard d'Ulysse se fit grave.

— Non, Auriane ! Cet endroit doit demeurer secret. Ils te garderont peut-être parmi eux. Moi, c'est moins sûr…

— Qu'est-ce qu'ils comptent faire de toi ?

Ulysse ne répondit pas et le doute qu'il laissa flotter autour d'eux n'avait rien de rassurant.

— Si on veut partir, il faut qu'on trouve une solution par nous-mêmes…

…et… il faudrait même que ce soit dans pas trop longtemps… Ulysse ne savait pas ce que les exogènes faisaient de leurs prisonniers.

40
---intrus---

Auriane continuait de poser des questions. Ulysse essayait d'y répondre. Elle en posait beaucoup. Il y avait beaucoup de choses qu'elle n'avait pas comprises. Ils parlèrent longtemps. Au travers des explications d'Ulysse, Auriane découvrait les circonvolutions politiques d'un monde dont elle ne savait pas grand-chose. Ulysse lui expliqua les différents courants qui s'affrontaient avec vigueur, et même avec violence.

Ce qu'on appelait le « Monde Parfait » constituait l'organisation sociale en place, celle voulue par les lignées. Cette terminologie recelait plus ou moins d'ironie suivant la personne qui s'y référait, mais elle désignait l'ordre établi. Du moment qu'une lignée ne remettait rien en cause, elle avait droit à tout et bénéficiait d'une parfaite protection. L'organisation en place dans son ensemble, ses défenseurs et ses sympathisants, luttaient avec acharnement contre la propagation des idées subversives visant à donner aux serviles les mêmes droits qu'aux lignées.

Il existait un courant politique connu sous le nom d' « Équilibre Équitable » qui prônait une redistribution des rôles et des richesses au sein d'une société qui compterait les serviles pour des individus à part entière. Ce courant restait secret et on en dénombrait des sympathisants aussi bien parmi les serviles que parmi les lignées. La fracture se faisait sentir partout et donc aussi au sein des factions rebelles.

Dans la communauté des serviles, on trouvait ces deux courants. Pour certains serviles organisés en mafia, il ne fallait pas que les choses changent, car eux profitaient abondamment du système en place. Les autres se partageaient principalement en deux tendances : ceux qui prônaient l'Équilibre Équitable, et ceux qui voulaient la disparition pure et simple de tout ce qui incarnait le Monde Parfait.

Ulysse fit remarquer à Auriane que beaucoup d'exogènes appartenaient à ce dernier courant qui souhaitait l'anéantissement des lignées... Les rapports entre serviles et lignées étaient depuis toujours difficiles et quelquefois chaotiques. Ulysse n'en connaissait que ce qu'on avait bien voulu lui dire. Dans le monde des lignées, celui dans lequel il vivait... enfin... dans lequel il avait vécu jusque-là, on n'apprenait que la version officielle de l'histoire, celle qui était homologuée. Tout à l'heure, celui qui avait eu le plus de plaisir à lui taper dessus, l'avait traité d'assassin en lui reprochant un massacre dont Ulysse n'avait absolument jamais entendu parler...

— Ici, je suis coupable. Le simple fait d'être une lignée suffit.

Ulysse utilisa son autre main pour faire glisser le nœud de son bandage et donner un peu plus de mou au niveau de l'épaule. Il grimaça en ajoutant :

— Et peut-être qu'au fond, ils n'ont pas tout à fait tort. Je suis au moins coupable de ne pas m'être intéressé à la question. De ne pas avoir cherché à en savoir plus que ce qu'on m'apprenait... J'imagine bien comment se racontent, dans les quartiers nantis de Serdhif, les évènements dont j'ai été témoin à Eghenne. Les serviles sont forcément dangereux et criminels. Et c'est forcément eux qu'on blâmera dans la version officielle... s'il reste quelque part une trace de ces évènements.

Ulysse raconta à Auriane ce qu'il avait fait depuis

qu'ils avaient été séparés. Elle lui fit raconter son passage chez elle dans les moindres détails. Ulysse avait expliqué à sa famille où elle se trouvait ? Elle calcula quand il les avait rencontrés. C'était juste la fin des vacances... En fait, c'est maintenant qu'ils devaient vraiment se faire du souci pour elle... et une fois Ulysse reparti, toute cette histoire devait leur sembler complètement incroyable... Que faisaient-ils maintenant ?

Auriane essaya de calculer combien de temps s'était écoulé depuis son départ. Peu, en fait... Elle recommença ses calculs plusieurs fois. C'était tellement surprenant... Elle n'arrivait pas à se convaincre qu'en fait, il ne s'était passé que trois semaines tout au plus... dont deux pendant lesquelles ses parents l'avaient crue à son stage... Elle aurait aimé continuer à évoquer sa famille sans fin. C'était terrible, et en même temps, c'était si bon d'entendre parler d'eux. Elle n'arrivait pas à changer de sujet.

La nuit avait glissé vers l'aurore. Il faisait à nouveau jour. Ulysse et Auriane avaient fini par s'endormir. Ulysse avait eu du mal à trouver une position acceptable. Il ne lui restait qu'un côté valide et les coquillages faisaient autour des plaies des protubérances gênantes. Il s'était endormi assis, la tête et l'épaule appuyés contre le mur. Auriane réagit à la seconde quand elle entendit des pas sur le chemin. Elle bondit sur ses pieds. Il lui manquait quelques heures de sommeil. Elle s'éloigna d'Ulysse qui n'avait pas ouvert les yeux. Elle attendit les deux hommes qui arrivaient.

Son portier habituel ouvrit la cage et elle en sortit. Elle commença à s'éloigner sans un regard pour Ulysse. D'une injonction sans fioritures, un des deux hommes lui dit d'attendre. Elle se retourna et vit son portier obliger Ulysse à se lever en le poussant du pied. Il l'attrapa par son bras valide et l'entraina dehors lui aussi. Ensemble ils marchèrent jusqu'aux deux poteaux plantés dans l'espace dégagé au pied de la falaise.

Il était tôt et il n'y avait encore personne. Auriane eut un instant peur qu'ils détachent son bandage et le suspendent à nouveau par ses poignets, mais ils se contentèrent de lui attacher une cheville en laissant un peu de longueur de corde, comme on l'aurait fait pour un chien ou une chèvre.

Là où Ulysse se trouvait maintenant, tout le monde pouvait le voir d'à peu près partout… Il laissait par moment ses yeux glisser sur Auriane qui feignait avec application une complète indifférence. Il faisait attention à ne donner l'impression d'aucune connivence entre eux. Il réalisait que cette nuit avait été une chance qui ne se renouvellerait probablement pas. Ils n'allaient plus avoir l'occasion de se parler et ils n'avaient pas du tout envisagé l'avenir… Que pouvaient-ils faire ?… Lui, rien… Et elle ? Il ne voyait pas quoi.

Il avait peur pour elle. Il voulait qu'elle ne prenne aucun risque. C'est pour cette raison qu'il ne lui avait pas parlé de Solim caché quelque part dans cette forêt… Il attendit que tous s'éloignent et s'assit sur le sol. Dormir encore un peu ? Maintenant, il n'arriverait plus à trouver le sommeil. Il enserra ses jambes de sa main libre, posa son menton dans le creux formé par ses deux genoux et regarda la falaise se réveiller.

Une journée ordinaire débutait à DimHénoé. Des gens allaient se laver au pied de la cascade. D'autres allumaient des feux pour griller le poisson et des denrées qu'Ulysse ne reconnut pas. Il connaissait ce mode d'alimentation pour l'avoir pratiqué lui-même dans le monde d'Auriane, mais il fut surpris. Il pensait que dans son monde, tous les humains se nourrissaient de nutram. La température était encore douce et agréable. Chacun vaquait à ses occupations.

La matinée avançait lentement. En plein soleil, la chaleur devenait lentement implacable, et Ulysse avait soif. Très peu s'approchèrent des poteaux, et ceux-là se contentèrent de le regarder. Au mieux, c'était des regards de curiosité. Plus souvent, il s'agissait d'une franche hostilité. L'un d'entre eux vint même se planter devant lui. Ulysse se prépara à se laisser frapper. D'une seule main et un pied attaché, il pouvait encore se défendre, mais pensait qu'il valait mieux essayer de ne pas réagir. L'homme se contenta de l'injurier et de cracher dans sa direction avant de lui tourner le dos. Il reçut aussi quelques pierres rapidement et discrètement lancées sur lui, sans qu'il ne puisse jamais déterminer exactement qui les avaient envoyées.

Ulysse sentait que la survie d'une lignée au milieu de ces gens était fortement improbable… Il était un intrus. Sa présence ici était non seulement indésirable, mais surtout extrêmement inquiétante pour eux tous. Il se raccrochait à l'idée qu'on avait laissé Auriane panser ses plaies. Pourquoi lui prodiguer des soins si c'était pour l'éliminer le lendemain ? Ulysse essaya de se reprendre… Ne pas construire des élucubrations gratuites… Rester au présent… Évacuer ce stress qui dévorait l'énergie dont il avait besoin pour faire face… des mots, tout ça… des mots… faciles à dire… Et tout ce temps pour penser…
C'était la fin de la matinée. Que voulait cette femme qui tournait maintenant autour de lui ?… Elle hésitait… et ces autres, là-bas, un peu plus loin, prêts à intervenir… Ulysse la regarda et lui dit d'un ton maussade qu'il n'allait pas l'empêcher de faire ce qu'elle avait à faire. La femme lui entrava les deux jambes et lui attacha une sorte de licol autour du cou. Elle hésita à entraver aussi sa main libre mais y renonça. Elle l'emmena, en laisse, vers l'intérieur de la falaise.

Auriane avait récupéré son couteau… et son poisson pilote… Nedji et elle s'étaient rendues à la réserve. Auriane avait choisi d'aider à préparer la grande quantité de tubercules qu'on ferait cuire avec des épices variées une longue partie de la journée sur des feux entretenus en permanence. Le soir, on les mangerait dans des demi-calebasses qui servaient de bol ou d'assiette. Ces légumes accompagneraient le poisson.

Les groupes de travail étaient à peu près déterminés et exécutaient plusieurs tâches, généralement liées entre elles : cueillette, pêche, préparation, cuisson, corvée de bois. Ou encore tout ce qui concernait l'installation et le confort : menuiserie, taille de pierre, construction en tout genre. Certains s'occupaient des soins, d'hygiène et de médecine, d'autres de ce qui concernait les textiles, la teinture, le confort et la propreté des espaces communs… etc… Chacun tournait sur les différentes tâches dévolues à son groupe. Auriane pouvait choisir le groupe auquel elle voulait se joindre. Parfois, Nedji la retenait par le bras et lui disait simplement « liê », ce qui voulait dire « non ».

Auriane avait vite compris que toutes les occupations nécessitant de s'éloigner de la falaise lui étaient interdites. Elle ne résistait jamais. Elle était d'une docilité rassurante, espérant et réussissant à gagner un peu plus d'autonomie chaque jour. Elle finissait toujours par rejoindre Zéhéda, qui n'avait pas encore repris ses propres activités, et qui se rendait utile tout en restant beaucoup auprès de Lô.

Quand Auriane retrouva Zéhéda dans le courant de la matinée, elle amena le sujet de conversation sur le prisonnier et écouta ce que les deux exogènes avaient à en dire. Elle ne comprenait pas tout, loin de là. Mais elle put mesurer la haine farouche que Lô portait à Ulysse… ou plutôt à ce qu'il représentait, puisqu'il ne le connaissait pas. Zéhéda semblait plus nuancée. Auriane crut comprendre qu'Ulysse ne resterait pas longtemps. Elle hésita. Des questions angoissantes la taraudaient, mais elle n'osait pas se montrer trop curieuse et empressée sur ce sujet.

Plus tard, Auriane remarqua qu'Ulysse n'était plus attaché à son poteau. L'inquiétude qu'elle ressentait augmenta encore d'un cran. Elle attendit d'être seule avec Zéhéda pour se risquer à lui poser une question précise sur ce que ses congénères pensaient faire d'Ulysse. Auriane prit un ton badin, comme si elle s'informait de ce qui se disait à propos d'un procès médiatisé qui lui importait peu. Zéhéda continua à tresser le chanvre qu'elle avait entre les mains et répondit sur le même ton :

— Ce n'est pas bon, pour lui…

Auriane insista. Alors, Zéhéda lâcha sa tresse pour se passer l'index en travers du cou, comme un couteau qui lui trancherait la gorge. Auriane ferma les yeux. Son cœur s'emballait dans sa poitrine. Zéhéda la vit devenir très pâle. Elle jeta rapidement un œil autour d'elles. Nedji se trouvait plus loin, dans la pièce. Elle parlait avec une autre personne et ne regardait pas dans leur direction. Zéhéda fixa à nouveau Auriane tout en farfouillant à l'intérieur de son vêtement. Elle en sortit quelque chose qu'elle lui tendit. C'était son téléphone portable.

— La lignée avait la même boite… Je sais que tu la connais…

Auriane ne savait plus quoi dire. Elle aurait été de toute façon incapable de parler. Zéhéda lui sourit tristement. Elle avait dû trouver le téléphone en déplaçant le thermato que Lô avait rangé sur l'étagère le jour de son arrivée. Elle l'apaisa en posant sa main sur son bras et lui fit comprendre qu'elle ne la trahirait pas. Elle utilisa des mots et des gestes pour dire qu'elle non plus, elle n'aimait pas les mises à mort. Auriane se concentrait sur sa respiration. Sinon elle aurait certainement oublié de respirer. Quand elle put à nouveau prononcer un mot, elle demanda pourquoi ils allaient le tuer.

— Il ne peut plus partir… et il ne peut pas rester. Que veux-tu faire de lui ? C'est une lignée !

Cette phrase-là, Auriane en comprit tous les mots… et elle sentit toute la résignation de Zéhéda face à l'inéluctable. Zéhéda lui reprit le téléphone des mains et le fit disparaitre dans son vêtement. Elle ajouta encore dans un murmure, en faisant des gestes et en détachant bien les mots :

— …Toi, tu ne dis rien. Tu ne le connais pas… sinon tu mourras aussi.

Ulysse gravit le long escalier étroit qui montait vers l'entrée des habitations troglodytes. La laisse qui le reliait à son garde avait ici tout son intérêt : il était impossible de tenir quelqu'un par le bras en avançant sur ces marches étroites… et seul, on ne pouvait pas à la fois précéder et suivre son prisonnier pour parer à toutes éventualités.

Comme la veille, il traversa des espaces de vie plus ou moins spacieux, mais toujours confortablement meublés de mobilier bas en bois. L'éclairage était doux. Partout, des tapis en fibre végétale couvraient le sol. Les tentures, les banquettes basses, les coussins mettaient çà et là des touches de couleurs vives. Il devait faire bon vivre ici…

Ulysse marchait sans résistance et celle qui tenait la laisse avait à peine besoin de lui signifier les directions à prendre. Il marchait la tête haute, regardant sans détour ceux qu'il croisait. L'hostilité à son égard était palpable. Il entra dans un espace clos, loin dans le ventre de la falaise. Il y avait cinq personnes. Les deux qui l'avaient frappé la veille et trois autres coiffées comme eux de dreadlocks rassemblées sur la nuque. La femme qui l'avait amené resta elle aussi.

Ulysse s'attendait à subir encore une fois leurs questions et leurs coups. Mais ils étaient à peine arrivés dans la pièce que quelqu'un d'autre entra précipitamment.

— J'ai du nouveau. Tjizal est revenu cette nuit avec des informations.

Il était essoufflé.

— On le verra après.

— Non. Il est déjà reparti, ou sur le point de le faire.

— Eh bien explique-nous, alors.

— Pas devant lui…

Il désignait Ulysse. Une femme fit remarquer qu'Ulysse était le premier concerné et qu'il savait certainement déjà ce qu'on pouvait apprendre à son sujet. L'homme persista.

— J'aimerais mieux qu'on en discute sans qu'il soit présent dans la pièce.

Celui auquel il s'était adressé en premier haussa les épaules.

— Pour ce qu'on sera obligé de faire de lui, ça ne changera pas grand-chose.

— Tu vois, même ça !... Comment veux-tu qu'il nous dise quoi que ce soit si on ne lui laisse pas un petit peu d'espoir ?

— De l'espoir ? S'il sait où il est, il ne doit pas lui en rester beaucoup ! Quant à nous apprendre quelque chose… Il faudrait qu'on maitrise un peu mieux les méthodes de torture. Lui taper dessus, ça a ses limites.

— Une fois que tu as dit ça, en effet… On n'a plus qu'à le laisser tranquille ! Il y a une part psychologique importante dans un interrogatoire. Et toi, en deux phrases, tu fous tout par terre !

Celui qui semblait le plus âgé les arrêta.

— Cessez de discuter. Gaelim, dis-nous de quoi il s'agit.

Gaelim s'adressa plus particulièrement à lui.

— Les siols le recherchent… Enfin… on croit que c'est lui… Ils en recherchent deux qui ont l'air d'aller ensemble. Mais pour lui, là, il est précisé qu'ils le veulent vivant et *en bon état*.

Il expliqua ce qu'il savait, et conclut en disant qu'au vu du niveau d'alerte qu'il avait déclenché, Ulysse pourrait constituer une excellente monnaie d'échange… L'homme à qui il s'était adressé regarda les autres.

— Ça ne vous surprend pas un peu ces précisions ? Vivant ou mort, d'accord, mais « *en bon état ?* »… C'est bien la première fois que les noirs se soucieraient de l'état dans lequel ils récupèrent un prisonnier ! Ils ne disent même pas si c'est un rebelle. Pourquoi un tel niveau de recherche pour une lignée, même pas hors la loi ?

— Je ne sais pas et c'est égal. S'ils sont prêts à l'échanger, on devrait réfléchir à ce qu'on pourrait demander.

— Et tu crois qu'ils négocieront avec nous ? Tu rêves ! Ils sauront simplement qu'on détient ce qu'ils cherchent et ils essayeront de trouver des moyens de pressions pour nous obliger à le leur donner… Il ne fera pas bon être un jukam, à ce moment-là…

L'homme détailla Ulysse. Son regard était perplexe. Que voulaient-ils à une lignée si jeune et aussi ordinaire ?

— …Sans compter qu'il a réussi à venir jusqu'ici… Il sait beaucoup trop de choses… On ne peut pas le leur rendre *en bon état…* et… Non. Il faut comprendre d'abord pourquoi ils tiennent tellement à le « *rencontrer* », comme ils disent… Les jukams pourraient s'occuper de ça.

Il se tourna vers les autres et enchaina :

— Mais on n'a pas énormément de temps. La pression est forte. Sa présence ici fait peur à tout le monde. Presque tous veulent qu'on se débarrasse de lui rapidement.

— Qu'est-ce qu'on fait, alors ?

— On est obligé d'en référer à nouveau aux Avertis… Savoir si le plus urgent c'est de comprendre comment il est arrivé là, ou de découvrir pourquoi les siols tiennent tant à le récupérer…

— Bon. On va leur proposer quoi ? Comment gagner du temps ?

Personne ne répondit. Celui qui venait de parler insista :

— Alors, quoi ? On organise une exécution ou je le rattache à son poteau le temps d'en savoir plus ?

— On propose de le sécuriser ?

— Non. Il ne serait plus en mesure de répondre. On est obligé de le garder intact.

Ils parlaient entre eux et l'esprit d'Ulysse bondissait d'inquiétudes en frayeurs sans qu'aucun d'eux n'y accorde la moindre attention.

Le plus âgé demanda s'il n'existait pas un endroit sûr un peu moins en vue. Mais une femme soutint qu'on allait déclencher une polémique. Tant qu'Ulysse était en vie, tout le monde voulait avoir l'œil sur lui. Le plus âgé continua de défendre son point de vue :

— Je sais. Mais j'ai peur que ça finisse mal.

— Qu'il s'échappe ?

— Non. Qu'un excité s'en prenne à lui pour de bon.

Tous se turent un moment.

— Si on continue de donner l'impression qu'on veut le protéger, on risque d'avoir le résultat inverse. J'ai eu des réflexions, hier soir…

Celui qui avait repris la parole se tourna vers Ulysse.

— Et vous savez à propos de quoi, ces réflexions ?... Du choix qu'ont fait les Avertis de permettre à l'innée de le soigner. Il y en a qui se demandent pourquoi on le bichonne comme ça…

— Pourtant… Il a passé un sale moment avec eux, hier soir.

— Il était déjà amoché avant. Personne n'a vu la différence.

Le dénommé Biwam ouvrit la bouche pour la première fois :

— On devrait le cogner devant tout le monde. En

spectacle. Une fois par jour... en attendant de le trucider tout à fait !

Tous le regardèrent avec une surprise mêlée de réprobation. L'autre feignit l'étonnement :

— C'est bien ce qu'on a fait hier, non ? Sauf qu'on n'a pas été nombreux à en profiter...

— Hier on voulait des réponses.

— Et aujourd'hui ?... On n'en veut plus ?

— Biwam ! Tu en sais autant que nous ! Le problème maintenant, c'est de trouver comment gagner un peu de temps pour faire patienter ceux qui veulent sa peau tout de suite.

Biwam croisa les bras et leur lança à tous un regard de défi.

— Ce n'est pas incompatible avec ce que je propose...

41

---champion---

Entendre évoquer ces avenirs possibles, tous plus inquiétants les uns que les autres, rendait Ulysse nerveux. Il écoutait ses gardiens discuter et essayait d'être fidèle à sa ligne de conduite : rester au présent. Pour l'instant il était en vie et s'obligeait à ne pas envisager le jour suivant. Mais l'exercice devenait très difficile et il perdait pied. Des bouffées d'angoisse le traversaient au détour des phrases qu'ils échangeaient entre eux. C'était épuisant de se concentrer pour ne rien laisser paraitre.

Ils étaient sept à réfléchir sur son sort, mais visiblement, les options n'étaient pas nombreuses. Quelqu'un venait de demander qui avait une vraie bonne idée. L'un d'eux proposa :

— Et si on en faisait notre champion pour le prochain Grand-Échange ?

— Il y a un combat prévu ?

— Non. Mais on l'organise. Ça ferait patienter tout le monde… et ça expliquerait qu'on le requinque un peu.

Dans le silence qui suivit, tous les regards se portèrent sur Ulysse et chacun le jaugea.

— Tu crois qu'il sait se battre ?

— Toutes les lignées font du sayik… Ceux qui l'ont

attrapé en ont eu un aperçu ! Tu crois que les serviles qu'on envoie dans les cages des slanes sont formés ? Peu importe la technique. Tant qu'il y a du spectacle !

— Oui, mais on les choisit plus baraqués ! Lui, il fait maigroulet comme champion…

— On s'en fout. Ce n'est pas pour la gloire du sayik !

Une femme qui n'avait absolument rien dit jusque-là laissa tomber :

— …et ce ne sera sûrement pas pour la gloire de DimHénoé non plus…

Celui qui s'appelait Gaelim rit et résuma :

— Ouais… Faut voir avec les Avertis. On pourrait suggérer ça. C'est une bonne idée. Ça nous permet de le garder encore un peu, et on demande aux jukams de creuser la question.

Tous étaient pris par la conversation. Biwam s'était rapproché d'Ulysse et, sans qu'aucun signe ne laisse personne anticiper son geste, il lui envoya de toute sa force son poing dans l'épaule. Ulysse poussa un cri rauque, autant de douleur que de surprise et se recroquevilla. Les autres regardèrent l'agresseur avec sévérité. Il répondit à leurs reproches muets en disant avec froideur :

— Quoi ?... J'espérais pouvoir le cogner encore un peu avant qu'on le trucide tout à fait. Mais il semblerait que ce ne soit plus le programme…

L'homme le plus âgé le repoussa rudement dans un coin de la pièce et s'emporta d'une colère froide :

— Biwam, cesse ça tout de suite ! Où te crois-tu ? On n'est pas en train de s'amuser, là ! On a des problèmes concrets et on essaie d'y apporter des réponses adaptées… On t'a laissé faire, hier et tu t'es défoulé ! Mais maintenant, c'est fini ! On a un prisonnier à surveiller et pour l'instant, on est en train de se demander si on ne ferait pas mieux de le garder *en bon état*.

Alors tu arrêtes de lui taper dessus. Tu entends ? *Tu arrêtes !* C'est la dernière réflexion que je te fais. Si tu es incapable de te contenir, tu sors et tu disparais. On ne va pas perdre notre temps à surveiller *aussi* ceux qui le gardent !

Il regarda les autres.

— Voilà. C'est exactement ce que je crains. Un excité qui décide de faire sa justice tout seul... Il faut qu'on l'enferme à l'abri et que ce soit une personne qui n'ait aucune raison de lui en vouloir qui soit seule autorisée à l'approcher.

Biwam n'était pas d'accord. Il revint à la charge à grand renfort de gestes larges, mais ne put approcher Ulysse.

— Un champion ! N'importe quoi ! Il est déjà mal en point avant même de commencer de se battre.

— Il n'aura pas le choix.

— Je suis loin d'être le seul à vouloir qu'on le tue. Vous ne pouvez pas décider entre vous de lui donner une chance de s'en tirer.

— Il n'a jamais été question de ça. On gagne du temps pour comprendre. C'est tout.

— Et s'il gagne le combat ?

— Il ne gagnera pas. Tu as vu les monstres qu'ils nous sortent, les autres, à chaque fois ?

Ulysse entendit une voix féminine qui disait sur un ton tranquille :

— Biwam, calme-toi... Qu'il meure demain ou dans dix jours, qu'est-ce que ça change pour toi ?

Cela faisait un moment qu'Ulysse était à nouveau attaché par une cheville à l'un des poteaux. Auriane l'avait aperçu de loin depuis l'intérieur de la falaise. Pour le voir, elle était repassée aussi souvent que possible devant cette ouverture, au niveau de la cascade, et son inquiétude s'était légèrement assoupie. Elle n'avait pas réussi à lâcher tout de suite ce qu'elle était en train de faire. Elle ne voulait pas attirer l'attention en se précipitant pour s'approcher de lui…

Plus tard, elle s'arrangea pour passer tout près afin de s'assurer qu'il allait bien. Ulysse n'avait pas l'air en plus mauvais état qu'avant son dernier passage entre les mains des gardiens. Elle dépassa les deux mâts d'un pas tranquille et continua son chemin sans ralentir. Elle sentait le regard d'Ulysse irradier sa nuque. Elle résista à l'envie d'aller s'asseoir à côté de lui. Il n'avait sûrement rien mangé ni bu, et le soleil cuisait sa peau.

La journée continua. Elle n'en finissait plus. Qu'avaient-ils décidé ? Qu'allaient-ils faire de lui ? Auriane s'imposa de reprendre une activité, n'importe laquelle, pour tenter de mettre fin à ces questions qui tournaient en rond dans sa tête.

C'était la fin de l'après-midi. Le gong sonna un rassemblement et tous ceux qui étaient présents dans les alentours se dirigèrent vers l'escalier et le gravirent pour atteindre la grande salle. Auriane suivit le mouvement. Il se passa un long moment avant que tout le monde soit réuni. Comme à l'arrivée d'Auriane, ou au retour de Lô, il y avait des spectateurs partout. Sur le sol de la pièce, bien sûr, mais aussi sur les escaliers, les galeries et les balcons. Les conversations allaient bon train et le brouhaha emplissait tout l'espace.

Les personnes aux cheveux courts qui avaient interrogé Ulysse la veille étaient toutes là, sur la grande estrade naturelle creusée dans la roche. Du fond opposé à l'entrée de la grande salle, Ulysse fut conduit sur l'estrade. On avait dû le faire arriver derrière, par le monte-charge. Tandis qu'il avançait, un relatif silence tomba progressivement. On l'assit sur un tabouret bas, dans le coin du côté de la foule, et deux des gardes restèrent derrière lui. Un homme fendit l'auditoire et monta sur l'estrade. Il se présenta et dit avoir été tiré au sort comme meneur des débats pour cette cession.

Auriane ne comprenait pas ce qui se disait. C'était trop rapide. Mais elle saisissait l'ensemble de la situation. Ce qui allait se jouer là concernait le sort d'Ulysse. Elle avait réussi à se placer contre le mur, sur le côté, pas loin de l'estrade. En tournant la tête, Ulysse aurait pu la voir. Mais il ne la chercha pas. Auriane était extrêmement tendue et concentrée pour essayer d'appréhender au maximum le sens des phrases prononcées. Zéhéda lui donnerait les détails par la suite.

Ulysse voyait fonctionner une instance importante du monde exogène. Ces personnes à cheveux courts constituaient sûrement l'Assemblée des Avertis dont parlaient ses gardiens. Ils allaient rendre compte à la population rassemblée des discussions qu'ils avaient eues dans la journée. La décision qu'ils avaient prise était-elle souveraine, ou devaient-ils la soumettre à l'avis de tous ces gens ? La seule chose dont Ulysse était sûr, c'est que cette décision le concernait. Sinon pourquoi se seraient-ils donné la peine de l'amener jusque-là ?

Le meneur des débats donna la parole à l'un des Avertis qui se leva. Il exposa les faits : la présence d'une lignée sur leur ile, leur ignorance concernant la manière dont cette lignée était arrivée là, la nécessité qu'il y avait de la garder en vie pour se laisser le temps d'éclaircir ce point. Quelqu'un demanda à parler. Il s'indigna du fait qu'on n'ait pas obligé Ulysse à expliquer cette situation. L'homme répondit calmement d'une voix ferme :

— Nous n'avons fait preuve d'aucune mansuétude à son égard. Nous l'avons interrogé… Durement. Il dit qu'il n'en sait rien. Nous avons pensé qu'il était inutile de le tabasser à mort pour avoir des réponses qu'on obtiendra de toute façon malgré lui dans une dizaine de jours au maximum. S'il ne sait réellement rien, les jukams trouveront.

Une voix s'éleva :

— C'est long, dix jours…

L'homme continua sur un ton persuasif :

— Si nous décidons de le tuer tout de suite, peut-être allons-nous regretter de ne plus pouvoir lui poser les bonnes questions pour disséquer la manière dont il est arrivé là, et faire en sorte que ce ne soit plus possible pour personne. Nous avons permis qu'on lui apporte un minimum de soins uniquement pour se donner le temps nécessaire.

— On le dorlote trop ! Il ne serait pas mort d'une infection en dix jours !

Qu'allait-il se passer dans dix jours ? Ulysse comprenait que des gens viendraient. Mais qui ? Et pour quoi faire ? À aucun moment il ne fut question du fait qu'Ulysse était recherché par les siols ni du niveau d'alerte qu'il avait déclenché, étonnamment élevé pour une jeune lignée ordinaire. C'était pourtant la véritable raison de leurs interrogations et du souci tout neuf qu'ils avaient de garder Ulysse en bon état encore un petit peu… Quelqu'un, à son tour, fit part de son mécontentement.

— Il va falloir le surveiller encore tout ce temps-là en prenant le risque qu'il s'échappe ? Sa présence parmi nous est un danger. Et c'est aussi une constante provocation pour tous ceux qui ont souffert par la faute des lignées. Pour ma part, je refuse qu'il nous nargue encore un jour de plus ! Pourquoi faire ?! On le tuera, de toutes façons. À quoi ça sert d'attendre ?!

Un murmure d'approbation se répandit au-dessus de la foule jusque sur les galeries qui couraient autour de la salle vers le plafond, très élevé. L'Averti répondit posément :

— Il se pourrait qu'on ait besoin de lui encore un peu… Nous venons d'apprendre qu'il y a un combat organisé au cours du prochain Grand Échange. Nous n'avons aucun champion et les jukams n'auront pas le temps d'en ramener un. Je vous propose de garder celui-là.

Un nouveau brouhaha bien plus fort s'éleva de l'auditoire. Chacun y allait de sa réflexion et de son commentaire. L'idée faisait son chemin. Ulysse se battait bien. Ils l'avaient tous constaté. Il avait réussi à amocher les patrouilleurs alors qu'ils étaient bien supérieurs en nombre… Et même drogué, il leur avait encore tenu tête. Ce n'était pas toujours les plus costauds qui remportaient les combats. En tout cas, ce serait un spectacle excitant. Certains s'étonnaient de l'annonce de ce combat tombé des nues. Mais il arrivait souvent que des informations circulent mal d'une communauté à l'autre.

— Il faut deux champions dans chaque camp pour un combat. Qui fera la deuxième manche ?

— Le même. On n'a pas le choix.

Un homme prit la parole. Ulysse reconnut Biwam.

— Pour ma part je veux qu'il meure. Je l'ai dit déjà. Il a vu DimHénoé, il meurt… C'est celle-là, notre ligne de conduite, depuis longtemps maintenant. La seule chose qui doit nous motiver, c'est la lutte pour la victoire des serviles.

L'Averti qui était debout répondit avec calme :

— Ce n'est pas le sujet de ce soir. Nous en reparlerons. Nous ne sommes pas tous d'accord sur les moyens, mais nous menons le même combat. Tous, ici, nous voulons que les serviles soient les égaux des lignées.

Biwam se renfrogna, mais se tut.

— Quelqu'un veut-il ajouter quelque chose ?

Ulysse bondit sur ses pieds avant que ses gardes ne réagissent.

— Moi.

Tous les regards se portèrent sur lui. Sur tous les visages, on pouvait lire la surprise et aussi de l'exaspération, de l'indignation, de la colère. La question ne s'adressait bien évidemment pas à lui ! Celui qui menait les débats hésita, mais Ulysse ne lui laissa pas le temps de lui refuser la parole. Il parla fort pour que tout le monde l'entende :

— Ce que vous venez de dire vous interdit de faire de

moi un esclave sans droit. Il faudra bien que dans ce monde où chaque serviles sera l'égal des lignées, chaque lignée soit l'égale des serviles… L'égalité, ça marche dans les deux sens.

Une voix cria :

— Sauf qu'on éliminera toutes les lignées !

Au pied de l'estrade, une femme se retourna pour s'adresser à tous derrière elle.

— Ne lui répondez pas. De quel droit ouvre-t-il la bouche ? On se bat ! Dans toute guerre, il y a des morts. Pour l'instant on ne prend aucun risque. Les lignées qui arrivent jusqu'à nous, on ne cherche pas à savoir qui elles sont, ni ce qu'elles ont fait. On les tue.

Ulysse se tourna vers les membres de l'Assemblée et cria :

— Alors, ne parlez pas d'égalité !…

Il pivota à nouveau vers la salle et ses gardes l'obligèrent à se rasseoir. Ils appuyèrent sur son épaule douloureuse et Ulysse ne résista pas. Il se rassit, vibrant de hargne, sans baisser la tête. L'homme aux cheveux courts qui présidait l'Assemblée des Avertis lui jeta un rapide coup d'œil puis revint à ceux qui lui faisaient face. Il laissa son regard survoler posément la foule en ignorant sciemment le coté de l'estrade où se trouvait Ulysse. Il prit une voix forte et s'adressa à l'ensemble des exogènes.

— La voix d'une lignée ne compte pas, ici. Celle-ci pas plus qu'une autre. Savoir ce que pense une lignée ne nous intéresse pas. Celui-là veut nous donner une leçon de morale politique ? Il n'aurait même pas dû pouvoir prendre la parole. C'est avec des armes de lignées qu'on se bat… Notre justice est expéditive, mais pas plus que la leur à notre égard. Et c'est la condition de notre survie.

Il se tourna vers Biwam.

— Nous n'avons nullement l'intention de nous apitoyer sur le sort de celui-là, Biwam. J'ai bien conscience de la nature sans concession de ce combat. Toute l'Assemblée en a conscience. Mais la situation est particulière... À l'unanimité, l'ensemble des Avertis ici présents te demande, à toi et à tous les habitants de DimHénoé, de leur accorder un peu de temps.

Il regarda à nouveau l'auditoire.

— Nous vous demandons votre confiance. Nous vous proposons une solution pour patienter : faites de lui votre champion. Les jukams ont ramené des bracelets. On va lui en poser un et on règlera son sort après le Grand Échange.

Le meneur des débats procéda au vote à main levée qui devait décider du statut d'Ulysse. Était-il accepté comme champion ? Peu de mains s'élevèrent contre. La perspective d'un combat réjouissait beaucoup de monde... et pour un combat, il fallait bien un champion... Celui-là, ils n'avaient même pas eu besoin d'aller le chercher. Il était venu tout seul ! L'idée semblait acquise.

Le débat continua sur ce qu'il convenait d'organiser. Quand ceux qui le souhaitaient se furent tous exprimés, un membre de l'Assemblée se leva et énonça la proposition retenue afin qu'elle fasse l'objet d'un vote définitif. Il serait donc construit une cage de sayik, à côté des poteaux, sur l'espace dégagé, au pied de la falaise. Le prisonnier y serait enfermé et ne quitterait pas son bracelet. Une fois revêtu de l'habit de champion, il deviendrait intouchable. Personne n'aurait plus le droit d'attenter à sa vie ni à son intégrité physique... sauf s'il essayait de s'échapper.

Quand il fut question de désigner quelqu'un pour s'occuper de le ravitailler, leur choix se porta assez vite sur Auriane. Une innée qui arrivait d'on ne savait où, n'avait aucune raison de vouloir se venger, ni d'Ulysse en particulier, ni des lignées en général. Et l'attitude qu'elle avait eue jusque-là envers le prisonnier, avait paru tout à fait adaptée à tous ceux qui en avaient été les témoins. Auriane s'occuperait de sa nourriture et de ses soins... et Nedji resterait en dehors de la cage. Le vote qui suivit entérina cette décision et la réunion fut levée. Chacun partit vers ses occupations et rejoindrait bientôt les feux pour manger.

Dans la grande salle, il ne restait qu'Ulysse et quelques gardes, dont Biwam. Ulysse aurait préféré que celui-là ne se colle pas trop près de lui, mais ce devait être son tour et c'était lui qui le tenait par le bras. Heureusement, les autres faisaient comme un écran psychologique. Ulysse s'inquiétait quand même.

Aucun n'avait reçu de consignes claires pour le soir même. Que devaient-ils faire d'Ulysse en attendant la construction de la cage ? Lui poser un bracelet, d'accord, mais l'attacher où ? L'un d'entre eux proposa le même traitement que la veille : qu'on le rattache à ses poteaux le jour, et qu'on le remette dans une cage la nuit. Biwam contesta cette proposition.

— Non. C'est trop loin. On ne voit rien de ce qui se passe, en bas. Pour la nuit on l'attache un peu mieux et on laisse les veilleurs de la falaise avoir l'œil sur lui.

Un autre demanda des précisions.

— Un peu mieux, tu veux dire comment ?

— Comme on l'avait attaché la première fois. Avec en plus un bracelet.

La fille qui parlait peu fit remarquer qu'Ulysse avait une clavicule cassée. Mais Biwam refusait d'entrer dans ce genre de considérations. Il déclara que ce n'était pas leur problème. La fille lui rappela la règle :

— Maintenant qu'il est champion, si. On doit faire le maximum pour qu'il arrive au combat dans le meilleur état possible.

— Et alors ?... On ne l'amoche pas davantage !

— Ne fais pas celui qui ne comprend pas ! Une clavicule se répare beaucoup moins bien quand on suspend son propriétaire par les bras entre deux poteaux !

Biwam répondit avec humeur :

— C'est ça ! Ne le bousculons pas !… Remets-lui son telib, pendant que tu y es ! Vemo garde l'initialiseur. Avec un peu de chance, il saura se réparer encore plus vite !

La fille s'insurgea.

— Arrête ! Il n'a jamais été question de ça !

Ulysse, qui attendait qu'on statue sur son sort, perdit le fil de ce qui se disait autour de lui. Ses pensées convergèrent vers cet initialiseur, et ce « Vemo » qui en avait la garde. Retrouver le plein usage de son telib… Il devrait en passer par là… Il ne pourrait quitter cet endroit qu'à cette condition… Mais ce problème n'arrivait pas à prendre réellement le premier plan de ses préoccupations… Pour tout dire, la seule chose dont il se souciait vraiment, c'était de savoir si quelqu'un lui donnerait enfin quelque chose à manger.

Ses gardiens avaient fini par se mettre d'accord. Pour une nuit, Ulysse serait attaché au mur, sur l'estrade de la grande salle, là où les veilleurs se retrouvaient entre leurs tours de garde. Demain on construirait la cage tout près de la falaise et on le mettrait dedans.

Ulysse fut revêtu de l'habit des champions de DimHénoé, une sorte de toge d'un bleu soutenu rendu plus sombre et plus profond par la présence de deux grands ronds jaunes, l'un au milieu de la poitrine et l'autre dans le dos. Ses gardiens l'aidèrent à l'enfiler après lui avoir ôté l'espèce de tunique rouge bricolée par Auriane.

L'un d'eux fit une remarque à propos de l'aspect crasseux du prisonnier. Ulysse ne dit rien. La réflexion ne s'adressait pas à lui et il savait qu'aucun d'eux ne souhaitait entendre le son de sa voix. La journée avait été longue… Il allait encore certainement jeûner ce soir… Maintenant, il n'aspirait qu'à une chose : qu'on le laisse tranquille et qu'enfin il n'ait plus besoin d'être sur la défensive. Il sortit son bras droit par une manche. Le gauche était toujours fixé contre sa poitrine.

C'est un Averti qui vint lui poser le bracelet. Il passa par son telib. Ulysse le laissa faire sans résistance. Il sentit le froid contact s'incruster lentement dans sa chair pour ne faire qu'un avec son poignet. Ce n'était pas réellement douloureux. Juste désagréable. L'Averti se retira et on rattacha le bracelet au mur par un filin long et fin qui laissait à Ulysse la possibilité de s'asseoir. Biwam vérifia le tout, et, avant de s'éloigner, il donna à Ulysse une légère claque derrière la tête.

— …Voilà… champion !

Oui… il était champion… Ulysse soupira… Quelle dérision !

42

---cage---

Auriane rejoignit directement la falaise. Les poteaux se dressaient à leur place, mais il n'y avait personne. Elle se demanda où était passé Ulysse. Elle avait espéré qu'on le ramènerait passer la nuit avec elle, mais elle avait vite réalisé que ce ne serait pas le cas. Elle n'avait pas saisi tout ce qui s'était dit la veille et n'avait pas encore réussi à discuter avec Zéhéda pour savoir exactement à quoi s'en tenir. Elle avait en tout cas compris qu'ils ne le tueraient pas. Pas tout de suite. L'inquiétude qui ne la quittait pas s'était déplacée vers les jours à venir. Aujourd'hui, elle était sûre qu'il était là, quelque part et qu'elle finirait par le trouver.

Elle grimpa les longs escaliers qui, de petits balcons étriqués en jolies terrasses aménagées, menaient jusqu'à l'entrée de la grande salle. Elle ne croisa que très peu de monde. Quand elle entra dans l'espace troglodyte, elle ne remarqua pas tout de suite Ulysse attaché au mur de l'estrade, assez loin de l'entrée. Ce ne fut que plus tard, quand elle passa sur l'un des balcons qui couraient le long des parois, qu'elle l'aperçut, tout en bas.

Elle s'arrêta et s'accouda à la rambarde comme si elle soufflait une seconde. Elle en profita pour l'observer. Il était vêtu d'une sorte de boubou africain bleu orné d'un grand rond jaune. Il était debout, il ne bougeait pas et semblait résigné. Il attendait… Elle ne s'attarda pas, craignant que Nedji ne

65

remarque son manège.

Elle rejoignit Zéhéda dès qu'elle le put. Lô n'était pas avec elle. Auriane se fit expliquer les décisions qui avaient été prises durant le rassemblement. Le fait d'avoir été désignée pour s'occuper d'Ulysse était tellement inattendu qu'elle voulut en avoir confirmation. C'était la première fois qu'on lui octroyait un travail précis. Que ce soit justement ce travail-là, celui qui allait lui permettre d'approcher Ulysse, c'était incroyable… Surprenant… Elle exposa de façon très succincte ce qu'elle en avait compris. C'était un excellent exercice de vocabulaire, mais elle ne construisait que des phrases très courtes… quand elle arrivait à faire des phrases…

Souvent, quand Zéhéda passait du temps à faire comprendre à Auriane quelque chose que Nedji savait déjà, cette dernière s'éloignait un peu et allait discuter avec d'autres personnes. Auriane attendit qu'elle soit plus loin pour demander à Zéhéda d'intercéder en faveur d'Ulysse. Il n'avait probablement rien bu depuis l'avant-veille, et rien mangé depuis bien plus longtemps. Elle lui demanda s'il lui serait possible de parler aux Avertis.

— Tu tiens à lui, hein ?… C'est qui, cette lignée, pour toi ? Comment tu la connais ?

Auriane la regarda. Dans ses yeux, Zéhéda lut de la peur. Elle la rassura encore en paroles simples et en gestes.

— Les autres pensent que tu ne nous comprends pas et qu'il leur serait impossible de te comprendre… Tout le monde me croit un peu folle de parler avec toi. Personne ne te demande rien. Personne ne sait que tu connais la lignée. Et je ne dirai rien… à moi, tu peux me parler. Tu peux me dire qui tu es…

Auriane secoua la tête en signe de refus. Puis elle se rappela que ce n'était pas cette gestuelle qu'on utilisait ici. Pour signifier « non », elle jeta légèrement sa tête en arrière d'une secousse brève. Zéhéda comprit qu'elle ne lui ferait aucune confidence et n'insista pas.

— Je vais voir ce que je peux faire...

Elle se leva et s'éloigna.

Auriane passa souvent près d'Ulysse au cours de la journée. À un moment, elle remarqua une femme qui restait à le regarder, assise en retrait loin de l'estrade. Auriane aurait bien aimé faire comme elle et rester là, près de lui. Mais elle continua ses activités en donnant l'impression que la présence d'Ulysse dans ce lieu de passage lui était totalement indifférente.

Elle vit revenir les charpentiers qui avaient passé la matinée à rassembler les matériaux nécessaires à la construction de la cage de sayik. Personne ne vint lui dire de s'occuper du ravitaillement d'Ulysse, et ce n'est qu'en fin d'après-midi, quand on pouvait librement se servir de poisson et de légumes autour des feux, qu'elle emplit un deuxième bol. Elle repéra un Averti et lui fit comprendre par geste qu'elle allait le porter au prisonnier. L'Averti lui prit le bol des mains et se dirigea lui-même vers la falaise.

Auriane n'était pas sûre qu'il ait compris ce qu'elle voulait dire. Elle s'était bien gardée de prononcer un seul mot en simihal. Est-ce que les gestes avaient suffi ? Elle n'était pas sûre non plus que, même en ayant compris, l'homme ait réellement porté le bol à Ulysse. Elle n'osa rien faire de plus.

Pour la première fois depuis qu'elle était dans le monde d'Ulysse, elle entendit quelque chose qui ressemblait à de la musique. Un garçon soufflait dans une sorte de flûte de pan. C'était étrange et doux. D'autres l'accompagnaient avec des sons de gorge sur une même note grave et continue, comme le bourdon d'une cornemuse.

Zéhéda jouait avec Yasdil à un jeu où il fallait mettre et enlever des petits galets et des bâtons d'une dizaine de trous creusés entre eux, dans la terre. Auriane resta dehors, près des feux. Elle s'occupa l'esprit en essayant de comprendre la règle de leur jeu... Son portier la conduisit plus tard dans ses quartiers, récupéra le couteau et l'enferma.

La cage de sayik ne fut pas longue à construire mais il fallut quand même trois jours pour qu'elle soit tout à fait terminée. Les bâtisseurs n'utilisèrent que des matériaux et un savoir-faire qu'Auriane reconnut pour être les mêmes que ceux utilisés dans son monde.

Le deuxième jour, les Avertis convoquèrent Zéhéda et Auriane. Ils chargèrent Zéhéda d'expliquer à l'innée qu'elle devait retourner dispenser des soins au prisonnier. Zéhéda en profita pour suggérer encore une fois ce qu'elle avait tenté d'obtenir le jour précédent auprès de l'un d'entre eux, à savoir le droit pour Auriane de nourrir Ulysse et de lui porter à boire, même s'il n'était pas encore dans la cage de Sayik.

Les Avertis reconnurent que la veille, Ulysse n'avait mangé que parce qu'Auriane y avait pensé. Ils n'aimaient pas l'idée que qui que ce soit s'approche trop près du prisonnier, tant qu'il n'était pas attaché à l'intérieur d'une prison sécurisée. Mais ils avaient d'autres préoccupations et peu de temps pour prendre garde à tout... et puisqu'Auriane allait le soigner, il faudrait bien qu'elle l'approche.

Ils décidèrent de charger Biwam d'être présent dans la grande salle quand l'innée s'occuperait de la lignée. Il s'était montré suffisamment vindicatif pour que l'on puisse lui faire confiance quant à sa capacité à ouvrir l'œil et à ne pas laisser Auriane aider Ulysse à se libérer. Aux autres moments de la journée, les veilleurs continueraient d'empêcher quiconque de s'approcher de l'estrade et avertiraient les gardiens le cas échéant.

Ce fut donc Biwam qui vint en fin de matinée chercher Auriane pour la mener auprès d'Ulysse. Auriane le suivit. Il était préalablement passé chercher de la nourriture dans la réserve. Il y avait pris ce qui lui tombait sous la main. Principalement des fruits, mais aussi des tubercules qui, crus, étaient difficilement consommables.

La première fois qu'il remplit sa mission, il resta à côté d'eux. Sa présence si proche rendait Ulysse nerveux. Il craignait un geste violent de sa part. Mais Auriane semblait capter toute son attention et il n'accorda même pas une parole désagréable au prisonnier.

Auriane fit ce qu'elle avait à faire. Lentement. Elle ne pouvait rien dire. Biwam l'impressionnait. Elle fit parler ses mains qui s'attardèrent sur le corps d'Ulysse, douces et efficaces. Ulysse mangea en silence pendant qu'elle s'occupait de lui.

Le soir, Auriane entreprit de refaire les pansements… Pour qu'ils gardent toute leur efficacité, il fallait déplacer les coquillages, et c'était un travail précis et minutieux. Normalement, les déplacer une fois par jour suffisait, mais Auriane tabla sur le fait que Biwam n'y connaissait certainement pas grand-chose en technique médicale et ne s'étonnerait donc de rien. Les soins à Ulysse prenaient du temps… d'autant qu'Auriane ralentissait au maximum chacun de ses gestes. Sachant qu'il allait y en avoir pour un moment, Biwam resta en retrait à bavarder avec les veilleurs, sans toutefois lâcher Auriane de l'œil.

Auriane et Ulysse auraient pu discuter entre eux puisque Biwam était plus loin, mais la jeune femme, la même que la veille était assise près de l'estrade. Auriane parla tranquillement dans sa langue :

— Ne dis rien. Attends qu'elle soit partie. Là, elle croit que je m'adresse à moi-même. Je peux te parler, mais ne réponds pas. Tu n'es pas censé connaitre ma langue et ici, tout se sait. Fais comme si tu ne comprenais pas ce que je te dis et, si tu dois me dire quelque chose, parle dans ta langue. Je comprends un peu. Ça suffira.

Ulysse ne dit rien. Très peu de temps après, la jeune femme se leva et s'éloigna. Auriane interrogea Ulysse du regard. Il ne répondit pas tout de suite. Auriane lui demanda de relever son « boubou » et de se retourner pour lui permettre de déplacer les coquillages qu'il avait dans le dos.

— Je vais essayer d'en placer de l'autre côté, près de ta clavicule. Peut-être qu'ils ont un effet sur le développement des cals osseux…

En observant les soins apportés à Lô, Auriane n'avait pas réussi à déterminer si c'était sa fracture ou ses plaies que l'on traitait en disposant des slags sur son bras cassé. Tout en commençant à mettre en pratique ce qu'elle venait d'exposer, elle demanda :

— Qu'est-ce qu'elle faisait là, celle-là ?

Ulysse était de dos et Auriane était juste derrière lui. Son vêtement relevé faisait du volume autour de son cou. De là où se trouvait Biwam, il lui était impossible de voir qu'Ulysse ouvrait la bouche et encore moins de l'entendre. Ulysse murmura en parlant vers le mur :

— Je ne sais pas… Elle n'a pas le droit de me toucher, mais… elle en a envie.

— En simihal, Ulysse… Parle en simihal.

Ulysse ricana en lui conseillant de ne pas surestimer le niveau de son trad ! Auriane lui donna un léger coup sur sa bonne épaule. Ulysse ajouta d'une voix amusée :

— Apprendre une langue avec un cerveau d'inné, c'est comme se déplacer sans transfert… À pied, c'est long !…

Dans la voix d'Ulysse, Auriane devina l'écho de son rire. Elle se demanda depuis combien de temps elle ne l'avait pas entendu rire... depuis combien de temps elle n'avait pas ri, elle-même… Elle soupira et regarda derrière elle. Biwam discutait avec les veilleurs. Il n'y avait plus personne d'autre autour d'eux. Ni en bas, ni sur les balcons qui étaient de toute façon trop élevés. Rassurée, elle reprit sa conversation avec Ulysse.

— C'est quoi ces gens ? Ils veulent ta peau, ils sont prêts à te lyncher et après ils te font les yeux doux ?

— Oui… Enfin… il ne faut pas exagérer non plus. Il n'y en a qu'une qui vient me tenir compagnie. Il y en avait une autre qui passait régulièrement près des poteaux quand j'y étais, mais je ne la vois plus. Elle, j'avais déjà remarqué qu'elle venait souvent me voir.

— Souvent ?

— Elle ne reste pas longtemps. Elle ne m'a jamais adressé la parole... Je crois simplement qu'elle a pitié de moi. Elle a sûrement ses raisons… Je ne la connais pas.

Auriane avait fréquemment croisé cette femme et avait parfois travaillé avec elle. Elle faisait partie du groupe qui s'occupait du ravitaillement.

— C'est Taomi. Qu'est-ce qu'elle te veut ?

— Rien. Elle me montre que mon sort ne lui est pas tout à fait indifférent… et… elle a envie de moi.

Auriane n'était pas surprise. Elle avait constaté que les rapprochements de couples étaient nombreux, fréquents et variaient d'un jour à l'autre. Pour ce qu'elle avait pu voir du comportement de Taomi dans ce domaine, elle se montrait entreprenante et décidée. Auriane sourit et dit à Ulysse :

— …En général, elle ne se contente pas de regarder…

— Elle joue avec qui elle veut. Mais… avec un prisonnier, elle n'a pas le droit.

— Surtout une lignée…

— Oh ça, encore, ça n'a jamais dérangé les serviles. Les lois, c'est les lignées qui les font. Et les lignées se fichent de la vie des serviles en dehors du service qu'ils leur rendent...

C'était les lignées qui devaient rester entre elles… Pour ça comme pour le reste… Les serviles n'avaient aucune loi concernant le choix de leurs partenaires sexuels. À

DimHénoé, il semblait bien n'y avoir pas plus de règles dans ce domaine.

Ulysse souligna :

— Et sur une ile, la chair fraîche est rare… Il n'y a qu'à voir comment Biwam te regarde !

Auriane n'avait rien remarqué. Elle fut surprise et agacée de ce que sous-entendait Ulysse. Elle bougonna :

— Alors là… Il peut se la mettre derrière l'oreille...

Ulysse se douta du sens qu'avait cette expression. Au ton qu'elle avait pris, il comprit que l'idée d'un Biwam physiquement plus proche d'elle ne la tentait pas du tout. Il la rassura. Tout le monde à DimHénoé avait dû recevoir des directives claires interdisant tout rapprochement de cet ordre avec cette innée semi-prisonnière dont on ne savait rien. Auriane allait répondre mais Biwam revenait vers eux. Elle avertit Ulysse et reprit son monologue comme si elle commentait pour elle-même ce qu'elle était en train de faire.

— Ton dos va déjà mieux. Mais il faudrait te laver pour de bon des pieds à la tête. Ulysse… Ne dis rien. Il est juste derrière moi. J'ai terminé. Je reviens demain et j'essayerai de passer moi-même par les feux pour t'apporter quelque chose de plus comestible que le menu choisi par la grande brute…

Ulysse ne réagit pas et fit comme s'il ne comprenait pas. Auriane se leva. Elle signala par gestes à Biwam qu'il fallait à boire pour le prisonnier. Il haussa les épaules. Sans tenir compte de sa réaction, Auriane grimpa l'escalier vers la première coursive sur laquelle il y avait une source. La grande vasque profonde était pleine d'une eau d'un bleu magnifique. Elle attrapa deux calebasses, les remplit et redescendit. Biwam l'attendait au pied de l'escalier. Il la suivit jusqu'auprès d'Ulysse et, quand il entendit ce dernier la remercier et lui souhaiter une bonne nuit en simihal, il ricana :

«…Elle ne comprend pas ce que tu lui dis… Ce n'est pas pour tes beaux yeux qu'elle te soigne. Elle se contente de faire ce qu'on lui ordonne.

Il grimaça puis ajouta :

— Mais tu as de la chance qu'elle soit si consciencieuse. Moi, ce n'est pas cette eau là que je t'aurais apportée.

Et il désigna une rigole qui courait au pied de l'autre mur et ramenait des eaux usées vers l'extérieur. Ulysse garda les yeux sur Auriane et ne répondit pas. Dans l'habit qu'il portait, personne n'avait le droit de le frapper, mais… il ne voulait pas tenter le diable.

La cage de sayik se dressait maintenant à côté des haubans. Les bâtisseurs s'affairaient encore à en consolider les assemblages mais elle était presque terminée. À Serdhif, du côté des lignées, ces cages étaient constituées d'écrans invisibles que l'on activait au moment des combats. Ici, c'était une construction ronde entièrement en bois. Elle ressemblait un peu à celles que l'on trouvait dans les slanes, fabriquées avec ce qui tombait sous la main. Seules les dimensions du cercle qu'elle traçait sur le sol ne différaient pas d'un modèle de cage à l'autre.

Auriane attendait près de la réserve que Biwam vienne la chercher. C'était les seuls moments de la journée où Nedji la lâchait un peu. Mais Auriane ne gagnait pas au change. Biwam était chaque fois contrarié du mal qu'il avait eu à la trouver et se montrait rude et brusque… surtout avec Nedji. Seul avec Auriane, il était… mielleux.

Cette fois, en plus d'un bol de nourriture, Auriane transportait un seau. Elle allait le laisser à Ulysse. Ses gardiens n'anticipaient aucun des besoins de leur prisonnier. Le sol avait beau être recouvert d'une épaisse couche de sable, si Ulysse restait encore quelques temps dans ce coin d'estrade, il faudrait bientôt envisager un sérieux nettoyage.

Biwam vérifia ce qu'il y avait à l'intérieur du seau. Il

n'y vit qu'une éponge et des slags. Auriane avait demandé à Zéhéda de lui obtenir quelques-uns de ces coquillages régénérateurs. Elle voulait essayer l'effet qu'ils auraient sur la fracture d'Ulysse. La veille, elle n'en avait placé qu'un de ce côté-là. Si son intuition était bonne, ce n'était pas suffisant... Et puis, un plus grand nombre de slags, c'était plus de travail et donc davantage de temps auprès d'Ulysse... pour aujourd'hui et pour les jours à venir.

Ulysse n'avait pas mieux dormi que les nuits précédentes. Il avait trop de temps pour penser, et la teneur de ses réflexions ne portait pas à la tranquillité d'un sommeil réparateur. Ses nuits étaient presqu'aussi longues que ses journées... Deux jours sans encaisser aucun coup... c'était toujours ça de pris. Ce répit lui avait permis de souffler un peu physiquement, mais n'avait pas eu un grand effet sur l'angoisse sourde qui l'habitait, ni sur le stress qui l'envahissait chaque fois que quelqu'un s'approchait un peu trop près. Les visites d'Auriane étaient à proprement parler à la fois sa bouée et son soleil : elles lui permettaient de ne pas se laisser submerger par ses pensées macabres et apportaient de la lumière et de la chaleur à son lent calvaire.

Mais il devait envisager l'avenir. Ne serait-ce que pour elle. Les jours s'enchainaient et le temps avançait irrémédiablement. Sept jours... Il restait sept jours. Huit, en comptant cette journée-ci... Sept jours pour s'échapper... Il fallait qu'il lui parle de ce Vemo qui gardait l'initialiseur. Mais il ne voulait pas lui faire prendre des risques. Il n'était jamais seul. Il portait un bracelet incrusté dans son poignet et le filin qui l'attachait à l'anneau scellé dans le mur n'était plus une simple corde, mais un fin cordon souple quasiment indestructible.

...Et s'il n'arrivait pas à s'enfuir ? Qu'allait-il se passer... après... quand... Ulysse ne savait pas quels mots mettre sur cette idée. Il s'essaya même à les murmurer à haute voix : «…Quand… …je ne serai plus là… » Quelque chose en lui se refusait à croire ce qu'il énonçait… Il devait y avoir une solution. Il ne pouvait pas finir sa vie ici, comme ça, en étant tué sciemment par des gens qu'il ne connaissait pas et à qui il n'avait personnellement fait aucun mal… C'était… absurde…

Que devait-il dire à Auriane ? Quand ?… Toutes ces questions qui le taraudaient, il devait les aborder avec elle… L'éventualité de sa mort, aussi… Ils esquivaient tous les deux cette idée avec habileté depuis qu'ils s'étaient retrouvés. Il devait lui parler clairement… ouvertement… et envisager tous les possibles… Même les plus terribles… Il devait informer Auriane de la présence de Solim quelque part sur cette île. Quand Ulysse ne serait plus là, il ne resterait que Solim pour l'aider à partir. Et peut-être les amis qu'elle se serait fait ici… Zéhéda…

Il devait profiter des échanges qu'ils pouvaient avoir tous les deux. Mais comment être sûr que sa réaction ne la mettrait pas en danger ?… Biwam était trop près. Il était vif, suspicieux et très mal disposé à l'égard d'Ulysse. S'il supputait le moindre lien entre eux, c'en était fini de la semi-liberté d'Auriane. Elle tomberait sous le même régime que lui. Ulysse décida d'attendre d'être loin des gardes et des veilleurs… de patienter jusqu'à ce qu'il puisse parler avec elle sans qu'il y ait tout ce monde si proche autour d'eux.

Auriane arrivait, Biwam derrière elle. Ulysse retint son sourire. Ni l'un ni l'autre n'en montraient rien, mais ils concentraient tous les deux le sens de leur vie, l'essence de chaque jour, sur le plaisir de ces moments où ils se retrouvaient. L'inquiétude, le stress, l'angoisse d'un avenir plus qu'incertain, donnaient à ces brefs échanges une profonde intensité… Cette fois encore, ils allaient essayer d'en vivre chaque instant au présent… comme autant de poussières d'éternité.

43
---Grand Échange---

L a cage était finie. Ulysse déménagea le soir même. Auriane continuait ses visites deux fois par jour. C'est Nedji qui récupérait son couteau. Un garde la faisait entrer et revenait la chercher plus tard, quand Nedji signalait qu'elle avait fini. Nedji restait à l'extérieur. Elle partait souvent faire un tour, ou attendait plus loin, en discutant ou en rêvassant. Ulysse n'avait encore parlé de rien avec Auriane. En tout cas pas de... de mort.

Il avait renoncé à fuir... Impossible... Il n'aurait pas dû attendre. C'était le premier jour qu'il aurait été le plus facile de s'enfuir. Avant qu'on lui mette ce bracelet, avant qu'on l'entrave. Avant qu'on attache ce filin à son bras, et le tout à ce plot solidement arrimé au sol au centre d'une cage de sayik toute neuve, robuste et bien bâtie.

Pour fuir aujourd'hui, il aurait d'abord fallu se libérer. Ensuite, il aurait fallu tromper la vigilance constante de tous ces gens. Maintenant, c'était l'ensemble de la communauté qui le surveillait. Ils étaient si nombreux, et tous si inquiets ou méfiants, qu'il y avait constamment quelqu'un pour avoir l'œil sur lui. D'un peu partout et à tout instant, plusieurs personnes s'assuraient simultanément qu'Ulysse était bien dans sa cage. Et tous ces guetteurs n'étaient pas des machines, des systèmes de surveillances impersonnels et automatiques... Les exogènes ne comptaient que sur eux. Sur leurs sens en éveil, sur leur force, sur leurs capacités physiques et sur leur volonté. Les premières nuits, ils se relayaient même devant la cage en tours de garde très courts. Ce ballet incessant et bruyant ne favorisait pas le sommeil.

Fuir avait toujours été extrêmement risqué pour Auriane… et devenait pour Ulysse, carrément suicidaire. Il avait renoncé à mettre la priorité sur l'initialiseur. S'il avait réussi à avoir l'appareil entre les mains, il lui aurait aussi fallu les codes et ils ne savaient ni où, ni comment chercher…

Il était de toute façon impossible de se téléporter où que ce soit avec ce bracelet autour du poignet. Auriane se montrerait probablement prête à n'importe quoi pour le sortir de là et son aplomb, sa détermination la mettraient en danger. Elle avait encore une chance de sortir vivante de toute cette histoire. Ulysse ne voulait pas prendre le risque de lier la destinée d'Auriane à la sienne.

Pour toutes ces raisons, il laissait filer le temps… Il attendait chaque visite d'Auriane. Pendant ces moments qu'elle passait avec lui, il se sentait vraiment vivant. Le reste était du temps entre parenthèses… de la vie en sursis.

Ulysse était à DimHénoé depuis une dizaine de jours. Le décor avait bien changé. Toute la plaine était décorée. De grands pans de tissu bleu turquoise étaient accrochés un peu partout, alternant avec des bouquets de longs rubans multicolores qui ondulaient dans la brise. Auriane était venue dans la matinée et lui avait raconté l'arrivée de tout un tas de gens transportant avec eux tout un tas de choses.

Ils avaient été reçus sur la plage. Auriane n'avait pas été conviée à se joindre au groupe qui était parti les accueillir. Elle avait observé l'arrivée de tout ce monde sur la plaine. Ulysse avait vu leur convoi lui aussi. Son observatoire de la vie exogène était bien placé. Ils avaient tous traversé la plaine pas loin de sa prison et avaient continué vers la falaise. Auriane, elle, avait pu les rejoindre, les côtoyer, les écouter...

Ils avaient installé leurs affaires personnelles dans tous les espaces libres du ventre de la falaise, puis avaient entrepris de répartir les ballots qu'ils avaient apportés. Ils avaient monté des stands. Les exogènes locaux travaillaient avec eux. Ces derniers avaient eux aussi rassemblé par catégorie des monceaux d'objets et de produits variés qui démontraient leur savoir-faire et la connaissance qu'ils avaient de la nature autour d'eux.

Il y avait des sacs de poudre pour la teinture des toiles et des cuirs, de grands pains de peinture pâteuse et colorée, quelques objets de la vie quotidienne en bois et en pierre. Il y avait aussi des sacs de sel et une grande variété de plantes séchées, de racines, d'écorces utilisés pour soigner toutes sortes de maux.

Les exogènes allaient et venaient comme sur un grand marché, mais se contentaient de regarder. Le troc n'avait pas commencé. Zéhéda avait expliqué à Auriane que le Grand Échange débuterait à la tombée du jour et se poursuivrait durant la nuit et toute la journée du lendemain.

Auriane racontait à Ulysse cette vie qui grouillait plus loin, loin de cette cage où un autre temps filait… Elle essayait de mettre de la légèreté dans ses propos, mais le cœur n'y était pas. Un peu plus tard, elle dut quitter Ulysse et retourna dans la foule, accompagnant une Nedji toute excitée.

Auriane revint comme d'habitude, en fin d'après-midi. On venait de lui faire comprendre que ce serait la dernière fois. Elle n'entrerait plus dans la cage le lendemain. Demain ce serait le marché, les jeux et les combats.

Auriane avait pu détailler leurs champions de près. Ils étaient deux. Ils étaient gardés à la vue de tous dans la grande salle. Au sol autour de chacun d'eux rougeoyait un cercle d'un peu plus d'un mètre de diamètre qui s'arrêtait contre le mur, laissant à chacun d'eux une surface verticale pour s'appuyer. Quelqu'un parmi les nouveaux arrivants savait activer un cercle de feu.

Auriane se souvenait de ce que lui avait expliqué Ulysse à ce propos. Les hommes à l'intérieur des cercles ne pouvaient pas franchir la ligne rouge qui les entourait et elle se demanda pourquoi ils étaient quand même attachés au mur à l'intérieur. Peut-être simplement pour rassurer ceux qui passaient les voir…

C'étaient des hommes bien charpentés, musclés et robustes. À eux deux, ils devaient facilement faire plus de trois fois le poids d'Ulysse. Ils avaient l'air en forme et ne présentaient aucune blessure. Les pronostics allaient bon train et peu d'entre eux donnaient Ulysse vainqueur.

Auriane pénétra dans la cage le soir avec la ferme intention de ne pas évoquer le fait qu'elle ne reviendrait pas. Elle se força à sourire et demanda abruptement à Ulysse de ne pas se battre le lendemain.

— Il faudra bien, Auriane. Je ne vais pas les laisser me taper dessus sans réagir.

Ulysse ne les avait pas vues, les armoires en question… Auriane ne voulut pas lui dire qu'il n'avait aucune chance… que personne ne pronostiquait sa victoire…

— C'est une lignée que tu auras en face de toi, Ulysse. Il doit bien y avoir moyen de vous mettre d'accord ? Je ne sais pas, moi… de refuser de vous battre… de refuser de servir de distraction aux exogènes.

— On ne leur a sûrement pas expliqué qu'ils mourraient quoiqu'il arrive. Les exogènes doivent capturer une lignée, lui dire qu'ils en font leur champion. Le pauvre gars est soulagé qu'on ne le tue pas tout de suite et on lui explique qu'il va se battre à mort mais que si c'est lui qui tue le champion d'en face, il aura la vie sauve… Et sûrement qu'il le croit.

— Ils ont bien dû se rendre compte que jamais aucune

lignée n'est revenue de chez les exogènes... *Forcément ils le savent, ça* !

— Il est probable qu'ils sont tous les deux dans un état d'angoisse tel qu'ils sont prêts à croire n'importe quoi... Chacun voudra sauver sa peau coûte que coûte... Ne te berce pas d'illusions. Ils me frapperont avec la ferme intention de gagner ce combat.

Auriane s'approcha et tendit à Ulysse le bol qu'elle avait apporté. Il lui sourit et s'assit. Elle s'assit en face de lui. Il mangea avec ses doigts sans la quitter des yeux. Une fois le bol vide, il se retourna et la laissa faire son travail de guérisseuse.

Les slags qu'elle avait placés du côté de la clavicule avaient encore une forte activité. Cela se mesurait à l'importance de l'inflammation qui dépassait de dessous les coques. Sur la poitrine et l'épaule d'Ulysse, chaque pointe nacrée était entourée d'un cercle rouge foncé qui dégageait une intense chaleur.

Dans le dos les plaies étaient fermées, propres. Les coquillages qui bordaient le long coup de machette étaient posés sur une peau saine et claire. Le trou de son bras aussi n'était plus qu'une cicatrice de trois centimètres rouge et encore douloureuse, mais bien close.

Auriane lui fit un état des lieux optimiste. Elle s'obligeait à parler sereinement. Mais vivre ce moment en restant au présent lui était impossible et chacune de ses phrases laissait deviner ce qu'elle ne disait pas. Ulysse n'était pas dupe.

Auriane avait fini. Elle avait trainé autant qu'elle avait pu, mais elle était quand même arrivée au bout. Le temps avait passé et dehors, Nedji s'impatientait. Elle voulait rejoindre la fête, participer aux échanges... Auriane s'était levée. Elle savait qu'elle devait sortir de la cage. Maintenant... ...elle ne parvenait pas à s'y résoudre. Ulysse était debout lui aussi. Il tendit sa main vers Auriane qui recula légèrement. Son bras retomba.

— … Auriane… Je suis désolé. Désolé pour tout ça… Désolé de ce que je te fais vivre… et de ce que tu vivras encore…

Il n'ajouta pas « sans moi » ou « quand je ne serai plus là » …et sa phrase resta en suspens.

Auriane baissa la tête. Elle frotta ses yeux d'une main. Elle ne voulait pas pleurer… pas devant lui… Ulysse savait qu'ils ne se verraient plus… Personne ne le lui avait dit, mais il s'en doutait… Elle voulait lui transmettre un peu de force… un reste de confiance en un quelconque avenir… mais tout espoir l'avait désertée… elle se sentait vide.

Ulysse lui parlait comme un condamné qui énonce ses dernières volontés… Il allait mourir. Même lui le savait... Auriane fut soudain submergée par une vague dévastatrice de détresse et de chagrin. Ulysse allait mourir, et c'était tous ces gens qu'elle côtoyait tous les jours, qu'elle appréciait pour la plupart, qui allaient le tuer… Elle voyait se rapprocher l'instant fatidique du combat et elle ne pouvait rien faire…

Ulysse contemplait le visage défait d'Auriane. Une larme venait de s'échapper du bord de sa paupière et il suivit le tracé luisant qu'elle dessina sur sa joue. Il ne pouvait plus faire un geste. Il déglutit.

— …Je ne sais pas si… Écoute, Auriane… Solim est ici.

Auriane sursauta. Ulysse ne lui laissa pas le temps de réagir.

— Il est sur cette île. Quelque part autour de nous. Trouve-le. Convaincs Zéhéda de vous ramener à Serdhif. Il est le seul en dehors de moi qui connaisse l'existence de ton monde. Il saura quoi faire. Sienne te protègera. Les rebelles trouveront comment te ramener chez toi…

Ulysse parlait vite. Il voulait croire en ce qu'il disait… C'est avant qu'ils auraient dû aborder ce sujet-là… Bien avant ! Il était trop tard maintenant. Ils n'auraient plus de temps d'en parler ensemble.

— Ao-Yian' ! Si ayal ! Si niao ayal !

C'était Nedji qui s'impatientait. Cette fois elle s'énervait pour de bon. Elle interpelait Auriane en lui disant de venir, de venir immédiatement. Auriane regarda Ulysse. Ses yeux étaient immenses. Ils débordaient de tout ce qu'elle n'avait pas su dire. Son désespoir, sa révolte, sa peur, sa détresse. Elle devait partir mais elle ne bougeait pas.

Ulysse s'approcha et lui prit les mains. Cette fois, elle se laissa faire. Il murmura à toute allure :

— Ne leur montre rien, Auriane. Je t'en prie. Fais-le pour moi. Je ne pourrai pas faire face à tout ça si tu es maltraitée toi aussi. Ne leur donne rien qui leur permette de soupçonner un lien entre toi et moi... Ne m'approche plus... Ne reviens pas près de cette cage... Auriane... Promets-le-moi...

Le regard d'Ulysse brûlait ses yeux à elle. Elle acquiesça d'un léger signe de tête. Il murmura encore :

— ...Auriane... Continue... Sors-toi de là... J'ai besoin de savoir que tu le feras...

Il suspendit sa phrase. Il lutta de toutes ces forces contre cette envie de la prendre dans ses bras, cette envie de la rassurer... de la protéger...

Des niaiseries, tout ça ! Des idioties qui lui venaient d'une époque où il croyait maitriser son destin. Il ne pouvait plus rien pour elle... juste faire en sorte de ne pas aggraver sa situation. Il ne fallait pas qu'on les voie si proches. Personne ne devait mesurer à quel point elle était bouleversée... Il fallait qu'elle parte... *Maintenant !*

Il recula de deux pas, s'arrachant à la bulle qui les enveloppait tous les deux. Auriane lui lança un dernier regard et se retourna sans pouvoir prononcer un mot... Elle s'avança vers Nedji qui fit ouvrir la cage. Elle respirait à peine. Elle n'était plus nulle part à l'intérieur d'elle-même. Elle avait tout bloqué sur la position « automatique ». Elle marchait sans savoir qu'elle marchait. Nedji l'obligea à rejoindre la foule et à l'accompagner d'un stand à l'autre... Auriane était absente et docile. Le jour déclinait.

Ulysse s'était appuyé sur le plot. La nuit était noire. Du pied de la falaise lui parvenait le brouhaha enjoué d'une fête qui battait son plein. Il y avait des feux, des lumières, des éclats de voix... Il était seul et son appréhension occupait toutes ses pensées.

Ce qui l'attendait le lendemain n'aurait sûrement rien à voir avec ce qu'il connaissait. Il avait pratiqué le sayik régulièrement depuis son plus jeune âge et pendant toute sa formation. Cette activité entrait pour une part importante dans l'éducation d'une lignée. C'était un sport de combat qui nécessitait rapidité, précision, souplesse et maitrise de soi. Ulysse avait participé à moult entrainements, mais jamais à des compétitions. Il n'aurait pas su dire quel était son niveau... Il se battait bien... sans plus.

Les combats dans les slanes n'étaient pas toujours des combats à mort, mais ils ne cessaient jamais avant la perte de conscience d'au moins un des adversaires, et leurs règles n'avaient qu'un lointain rapport avec les règles du sayik.

Ici, il en allait probablement de même... De la technique, oui... et surtout, du spectacle. Il allait se battre contre des lignées. Des hommes qui avaient reçu la même formation que lui... mais qui ne respecteraient pas plus les règles pour autant... Ces hommes voudraient sauver leur peau... et tous les coups seraient permis... Mieux valait un combat qu'une exécution, mais le résultat serait probablement le même...

Chaque fois qu'elle lui traversait l'esprit, cette idée creusait dans son ventre un trou douloureux et il n'arrivait plus

84

à déglutir. Il regarda trembler légèrement les doigts de sa main droite et se força à respirer longuement. Il fallait qu'il se calme s'il ne voulait pas arriver au combat complètement exténué. Il fallait qu'il arrive à dormir.

Très tôt le matin, cinq gardes entrèrent dans la cage de sayik.

— Allez, la lignée… On a ordre de te faire beau.

Ulysse se mit debout, le cœur battant. Ils le détachèrent et lui enlevèrent sa robe. Ils défirent ensuite le nœud du tissu rouge qui maintenait son bras gauche contre sa poitrine. Ulysse n'avait pas utilisé son bras depuis dix jours et le bougea prudemment. Les gardes enchainaient ce qu'ils avaient à faire sans brusquerie… Ils lui rattachèrent les mains dans le dos, sans rudesse inutile et Ulysse fut heureux de constater que l'articulation de son épaule pouvait fonctionner normalement. Ils arrachèrent ensuite tous les coquillages sans aucune précaution particulière, laissant sur la peau d'Ulysse des rougeurs cuisantes qui se résorberaient progressivement.

Ils conduisirent Ulysse à la cascade, les chevilles entravées, les poignets attachés et le corps recouvert d'un filet à très larges mailles. Au filet étaient fixées quatre cordes tenues par quatre gardes. Le cinquième marchait derrière et surveillait ce qui se passait autour, prêt à intervenir. Les cordes ne demandaient qu'à coulisser pour resserrer les mailles du filet autour du corps d'Ulysse à la moindre résistance.

C'était d'autant plus surprenant que le bracelet qu'il portait aurait dû suffire à garder Ulysse à leur merci. En plus de constituer des points d'attache parfaitement sécurisés, ces bracelets permettaient normalement de maitriser un homme d'une simple activation de rayon spécifique par telib ou par boitier. Mais ses gardes ne devaient posséder ni la technique, ni le matériel.

Ulysse fut poussé dans l'eau, encore prisonnier du filet

qui devait être lesté puisqu'il coula autour de lui, le recouvrant toujours de la tête aux pieds. Il avait de l'eau jusqu'à la taille.

— Je te détache les mains. Mais je te préviens... On saura devenir très méchants si c'est nécessaire... Si tu essayes de nous fausser compagnie, j'ai le droit de t'abimer. Et je ne me gênerai pas. Je ne tiens pas spécialement à te faire du mal, mais il n'est pas question que je sois sanctionné par ta faute.

Ulysse regardait droit devant lui. Le garde qui lui parlait s'agenouilla sur le bord pour être à sa hauteur et l'attrapa par le menton pour l'obliger à tourner ses yeux vers lui.

— Et je ne parle que pour moi... Méfie-toi... Les autres sont peut-être moins bien disposés... Il n'y a pas que Biwam qui veut ta peau, ici...Tu te laves sans trainer, et on retourne là-bas avant qu'il y ait trop de monde dans la rivière. Compris ?

Ulysse acquiesça en silence et l'autre sauta dans l'eau pour lui délier les mains à travers le filet. Il lui fit passer le bol de matière gluante qui servait de savon. Heureusement qu'Ulysse avait déjà expérimenté cette méthode de lavage sous la douche chez Sylvain, sinon il n'aurait pas su quoi faire de cette mixture. Il s'en frotta tout le corps, des cheveux aux orteils, rapidement et consciencieusement. Il rinça les parties de son corps qui n'étaient pas déjà dans l'eau.

— Recommence les cheveux. Ils étaient vraiment sales...

Ulysse s'exécuta et lava ses cheveux à nouveau. Les entraves à ses chevilles l'empêchaient de grimper sur les rochers. Ses gardiens le firent ressortir de l'eau par la petite plage.

De retour dans la cage de sayik, on lui passa de l'huile sur tout le corps et on lui tendit un caleçon tissé dans une matière synthétique très souple et élastique. Ulysse le prit et l'enfila. Il était légèrement moulant et confortable. Ulysse s'étonna de ce qu'il ressemblait parfaitement à celui que lui avait fait porter Ambroise chez lui. C'était une pièce d'habillement qu'il n'avait encore jamais vue dans son monde. Pour les combats, les lignées, hommes ou femmes, portaient des justaucorps qui allaient des épaules aux cuisses et qui incluaient des protections au niveau de la poitrine et des parties génitales. Dans les slanes, les serviles se battaient nus. Par-dessus ce boxer, il endossa la robe de champion. Maintenant qu'Ulysse était propre, elle ne paraissait plus très nette…

Ulysse fut rattaché au plot central et un homme l'obligea à s'asseoir devant lui. Il entreprit de lui démêler les cheveux et de les lui tresser. Il tirait sans ménagement sur un peigne en bambou, et la tête d'Ulysse suivait le mouvement. Ses cheveux étaient lisses. Le savon utilisé les avait gainés d'une gangue glissante et ils passaient entre les dents du peigne sans aucune résistance. Avec dextérité l'homme fit à Ulysse un grand nombre de tresses qui couraient en demi-cercle sur son crâne et descendaient librement dans son dos. Quelques-unes se terminaient par un savant emberlificotage de perles et de fils de couleurs qui les rallongeaient encore.

Ulysse s'étonnait d'un rituel si précis. Il s'étonnait aussi que ce soient les gardes qui s'occupent de ce travail… Les habitants de DimHénoé avaient des traditions qui différaient de celles des serviles d'Eghenne. Ulysse n'avait jamais entendu parler d'une quelconque préparation des combattants dans les slanes… Mais il savait si peu de chose sur la vie des serviles…

Son coiffeur avait beau enchainer des gestes fluides et rapide, il fallut un bon moment pour qu'il arrive enfin à la dernière tresse. Il parlait avec les autres gardiens de leur vie quotidienne, ses ragots, ses potins, ses indiscrétions… Ulysse se laissait faire et se concentrait sur leur conversation insipide pour ne pas penser à son sort.

44
---talem---

A uriane avait vécu la soirée de la veille comme un automate. Nedji l'avait menée d'un stand à l'autre. La lumière avait décliné sans qu'Auriane n'ait fait attention à rien de ce qui se passait autour d'elle. Plus tard, assise au fond de sa cage, elle avait regardé la nuit. Elle avait beaucoup pleuré et peu dormi. Le jour s'était levé. Elle avait vu marcher un petit groupe vers la cascade. Mais ils étaient trop loin. Elle n'avait pas reconnu qu'il s'agissait d'Ulysse et de ses gardiens. Elle les avait suivis des yeux sans chercher à comprendre ce qu'ils faisaient.

La lumière du petit matin était toujours aussi belle. C'était celle d'un jour tout neuf… d'un jour comme les autres, avec ses promesses, ses hasards, ses espoirs… Un jour qui se tisserait de rencontres, d'opportunités, de chances… Un jour qui entrelacerait les destinées, croisant les intentions des uns et des autres, leurs désirs, leurs intrigues, leurs calculs… leurs détresses… C'était aussi le jour où Ulysse allait mourir.

Auriane avait physiquement mal à cette pensée. Son ventre se révulsait. Elle avait froid. Elle gardait les bras autour de sa poitrine et l'angoisse la chavirait par vagues successives. Il était là-bas. Son corps était sain et plein de vitalité... Un extraordinaire assemblage de cellules spécifiques qui développaient des myriades d'interactions pour faire qu'il était *lui*. Exactement lui, *Ulysse* et personne d'autre...

Auriane ressentait pour la première fois la formidable

beauté et la bouleversante fragilité de ce qu'on appelle la vie. Elle se voyait physiquement minuscule. Elle voyait l'insignifiance de chaque existence dans le tourbillon d'un cosmos immense. Des vies si courtes, coulant comme du sable entre les doigts... Ce sentiment la précipitait dans un vertige qui l'ébranlait si fort qu'elle ne fut pas sûre de pouvoir se mettre debout quand son portier vint lui ouvrir la cage.

Pourtant elle y parvint. Ne rien laisser paraître. Être lisse et glisser sur la mémoire de chacun pour que personne ne la remarque... pour que personne ne se pose de question à son sujet... Continuer... elle lui avait promis de continuer... Elle ne pouvait plus rien faire d'autre pour l'aider, maintenant... pas même aller le voir. ...surtout pas aller le voir... Ça aussi, elle le lui avait promis...

Elle remonta le chemin qu'elle faisait tous les jours et s'arrêta pour regarder la cage de sayik, au loin. Son portier la bouscula. Nedji n'était pas arrivée. Il allait falloir qu'il mène Auriane jusqu'à la falaise. Elle le suivit, docile.

La préparation d'Ulysse avait duré longtemps mais elle avait commencé tôt. Le garde qui le coiffait terminait de lui tresser les cheveux et la matinée n'avait pas beaucoup avancé.

— Je préfère préparer les lutteurs quand c'est pour des combats amicaux.

Il ne s'adressait pas à Ulysse. Il parlait à ses collègues qui l'entouraient et qui attendaient, les bras croisés.

— Chez nous, un combat amical, on appelle ça un entrainement ! Il n'y a que les lignées pour organiser des combats amicaux !

— Non. À Faled, les serviles en organisaient aussi. La préparation des champions qu'on fait à DimHénoé, c'est un peu la même que celle de Faled. Peut-être que c'est une tradition qui vient de là-bas.

— Ouais. En tout cas, si c'est pour s'arrêter avant la

fin, ce n'est pas la peine de commencer. Pour les spectateurs, c'est quand même la lutte à mort qui rend le spectacle passionnant.

— Question de goût. Moi, ce que j'aime dans le sayik, c'est la technique de combat. Pas besoin de s'entre-tuer…

Il tapa en riant sur la tête d'Ulysse.

— Et celui-là, il nous a déjà montré quelques figures pas mal…

Ulysse se demanda où il avait pu voir ça. Sûrement pas au pied des haubans, quand il avait tenté de s'échapper alors qu'il était complètement drogué. Sa prestation d'alors n'avait pas été terrible… Et soudain, il se rappela. Ce garde-là était aussi patrouilleur. C'était Soya. Celui à qui il avait abimé le visage quand son groupe l'avait capturé, dix jours plus tôt.

— Moi, j'ai misé sur lui, au premier tour.

— Eh bien, tu ne doutes de rien ! Il est à peine remis de la rouste qu'on lui a mise… En plus il fait les deux tours.

— J'ai dit : « *au premier tour…* » Je ne suis ni stupide ni complètement inconscient !

Quand ses gardiens quittèrent la cage d'Ulysse, l'un d'eux suggéra qu'ils aillent lui chercher quelque chose à manger. Un autre répliqua qu'on se battait mieux le ventre vide. Soya n'était pas d'accord. Certainement que le bien être d'Ulysse lui importait peu, mais il voulait que l'on mette toutes les chances du côté de son champion pour lui permettre de remporter au moins le premier tour… L'autre lui répondit qu'il n'avait qu'à s'en occuper lui-même puisque l'innée n'avait plus le droit de venir le nourrir… Et comme l'idée de faire encore une fois l'aller-retour jusqu'à la falaise ne l'enchantait pas, Soya se rangea à l'avis général : on se battait mieux le ventre vide…

À nouveau seul, Ulysse replongea dans ses pensées. La peur était là. Tapie en lui. Il la connaissait. Il ne cherchait pas à la faire disparaitre, ni à l'apprivoiser. Elle n'était pas constituée d'un seul bloc qu'il aurait pu essayer de circonscrire. Elle essaimait partout... au détour d'une image... au creux d'un souvenir. Elle se répandait jusqu'à percer au travers des idées les plus anodines... Alors il pensait autour... avec... par-dessus... Il essayait de trouver n'importe quel sujet qui l'absorberait un instant...

Un temps, Taomi lui fournit de quoi s'occuper l'esprit. Elle était assise tout près, au pied d'un hauban. Elle le regardait. Elle était venue souvent, ces derniers jours et uniquement quand Ulysse était seul. Elle ne faisait jamais rien de plus. Elle le regardait longuement puis repartait.

Ulysse tenta de se représenter ce qu'elle voyait, ce qu'elle projetait sur lui. Quel écho son sort lui renvoyait-il, pour qu'elle passe autant de temps à partager si peu avec lui ? Toute son attitude disait qu'elle lui aurait volontiers offert davantage que son regard désolé. Ulysse le voyait...

Il imagina ses formes... Il s'imagina laissant courir ses mains sur son corps. Il imagina son odeur et la douceur de sa peau... Il crut un moment que cette fois, elle lui parlerait, mais elle repartit sans avoir ouvert la bouche. Lui, ne l'interpela pas non plus... Pour lui dire quoi ?

Après son départ, Ulysse se concentra sur l'activité qui augmentait au loin. Beaucoup de monde tournait autour des feux près de la cascade. Le troc continuait à travers le grand marché et de plus en plus de personnes s'agglutinaient autour de chaque stand. Nedji et Auriane devaient être là-bas... Au milieu de tous ces gens qui allaient et venaient en comparant, en palabrant, l'attention d'Ulysse fut attirée par un groupe qui marchait vite. C'était des Avertis et Ulysse se rendit bientôt compte qu'ils se dirigeaient vers la cage.

Mis à part une femme qu'il n'avait jamais vue, Ulysse les reconnut... Tous. C'était l'Assemblée de DimHénoé. La femme qui les accompagnait avait elle aussi les cheveux courts.

Ils étaient vêtus de robes ressemblant, par leur forme, à son habit de champion. Ils entrèrent et entourèrent Ulysse en continuant leur discussion comme s'il n'avait pas été là.

— Non. Juste ça. Comment il a fait… Il dit qu'il n'en sait rien.

— En tout cas, il ne le refera plus…

— Il ne faudrait pas que d'autres puissent en faire autant.

— On le saurait. Ça fait quand même dix jours qu'il est là.

— Il aurait fallu que Laraya soit là plus tôt. On est un peu pris de court pour se préoccuper de ça, maintenant.

La femme qu'Ulysse n'avait jamais vue répondit :

— J'ai attendu le transfert groupé. Je ne savais pas que vous m'attendiez. La prochaine fois que c'est urgent, faites-le-moi savoir…

Le dernier homme qui avait parlé attrapa Ulysse par le bras.

— Lève-toi, toi…

Ulysse se mit debout. Il était intrigué. Il n'en oublia pas sa peur pour autant, mais pour un instant il réussit à la contenir. La femme qu'il n'avait jamais vue se plaça en face de lui et son regard capta celui d'Ulysse. Elle lui attira les yeux d'une manière irrépressible. Un blanc lui traversa la tête. Il n'aurait pas su dire combien de temps avait duré cette absence. Son esprit reprit le fil de la discussion, mais il en avait manqué un morceau.

…— Comme dans la tête de l'innée ?

— Non. C'est différent. Dans la tête de l'innée il y avait les choses étranges qu'on trouve dans les cerveaux dérangés… beaucoup trop de choses que je n'arrivais pas à interpréter. Là, il y a… quelque chose de protégé. Je glisse autour. Je ne remarquerais rien si je ne cherchais pas précisément là. Mais dans l'endroit où je cherche, je n'arrive pas à avancer… Je ne crois pas que ce soit une volonté de sa part. Ou alors… il est très fort. Beaucoup plus fort que moi… Et dans ce cas-là, il saurait se défendre…

— Il est trop jeune pour maitriser le kadj.

— Personne ne maitrise le kadj. Une vie entière ne suffit pas à maitriser le kadj. Mais tu as raison. Il est trop jeune pour dominer autant de mana… C'est étrange… Enfin… Il ne sait pas comment il a pu arriver sur la plateforme. Ou alors il arrive à le masquer. Vous voulez que j'aille voir autre chose ?

Le gong sonnait au loin. Des sons longs et espacés.

— Non… On doit y aller. Qui il est, d'où il vient, c'est égal. On aurait bien aimé comprendre pourquoi les siols tiennent à le récupérer. Les jukams qui sont là-dessus ne sont pas rentrés. Mais de toute façon, même quand on le saura, on ne traitera pas avec eux… C'est juste pour satisfaire notre curiosité… C'est trop tard pour se préoccuper de ça, maintenant. Tout le monde attend le combat. On peut difficilement le différer sans risquer une émeute. Allons-y.

Celui qui tenait Ulysse par le bras le lâcha. Un mouvement rassemblait progressivement la foule vers la cage. Ceux qui avaient quitté Ulysse un moment plus tôt se dirigèrent vers une tribune installée un peu plus loin. Ulysse vit arriver d'autres officiels qui les rejoignirent. Ils s'assirent sur les gradins à l'ombre de grands dais. Il s'agissait aussi d'Avertis. Ulysse en connaissait certains mais pas tous. Sur une dernière vibration qui s'étiola longuement dans l'air, le gong se tut enfin. Des spectateurs arrivaient encore, mais la plupart étaient là, entourant de loin la cage de sayik.

Un gardien vint chercher Ulysse. Il détacha le filin qui partait de son bracelet, mais lui laissa les entraves de ses chevilles. Il le mena, presque libre de ses mouvements vers la tribune devant laquelle Ulysse découvrit les deux autres champions… Ils étaient… trapus… Trapus et musclés… Leur corps parlait de vigueur, de puissance… Un peu moins de souplesse et de rapidité. C'était sur ce terrain-là qu'Ulysse devrait les obliger à venir. Il essayait de rester à la surface de ses pensées. Il essayait d'éviter qu'un shoot d'adrénaline ne le prenne par surprise. Ne rien anticiper... Se contenter de constater…

Ulysse ferma les yeux. Quelqu'un allait se lever et ouvrir le premier tour. Il entrerait dans la cage avec l'un de ces deux hommes, et après… après il faudrait qu'il devienne une boule d'énergie. Qu'il esquive, qu'il transforme son corps en feu follet agile, et rapide. Qu'il ne pense qu'au travers de ses muscles… Sûrement que sa clavicule ne tiendrait pas. Il eut une pensée pour les possibles complications médicales… après… Mais il se rappela qu'il n'y aurait pas *d'après*… Il interrompit le cours de ses pensées. C'était bien long ? Pourquoi personne ne prenait la parole ? Il rouvrit les yeux.

Tout le monde regardait dans la même direction. Ulysse tourna la tête. Un mouvement, un remous dans l'aggloméra compact de gens amassés un peu plus bas sur la droite, attirait tous les regards. Cette longue oscillation, captait progressivement l'attention de tous, répandant sur la plaine un silence surprenant.

Un homme s'avançait. Seul. Il marchait vers la tribune officielle d'un pas tranquille et décidé. Il portait un thermato. Il arrivait de la forêt et fendait la foule qui s'écartait pour le laisser passer, saisie de surprise et comme subjuguée. Tout le monde était tellement sidéré qu'il fallût quelques instants aux gardes et aux jukams présents pour réagir. Ils se précipitèrent autour de lui et l'encerclèrent pour l'obliger à s'arrêter. L'homme avait déjà atteint l'espace dégagé autour de la cage. Un Averti se précipita. Ulysse avait le soleil dans les yeux et mit du temps à reconnaitre celui qu'ils ramenaient vers la tribune. Quand il comprit de qui il s'agissait, il eut du mal à croire ce qu'il voyait… Solim ! C'était Solim !… Un Solim en pleine forme qui venait délibérément et calmement se jeter dans la gueule du loup.

Solim se planta en face d'un homme qui avait sûrement une place particulière au sein des Avertis, puisqu'il était le seul à bénéficier d'un siège confortable placé au milieu du premier rang de gradins. Ses yeux n'avaient fait qu'effleurer Ulysse. Il avait marché vers la tribune le regard fixe et il n'avait d'attention que pour cet homme assis là.

Solim s'apprêta à ouvrir la bouche et le jukam qui le tenait le fit taire immédiatement d'une violente injonction. L'homme assis sur la chaise leva la main en signe d'apaisement et prit la parole, assez fort pour que tous ceux qui se trouvaient à proximité entendent ce qu'il disait.

— Tu ne manques pas d'audace, Solim, de venir jusque-là… Et sans telib, en plus… Qu'est-ce qui te fait croire qu'on te laissera repartir ?

— Tu feras de moi ce que tu voudras. Ce n'est pas de moi que je suis venu te parler.

— Ah oui ? Et qu'est-ce qu'une lignée, dont on ne sait pas très bien s'il s'agit d'un siol ou d'un rebelle, s'autoriserait-elle à dire à des exogènes ? Ces gens ont des quantités de raisons de vouloir la peau *et* des uns *et* des autres…

— C'est à toi qu'elle s'adresse, la lignée agent double… Pas à tous ces gens… Elle vient rafraîchir la mémoire d'un exogène amnésique… un exogène qui avait cru au combat des rebelles au point de partager l'Alliance en leur jurant fidélité et soutien… Qui te dit que ces lignées que tu t'apprêtes à faire combattre à mort ne sont pas des compagnons que tu as reniés ?

— Tu es venu jusque-là, après si longtemps, pour me donner une leçon de morale sur mes choix politiques et la façon dont je mène mes combats ?

— Non. Je suis venu jusque-là pour t'empêcher de faire une bêtise… pire, une erreur… pour t'inciter à faire preuve de finesse… Je me fous que tu te renies toi-même… Je suis venu jusque-là pour te demander d'épargner le plus jeune des champions.

Son interlocuteur ricana. Mais il était intrigué.

— Celui de DimHénoé ? Tu surestimes mon pouvoir. Je ne suis qu'invité ici. Il y a longtemps que je ne vis plus à DimHénoé… Et aucune décision n'est jamais celle d'un seul homme… Qu'est-ce qui pourrait bien nous inciter à une pareille clémence, alors que tout est prêt, et que plusieurs centaines de personnes attendent de se divertir en vibrant au rythme d'un combat qui promet d'être passionnant ?

Solim continua d'une voix toujours calme et posée :

— Je te demande de le regarder.

— Je le regarde… et je ne vois rien…

L'homme se redressa et la contrariété durcit son visage.

— Allez ! Ça a assez duré ! Qu'…

Solim le coupa.

— Non ! Pas comme ça ! Fais-le venir devant toi. Regarde son dos.

Solim le vit froncer les sourcils.

— C'est quoi, cette histoire ? Je l'ai vu, son dos ! Il est bien amoché…

— Fais abstraction des blessures et des cicatrices… Juste son talem. Tu ne le reconnais pas ? Tu ne te demandes pas comment ce garçon a fait pour arriver ici ? Es-tu au courant qu'il a pu se matérialiser sur votre plateforme ?… Cela ne te parait-il pas surprenant ?

L'homme s'était figé. Il regardait Ulysse. Un moment d'intense concentration passa sur son visage et il lui fit signe d'approcher. Ulysse était assez près pour avoir entendu l'échange que Solim venait d'avoir avec cet homme. Il ne comprenait pas de quoi il était question. Il s'avança.

— Enlève ta robe et tourne-toi.

Ulysse s'exécuta et lui présenta son dos. Il y eut un silence. Puis l'homme murmura :

— …L'Arbre d'Avanaël… Tu es… AvanaëlAnaonil ?

Il prononça ces mots si doucement que seul Ulysse l'entendit. Il se retourna, surpris. Puis il regarda Solim. Il émanait de son ancien formateur un calme impressionnant qui ne collait pas avec la situation extrêmement tendue dans laquelle il se trouvait. Autour d'eux, dans un silence absolu, des centaines de personnes essayaient de comprendre ce que faisait cet inconnu vêtu d'un thermato de lignée qui s'adressait ainsi d'une manière si cavalière au plus puissant de leur Kadjal. Venu des derniers rangs, un murmure enfla. Solim tendit une main vers Ulysse et dit en s'adressant à l'homme qui était resté assis en face d'eux :

— Oui, Joka… Ce garçon que tu t'apprêtes à regarder mourir, c'est Onil...

Joka ? L'esprit d'Ulysse fit un bond. *Joka* ?! Le *Joka* que Sienne lui avait suggéré de retrouver pour comprendre les secrets de son telib ?… Le *Joka* qui avait travaillé avec Nathol pendant des années et qu'il avait sûrement rencontré quand il était enfant ?… Ulysse reçut cette information comme un coup de fouet !

Depuis la veille, il s'était préparé, conditionné pour ne rien laisser paraitre de sa peur. Pour se montrer docile et calme. Non pas qu'il tienne à laisser de lui l'image d'un homme courageux… Ce que penseraient les exogènes lui était égal. Mais il se méfiait des possibles réactions d'Auriane. Il ne voulait pas la voir se jeter sur lui pour tenter d'arrêter l'enchainement des évènements... Il voulait lui éviter au maximum tout ce qui pourrait fléchir sa détermination à faire face. Il voulait l'aider de son mieux à être forte, à rester en retrait… Tout ce qu'il faisait depuis ce matin, il ne le faisait qu'en pensant à elle.

Cette révélation que venait de lui faire Solim le sortit

de cet état d'esprit et… il oublia Auriane. Quelques minutes avant, l'arrivée si inattendue de Solim l'avait secoué… Maintenant, toutes les ressources de son cerveau étaient occupées à analyser cette nouvelle situation et ses conséquences.

Joka se leva et déclara d'une voix qui portait loin :

— Je demande une interruption du combat.

Une clameur de déception s'éleva de la foule près de la tribune et enfla de proche en proche au fur et à mesure que la nouvelle passait des uns aux autres. Interrompre le combat ? Quel combat ?! Il n'y avait pas encore eu de combat !… Et on l'attendait depuis dix jours !

— Il est des questions graves qui passent avant le divertissement. Je ne fais qu'utiliser mon droit d'objection majeure. Je demande une suspension pour obtenir des explications et exposer des faits nouveaux. Si les Avertis accèdent à ma requête, je leur demande de se lever…

Joka s'adressait à tous les Avertis qui l'entouraient et les invita à le suivre dans la falaise. Tous se levèrent. La perplexité et l'intérêt se lisaient sur les visages. Joka demanda aux gardes d'amener le champion de DimHénoé, ainsi que cette lignée inconnue sortie de nulle part. Ils s'éloignèrent tous au milieu d'un murmure de curiosité et de désapprobation.

45

---Justice---

— **V**ous ne savez pas ? *Vous ne savez pas ?!* Une lignée arrive jusqu'à vous, seule, par votre plateforme… Vous apprenez qu'elle a déclenché chez les siols le niveau de recherche le plus élevé… Vous l'interrogez… mollement… et dix jours plus tard, alors que vous ne savez toujours rien à son sujet, alors que vous n'avez toujours rien compris, *vous voulez l'éliminer ?!…* Et après ? Vous passez à autre chose ?… Comme si de rien n'était ?!

Les Avertis de DimHénoé faisaient profil bas… L'un d'eux tenta une justification.

— On ne l'a pas interrogé si mollement que ça, si on en croit l'état dans lequel on l'a sorti… On aurait pu l'interroger encore… Mais il le fallait en bon état… Bref… On a voulu se laisser une chance… on a attendu de pouvoir faire intervenir Laraya… mais on n'avait pas assez de temps.

— Laraya ? Laraya ! Et vous pensiez que ce serait suffisant ? Vous connaissez les limites de Laraya !…

Joka se tourna vers la femme qui avait « forcé les yeux » d'Ulysse tout à l'heure, dans la cage.

— Excuse-moi, Laraya, mais tu as parfaitement conscience que tu es encore loin d'avoir développé un potentiel suffisant… Comment pouvez-vous être sûrs d'avoir débusqué tout ce qu'il veut nous cacher.

Elle bougonna :

— On n'est jamais sûr de rien, dans ce domaine.

Le visage de Joka se crispa et ses traits se durcirent. Il ouvrait la bouche pour répondre mais l'homme qui avait parlé avant Laraya reprit la parole.

— On ne pouvait plus attendre ! Sa présence ici en angoisse plus d'un. Ça aurait fini par un lynchage…

Joka respira profondément pour retrouver son calme.

— …et vous informer autour ?… Demander si le problème ne s'était pas posé ailleurs ?

— Pourquoi ? Vous avez eu des intrusions à DimJoania ?

La question avait été timide. La réponse tomba, cinglante :

— Non !… Mais maintenant tu le sais ! Ça élimine déjà quelques pistes de recherches !… Et vous attendiez quoi pour nous parler de l'innée ?!… Il se passe des choses surprenantes chez vous et vous maintenez un Grand Échange à domicile… avec tous les risques que cela comporte ?! Y compris pour nous ?!

L'Averti se renfrogna et tenta de mettre un terme à la semonce qui s'abattait sur les membres de l'Assemblée de DimHénoé.

— Écoute, Justice… On a compris les raisons de ta colère. On décortiquera ensemble les dysfonctionnements qui nous ont conduits à cette situation… mais plus tard. Pour l'instant, il faut savoir quelle décision on va prendre. On a maintenant quatre lignées et une innée sur place.

Ulysse nota que ses pairs l'appelaient *Justice*. Il était donc probablement Kadjal. Il y avait deux Kadjals devant lui ?… Il fut d'autant plus surpris qu'il ignorait comment on pouvait devenir Kadjal avec un telib de servile… Joka crut bon de préciser encore :

— Les deux lignées qu'on a amenées sont parfaitement sécurisées. Je n'ai pas l'impression que vous vous soyez donné cette peine pour votre champion. Évidemment, il aurait moins bien répondu à vos questions, après... Un champion c'est un champion ! Un prisonnier c'est un prisonnier ! Il ne faut pas tout mélanger ! Nous, on vous a amené deux champions... et leur sort est sous notre contrôle. Il ne concerne pas les Avertis de DimHénoé.

Son seul interlocuteur alla s'asseoir et les autres l'imitèrent. Les gardes furent invités à attendre de l'autre côté de la porte. Joka finit par s'asseoir à son tour. Seul Ulysse et Solim étaient encore debout. Celui qui parlait pour DimHénoé reprit un peu d'aplomb.

— Ok. Parlons des autres, alors. Pourquoi interrompre le combat ? On faisait lutter le nouvel arrivant au deuxième tour et on n'avait plus qu'à récupérer chacun nos champions survivants...

Joka se releva, exaspéré.

— Parlons-en, du nouvel arrivant ! Vous ignoriez sa présence jusqu'à tout à l'heure !... Vous ne saviez pas qu'ils étaient arrivés à deux ! Peut-être étaient-ils trois, en fait ?! Ou quinze ?! Ou cent ?!... Pour choisir vos champions, vous n'avez plus qu'à attendre qu'une lignée sorte du bois !

— Oh... Ça va comme ça, Justice ! N'exagère pas !... et rassieds-toi... Tu as dit ce que tu avais à dire là-dessus !... et on en reparlera. Mais le choix de notre champion ne vous concerne pas !

C'était le même qui avait répondu. Les autres ne bougeaient pas.

— Détrompe-toi, Isgayiel ! Il nous concerne tous ! Vous, moi et toutes les communautés exogènes, y compris celles qui ne sont pas représentées ici !

— Je ne vois pas en quoi...

Joka se calma subitement et sa voix ce fit grave :

— ...Parce que celui que vous avez choisi porte le talem Avanaël...

Tous les regards tombèrent sur Ulysse. Visiblement, c'était pour eux une information qui avait un poids énorme... Il y eut un long silence.

— ...C'est la lignée de Nathol ?... Tu es sûr ?

Un Averti regarda Ulysse mais il continua à s'adresser aux autres :

— Pourquoi il ne nous l'a pas dit, qui il était ?

Puis il s'adressa directement à lui :

— Pourquoi ne nous as-tu rien dit ?

Ulysse n'avait parlé à aucun exogène depuis son interrogatoire. Voilà dix jours qu'il se contentait d'obéir aux ordres et de se laisser bousculer physiquement et oralement. Le fait d'être soudain invité à leur adresser la parole le déstabilisa. Son regard était désemparé. C'est Solim qui répondit à sa place :

— Peut-être parce que vous ne lui avez pas posé la question ?... Vous savez si bien faire sentir aux lignées à quel point leur vie vous importe... Il n'a pas jugé utile de se présenter. Onil n'a aucune conscience de la place particulière qu'il occupe. Il ne sait rien de l'histoire de votre mouvement.

Ulysse avait du mal à croire qu'il était le centre de tout ce remue-ménage... Que représentait-il ? Que savait-on encore sur lui qu'on ne lui disait pas ?

Solim ne l'avait toujours pas regardé. Pourquoi faisait-il comme s'il ne le connaissait pas ? Ulysse sentit poindre l'irritation que la présence de Solim à ses côtés finissait toujours par déclencher, d'une manière ou d'une autre... Il pensa que bientôt, dans deux ou trois jours au maximum, Solim l'énerverait tellement qu'il ne serait certainement plus aussi content de le voir...

Il sourit pour lui-même... Il était à nouveau capable d'envisager qu'il puisse se passer quelque chose dans deux ou trois jours... Il réalisa que sa peur s'était recroquevillée dans un coin, laissant toute la place à cet espoir que suscitait en lui l'arrivée de Solim. Mais elle restait là quand même… prête à se déployer à nouveau à la moindre occasion… Il respira profondément et prit le temps de détailler tranquillement les gens qui l'entouraient.

Sur la plaine, les conversations allaient bon train. Les deux autres champions avaient été attachés au plot central et enfermés dans la cage de sayik. Des mouvements de foule avaient lentement ramené des gens vers le grand marché, mais la majorité d'entre eux était restée là, manifestant leur mécontentement.

Auriane n'en revenait pas. Solim ! C'était Solim qu'elle avait vu arriver, droit et décidé. Elle ne comprenait pas la situation et se demandait ce qu'il fallait en penser. Était-ce ou non une chance pour Ulysse ou allait-elle maintenant trembler pour Solim, en plus de tout le reste ? C'était en tout cas un sursis… et dans la situation où se trouvait Ulysse ce n'était pas négligeable.

À moins qu'ils ne l'aient amené là-bas pour… l'exécuter ou… ? Non… C'était idiot comme raisonnement. Ils l'avaient emmené là-bas pour s'entretenir en petit comité avec Solim… ou avec Ulysse… S'entretenir avec Ulysse ! Auriane avait mesuré le résultat de leurs précédents *entretiens* avec Ulysse. Il n'était guère souhaitable qu'ils s'entretiennent avec Ulysse. Et avec Solim non plus, si c'était dans les mêmes conditions…

Auriane chercha comment en apprendre davantage, mais personne ne savait rien. Personne n'avait compris ce qui s'était passé et pourquoi les combats avaient été interrompus. Elle suivit donc Nedji et n'essaya même pas de rejoindre Zéhéda.

Ulysse observait ces hommes et ces femmes aux cheveux coupés courts, qui constituaient les Assemblées de deux communautés d'exogènes. Depuis son arrivée, il avait plusieurs fois eu affaire à ceux de DimHénoé. Il connaissait leurs visages, mais pas leurs noms. Pas tous, en tout cas. Habituellement il émanait d'eux une autorité et une dignité due à leur prestance et à leur costume. Mais Ulysse les avait plusieurs fois entendus discuter entre eux, alors que sa présence ne comptait pas, et il savait qu'ils passaient par les mêmes questionnements et les mêmes énervements que le commun des mortels. Aujourd'hui il en avait encore une fois la preuve. Les tensions entre eux étaient fortes.

Celui qui avait le plus d'autorité, celui qu'on écoutait dès qu'il ouvrait la bouche, c'était Isgayiel. C'était souvent lui qui était porte-parole de l'Assemblée des Avertis de DimHénoé. La femme petite et à l'expression décidée qui s'était renfrognée après la diatribe de Joka semblait faire office de Kadjal. Pourtant, Laraya, ce n'était pas un nom de Kadjal. Joka, lui, était devenu *Justice*. C'est en tout cas comme ça qu'Isgayiel l'avait appelé. Ulysse savait que ce changement de nom avait une signification précise dans le cursus d'un Kadjal. Mais il ne savait pas exactement laquelle. Où en était Laraya dans ce cursus ? En quoi pouvait consister cette formation pour un exogène ? Comment Joka était-il devenu *Justice* ?

Joka avait connu Nathol. Il avait été un rebelle… Pouvait-on *avoir été* un rebelle ? Ulysse avait toujours cru que quand on était un rebelle, on le restait. Il savait qu'on pouvait trahir. Il était bien placé pour comprendre comment il était possible qu'un rebelle donne à ses ennemis des informations, mais il n'avait jamais imaginé qu'on puisse renier le serment d'Alliance.

Isgayiel était en train de demander de plus amples renseignements et tous voulurent regarder le dos de leur prisonnier. Ulysse fut soudainement extrait de ses pensées. Il faillit lever les yeux au ciel quand l'un des Avertis lui demanda encore une fois d'enlever la robe qu'il portait.

Il se tenait de dos, vêtu du boxer qu'il avait enfilé le matin pour se battre, et décida cette fois de rester ainsi : il ne renfilerait pas la robe de champion. S'il avait bien compris la situation, il n'était plus question qu'il représente DimHénoé dans la cage de sayik. C'était une excellente nouvelle, mais elle amenait d'autres questions... Quel serait désormais son sort ?

— Retourne-toi, Onil.

...Il avait un nom maintenant. On n'ajoutait pas encore « *s'il te plaît* », mais les ordres s'en trouvaient quand même adoucis... il se tenait devant Isgayiel qui s'était levé pour mieux détailler son talem.

— Tu es la lignée de Nathol. Est-ce pour ça que tu es venu jusque-là ? Parce que tu fuyais les siols et que tu connaissais notre existence ?

Que valait-il mieux leur faire croire ? Qu'il était venu là par hasard ?... Certainement pas qu'il était venu chercher Auriane... Dans sa question, Isgayiel suggérait qu'Ulysse savait où les trouver et qu'il était venu là se cacher délibérément. Mais dans ce cas-là, il leur aurait dit dès son arrivée qui il était...

Ulysse essayait de réfléchir vite. Comme un élève qui cherche la bonne réponse, il lança un regard vers Solim. Son ancien formateur ne le regardait pas. Il avait les mâchoires crispées et Ulysse le devinait extrêmement tendu... Qu'avaient-ils tous envie d'entendre ? Quelle réponse les rassurerait en protégeant Auriane ?... et Solim ?...

— Alors, Onil ?

Onil releva la tête, tout en se tripotant les mains, comme s'il était stressé, comme s'il avait peur qu'on le frappe encore.

— Je ne sais pas... Je ne sais plus... Je ne me souviens de rien...

Ce n'était pas la meilleure réponse possible, mais c'était celle qui laissait le plus d'ouvertures. Il n'avait pas le temps d'analyser où pouvait le mener chaque mensonge crédible, ni d'adapter l'un d'eux à ses fins…

— Tu nous as parlé de la plateforme la dernière fois qu'on t'a… interrogé… Tu avais l'air plus sûr de toi…

Ulysse se fustigea intérieurement. Quand on confie sa vie et celles de ceux à qui on tient, à des scénarios bâtis de toutes pièces, il faut se rappeler de ce que l'on dit…

Solim était impassible. Ulysse le sentait aguerri à ce genre de situations. Sa tension était tellement forte qu'elle en était… solide, mais il fallait bien le connaitre pour s'en apercevoir… et toute l'attention était orientée vers Ulysse.

— Je me souviens de la plateforme. J'ai le souvenir aussi de m'être battu près d'un arbre plein de fruits… et… de ce qui s'est passé après avoir été détaché des poteaux…

— C'est ce qui s'est passé avant qui nous intéresse !

La voix était beaucoup plus dure que celle d'Isgayiel… Celui-là ne le croyait pas…

— Il a pris *deux* fléchettes, Vilades ! *Deux.* Sans compter les coups…

— Ce n'est pas sur la tête qu'on l'a frappé. Et deux fléchettes… ça s'est vu…

— Tu connais quelqu'un d'autre qui a reçu deux doses de siliane aussi rapprochées ?

— Il est relativement vite revenu à lui la deuxième fois. Et il nous a dit bien plus de choses quand on l'a interrogé avec suffisamment de conviction… Il nous ment. Maintenant que tu sais qui il est, tu le regardes autrement. Mais c'est toujours une lignée. Et ce n'est pas le telib que lui a implanté Nathol qui y change quelque chose. Pourquoi partagerait-il les idées de son géniteur ? Il a à peine vécu avec lui ! Nathol, c'était Nathol. Il a fait ce qu'il a fait. Pas sa lignée ! Débarrassons nous des trois autres lignées, enfermons celle-là et gardons-la bien pour l'étudier.

Joka n'avait encore rien dit. Ulysse l'avait vu se

concentrer juste avant et réfléchir intensément. Il prit la parole. Son intervention brutale les surprit tous :

— Bon. Vilades, tais-toi ! Tu ne comprends pas le problème. Personne ici ne comprend le problème. Probablement même pas Onil lui-même… Vos rapports avec lui vont devenir compliqués si je ne vous arrête pas…

Vilades grogna.

— On ne veut pas de rapport avec lui.

La femme qui avait autrefois tenté de prendre la défense d'Ulysse pendant son premier interrogatoire exigea le silence. Elle demanda qu'on laisse Joka parler. Il en savait bien plus qu'eux tous. Joka expliqua.

— Pour l'étudier il faut réinitialiser son telib. Il a tous les comedox qui collent à ses gènes, son telib possède toutes les informations nécessaires pour localiser DimHénoé… Il peut se servir de la plateforme… il peut partir quand il veut…

— On trouve un caisson et on l'enferme !

Laraya lui demanda où il voulait trouver un caisson. Depuis qu'on pouvait stopper n'importe qui en programmant la plateforme et tracer tous les transferts sauvages, on ne fabriquait plus de caisson anti-transfert.

Joka reprit la parole. Il regarda Ulysse et le désigna.

— Lui, il n'est pas traçable. Où que vous le mettiez, il pourra toujours en partir. Ce n'est pas un telib de servile boosté par Nathol qu'il a. Ni même le telib de Nathol lui-même… Lui, il abrite le seul telib qui possédait déjà tout ce potentiel au départ. Il abrite un telib qui a grandi avec lui… qui a multiplié les connexions originelles avec ses propres neurones, multipliant de façon exponentielle les possibilités de ramifications futures… Soit vous désinitialisez son telib et vous le gardez en cage… mais il ne vous sert à rien. Soit il a son telib et… je ne sais pas ce que ça donne… mais il faudra qu'il soit d'accord.

La femme qui avait déjà parlé s'adressa à Joka :

— On savait qu'on pourrait comprendre des choses sur les recherches de Nathol grâce à sa lignée. Mais tu ne nous as jamais dit que vous aviez poussé l'expérience si loin… sur sa propre lignée… Tu comptais nous le dire quand, tout ça, Justice ? Tu nous les sers au compte-goutte, tes révélations ! Ça te va bien de critiquer le fait qu'on ne vous ait pas parlé de l'innée plus tôt… Qui est au courant pour Avanaël ?

— Je n'en sais rien.

Il regarda Solim

— Les rebelles visiblement… Les noirs, probablement… un peu, en tous cas…

— Au bout du compte, j'ai bien l'impression qu'on sera tous obligés de lui faire une place parmi nous...

Laraya venait de s'adresser plus particulièrement à Vilades. Ce dernier se renfrogna et lança un œil noir à Ulysse.

— Il faut qu'on trouve un moyen de pression pour l'obliger à rester là. On ne sait rien de lui. On ne va pas laisser le sort de tous les exogènes entre ses mains !

Joka conclut :

— …Surtout après tout ce que tu as dit à son propos et ce que vous lui avez fait subir… Il est peu probable qu'il nous porte dans son cœur… Mais il n'a pas tellement le choix, lui non plus. Les rebelles sont désorganisés, il ne peut pas retourner chez les lignées. C'est sûrement pour cette raison qu'il est arrivé jusque-là. Pour se cacher. Alors cachons-le… Et pour aujourd'hui, laissons le tranquille.

— Et son telib ?

— On verra ça demain.

— Qui nous dit que si on ne l'attache pas, il sera encore là demain ?

— Et où veux-tu qu'il aille ?

Vilades détailla Ulysse. Il hésita et souleva un autre problème.

— Et comment on empêche les autres de le lyncher ?

— En leur apprenant qui il est…

— Ce sera suffisant ?

— Je l'espère…

— Et l'autre lignée, là ?

Un homme qui n'était pas de DimHénoé et n'avait encore pas beaucoup parlé se leva et posa la main sur l'épaule de Solim :

— Celui-là, on le garde. Il a l'air de savoir beaucoup de choses. On l'enferme dans la cage de sayik… On les enferme tous dans un cercle de feu !… la lignée de Nathol, l'autre lignée et les deux champions de DimJoania… et on verra ce qu'on fait d'eux plus tard !... Il faut qu'on y retourne ! Il faut faire retomber la tension !

De dehors leur parvenait une rumeur qui disait le mécontentement des spectateurs. Vilades demanda :

— Et… le combat ? Quelle décision va-t-on prendre ? On ne peut pas y retourner si on n'a pas pris une décision concernant le combat.

Tous se regardèrent. Puis ils regardèrent Ulysse. Vilades proposa qu'on fasse combattre les deux champions qu'il leur restait. Joka voulut l'interrompre avant qu'il ait fini sa phrase, mais il ne le laissa pas faire :

— Peu importe qu'un combat à mort entre des lignées indispose notre nouvel invité !… On a des responsabilités. Et ramener le calme en fait partie !

Vilades laissa les autres prendre une décision. Il avait dit ce qu'il avait à dire… et il avait raison. Les deux champions combattraient puisqu'on n'avait plus qu'eux. Mais on tâcherait d'arrêter le combat dès que l'un d'eux serait à terre. Ils étaient champions dans la même équipe… On ne laissait pas s'entretuer les champions d'une même équipe… On tâcherait…

Reprendre en main la foule ne fut pas chose aisée. Joka et Isgayiel usèrent de tout leur charisme et leur autorité naturelle. Ils annoncèrent qu'ils feraient des révélations après le combat et qu'en attendant, il était interdit à quiconque d'approcher l'ex-champion de DimHénoé et la lignée nouvellement débarquée qu'on avait laissés à quelques veilleurs dans la grande salle. L'attrait du combat et la curiosité concernant les révélations qui seraient faites, aidèrent à ce que chacun adhère à ce nouveau programme.

Auriane avait compris qu'Ulysse se trouvait quelque part, mais elle n'avait pas saisi où. Il n'était pas revenu avec eux... cela voulait dire qu'il ne se battrait pas. Et c'était le seul point qui lui importait. Elle ne suivit pas le combat. Nedji essaya de l'obliger à se rapprocher, mais elle refusa de bouger et resta assise par terre derrière l'amas des spectateurs. Elle sursautait à chaque clameur et chaque fois revenait la même pensée, comme un baume apaisant sur une déchirure : ce n'était pas Ulysse qui se battait dans la cage...

46

---libre---

Ulysse et Solim étaient assez proches l'un de l'autre, enfermés dans deux cercles de feu sur l'espace surélevé dans la grande salle. Ulysse n'avait sur lui que son boxer. Personne ne l'avait obligé à endosser la robe de champion et personne n'avait jugé utile de lui fournir un autre vêtement. Solim ne portait plus son thermato. On lui avait donné une sorte de tunique rudimentaire. Ils s'étaient à peine regardés et continuaient de s'ignorer. Un veilleur était assis pas loin. Il ne paraissait même pas contrarié d'être obligé de rester là. Il n'était pas seul. Deux autres discutaient ensemble plus loin. Et ils ne parlaient pas de sayik… Tout le monde apparemment, n'était pas fan de combats…

Ulysse ne s'était pas senti aussi détendu depuis longtemps. Cela restait, bien sûr, très relatif… Il avait été tellement sous tension ces derniers jours, que toutes ses incertitudes, ses appréhensions et ses craintes concernant son sort, celui d'Auriane ou de Solim, lui apparaissaient relativement plus légères, plus faciles à porter. La présence de Solim le rassérénait… Oui. Le rassérénait. Il n'aurait jamais cru que ce soit un jour possible, mais il devait bien le reconnaitre. Il se sentait plus fort pour faire face à cette avalanche… Il savait que ce calme en lui disparaitrait vite aussitôt que Solim lui adresserait la parole. Mais il se sentait serein. Il avait repris un peu de la maitrise de sa propre vie.

113

— Vous avez l'intention de nous porter à boire et à manger ?

En ouvrant la bouche, Solim venait de sortir Ulysse de ses réflexions. Il s'était adressé aux veilleurs. Ce fut à peine si ceux-ci le regardèrent et aucun d'eux ne dit quoi que ce soit. Ulysse lui répondit.

— C'est l'innée qui s'en charge...

Solim se tourna vers Ulysse et la familière petite crispation cynique de sa lèvre contracta légèrement le coin de sa bouche.

— Et... elle n'a pas un nom, l'innée ?

Ulysse baissa la tête et sourit. Habituellement, c'est lui qui s'énervait parce que Solim n'appelait pas Auriane par son nom ! C'était comme si Solim lui avait fait un clin d'œil. C'était... comme retrouver un ami qui vous invite d'une phrase qui semble anodine, dans un univers que vous ne partagez qu'avec lui. Comme s'il lui avait dit : «*...me voilà, Onil... c'est quoi encore cette situation compliquée où je te retrouve ? Tu as une idée pour nous sortir de là ?...* »

Le veilleur assis près d'eux leur intima l'ordre de se taire. Ulysse releva les yeux vers Solim. Leurs regards se croisèrent juste un instant et Ulysse ressentit une onde de chaleur. Il regarda à nouveau devant lui. Chacun retrouva le fil de ses pensées.

Des gens commençaient à nouveau à circuler dans la grande salle. Le combat était certainement terminé. Beaucoup venaient l'observer de plus près et Ulysse prit soudain conscience qu'ils cherchaient à voir son dos. Il réalisa alors que c'était certainement pour cette raison qu'il était encore torse nu. Les Avertis trouvaient utile que son talem soit visible par tous... même si très peu d'entre eux savait à quoi devait ressembler l'Arbre d'Avanaël...

Ulysse laissait ses yeux courir sur les uns et les autres sans réellement faire attention, quand tout à coup, son cœur bondit. Auriane marchait avec Laraya et toutes les deux suivaient Joka. Ils prirent un escalier et disparurent sur la coursive. Deux Kadjals… pourquoi faire sinon pour sonder la tête de l'innée ?… Ulysse avait espéré que l'interprétation faite par Laraya à l'arrivée d'Auriane à DimHénoé suffirait et que Joka n'irait pas fureter par-là lui aussi… ou que d'autres diraient à Joka que l'innée n'était pas de son ressort… Mais il s'était trompé. Ils allaient savoir qu'Auriane le connaissait… Si Joka parvenait à interpréter ce qu'il dénicherait, les exogènes trouveraient sûrement comment utiliser ces informations.

Depuis qu'il les avait vu passer, Ulysse s'attendait à ce que Vilades, ou un autre, vienne l'informer de ce que les liens qui l'attachaient à Auriane étaient maintenant connus des Avertis. Les exogènes détenaient là le moyen de pression qui leur manquait pour tenir Ulysse à leur merci.

Mais le temps passait et la journée continuait de s'écouler lentement. Il vit plusieurs fois Auriane traverser la salle comme si de rien n'était. Elle le regardait un instant et poursuivait son chemin. Ulysse essayait de comprendre comment il était possible qu'elle soit toujours libre de ses mouvements. Il nota même que Nedji ne la suivait plus.

Juste après le combat, Auriane avait cherché Zéhéda, Nedji sur ses talons. Son poisson-pilote ne s'était pas montré disposé à lui faire un résumé de la situation concernant ce qui s'était dit sur la plaine.

Auriane était dehors, occupée à se renseigner auprès de Zéhéda, quand un homme et une femme aux cheveux courts étaient venus la chercher. Ils l'avaient ramenée dans la falaise pour passer un moment seuls avec elle. Auriane s'était rappelé sa première rencontre avec les Avertis. Cette même femme l'avait « *regardée* » de la même manière que l'homme s'apprêtait à le faire maintenant.

Elle ne comprit pas ce qui s'était passé. Elle eut comme une absence… et on la renvoya. Nedji n'était plus là. On ne lui avait rien expliqué, mais la suite lui confirma que Nedji n'avait plus pour consigne de la suivre partout.

Auriane vivait donc l'expérience d'être, pour la première fois, livrée à elle-même à DimHénoé. Elle attirait peu l'attention. Tous avaient l'habitude de la croiser et la plupart avaient déjà eu l'occasion de travailler plus ou moins en collaboration avec elle.

Elle s'interdit de trouver sans cesse des raisons pour traverser la grande salle. Par contre elle passait sans arrêt sur la plus haute coursive. Elle regardait longuement Ulysse et Solim. Elle remarqua Taomi qui, encore une fois, n'était pas loin de l'estrade. Sa présence la contraria. C'était elle, Auriane, qui aurait dû se trouver à sa place…

On vint chercher Auriane pour nourrir les champions de DimJoania. Elle comprit tout de suite ce qu'on attendait d'elle mais les laissa s'expliquer à grand renfort de gestes. Elle savait que sa tranquillité et sa sécurité passaient par le fait que tout le monde la pensait incapable de comprendre le simihal.

Elle se rendit à la cage de sayik. C'est elle qui demanda à soigner le plus mal en point des deux hommes. Le gardien la laissa faire et attendit même qu'elle aille chercher le matériel dont elle avait besoin. Elle s'acquitta de sa tâche en silence. Mis à part les quelques grognements que les soins qu'elle prodiguait leur arracha, elle n'entendit pas le son de leur voix… Ils paraissaient absents de ce qu'ils vivaient.

La plupart des exogènes n'eurent pas connaissance des décisions prises la concernant. Si beaucoup remarquèrent très vite que Nedji ne lui collait plus aux talons, certains ne s'aperçurent qu'au bout de plusieurs jours qu'on ne la ramenait plus dans sa cage quand la nuit tombait. C'était égal. Elle pouvait aller où elle voulait. Ils n'avaient pas peur d'elle.

Ulysse ne vit pas Vilades s'approcher. D'un coup, il fut devant lui et, sans un mot, presque sans un regard, il lui ôta le bracelet. Puis il s'éloigna. Laraya et Joka arrivèrent à leur tour jusqu'à l'estrade. Joka désactiva le cercle de feu qui retenait Ulysse.

— Tu es libre d'aller et venir à ta guise. Tous ici savent qui tu es... Les directives sont claires. Personne n'a le droit de te provoquer, ni de lever la main sur toi... mais je te conseille de rester là où il y a du monde. Si tu rôdes tout seul, je ne garantis pas qu'un excité ne profite de cette opportunité pour se défouler sur une lignée...

C'était tout ?!... Ils allaient le laisser ?... Comme ça ? Laraya ajouta :

— Tu peux aller près des feux. Ils sont ouverts.

Puis Joka demanda à des gardiens de le suivre avec le prisonnier. Ulysse ne comprenait plus. Il crut un instant qu'il s'agissait de lui. Mais les gardiens emmenèrent Solim et tous s'éloignèrent. C'était si inattendu... Ulysse regarda autour de lui et s'obligea à ne pas chercher le regard de Solim qui montait l'escalier. Qu'avait voulu dire Laraya avec ses « *feux ouverts* » ? Qu'il pouvait les rejoindre et manger avec eux ?

Ulysse se sentait d'un seul coup très mal. Il ne savait plus ce qu'il devait faire. Se trouvait-il réellement libre de ses mouvements ? Pouvait-il réellement aller où il voulait ? Il se sentait lâché dans un monde inconnu. Le premier pas qu'il fit pour quitter l'estrade lui demanda un énorme effort de volonté.

Ulysse commença par déambuler dans la grande salle et sur les coursives. Contrairement à Auriane, il ne passait pas inaperçu... Tout le monde se retournait sur son passage et il sentait les regards posés sur lui. Finirait-il par en prendre l'habitude et ne plus faire attention ? Peut-être que ce serait les exogènes eux-mêmes qui s'habitueraient à sa présence parmi eux ? Ulysse avait hâte d'en arriver là, car cette défiance constante était extrêmement pesante. Beaucoup plus pesante que quand il était leur prisonnier. Bizarrement, il se sentait encore plus à leur merci.

Au moment où il sortait des espaces troglodytes, quelqu'un lui toucha l'épaule. Il sursauta et se retourna violemment, prêt à frapper. Il arrêta son geste. C'était Taomi. Elle eut un mouvement de recul puis lui tendit un paréo coloré. Ulysse le prit et elle lui caressa la joue. Il lui sourit et elle lui rendit son sourire puis se sauva. Ulysse la regarda disparaitre dans la grande salle et se dirigea vers les feux.

Il faisait nuit noire. La lumière des flammes et des boules éclairantes dansait avec les ombres. Près des feux, personne n'avait approché Ulysse. On l'avait laissé faire. Il s'était servi et il avait mangé plus loin, seul.

Peu le dévisageaient franchement. Il surprenait quantités de regards qui l'observaient à la dérobée et quand un groupe passait à sa portée, un silence tombait à son approche. Il s'agissait rarement d'un silence glacial. Plutôt dubitatif. Ces gens étaient dans l'expectative. Ils se demandaient quelle attitude avoir. Personne ne lui adressa la parole. Personne ne lui proposa quoi que ce soit. Il resta près des feux et ne fit même pas un tour dans le grand marché. Joka passa près de lui mais ne l'approcha pas davantage que les autres.

Alors que la nuit tombait, il vit Auriane revenir avec un gardien. Elle arrivait de la direction où se trouvait la cage de sayik. Elle avait sûrement apporté à manger aux champions restés enfermés là-bas. Peut-être leur avait-elle donné des soins, aussi. Ulysse ignorait s'ils étaient toujours deux. Il préféra disparaitre avant son retour. Il préféra ne pas lui laisser la possibilité de le rejoindre. Il chercha un endroit où personne ne guetterait ses gestes. Un endroit où il serait seul. Enfin seul…

Il trouva un abri au pied de la falaise, à l'opposé de la cascade et s'y installa. Il se blottit contre la paroi de pierre. Elle était encore chaude de tout le soleil qu'elle avait bu. Ses pensées coururent un moment librement et il se laissa gagner par une douce somnolence. Ce ne fut que bien plus tard, en entendant de furtifs bruits de pas qu'il se rappela l'avertissement de Joka… Il lui avait conseillé de ne pas s'isoler.

Dès son retour dans la foule, Auriane chercha Ulysse. Elle savait qu'elle devait continuer à lui manifester une certaine indifférence pour qu'on ne soupçonne aucune connivence entre eux. Mais elle avait besoin de le localiser. De savoir qu'il était là, bien en vie. Elle le chercha mais ne le trouva pas. Elle passa par les feux et se servit une part de poisson, et des légumes qui ressemblaient à de la pomme de terre, en plus sucré. Elle repéra des joueurs de ce jeu dont elle avait commencé à essayer de comprendre les règles quelques jours auparavant. Elle s'assit près d'eux et, tout en mangeant, elle les regarda sortir tantôt des bâtons, tantôt des cailloux de petits trous creusés à même le sol en essayant de saisir ce qui motivait leur choix. C'était pour s'occuper l'esprit… Pour cesser de se demander sans cesse où il était passé…

Dans les bruits de la nuit et le ronflement lointain de la cascade, Ulysse écoutait ces pas qui s'approchaient. Tous ses sens en éveil, il se redressa et se leva sans bruit. S'il avait affaire à quelqu'un qui voulait sa peau, il ne pouvait compter que sur lui pour se défendre… Il eut encore une fois une pensée pour sa clavicule… Au moindre choc, elle lâcherait … et l'idée d'avoir mal à nouveau, lui planta dans la tête une puissante détermination à ne pas laisser à son agresseur la possibilité de lui porter ne serait-ce qu'un seul coup. Il se plaça en embuscade pour prendre celui qui arrivait par surprise.

Au moment où le bruit qui s'approchait dépassa le renfoncement dans lequel Ulysse se cachait, il bondit sur le dos de l'ombre et lui fit une clé de bras douloureuse. Dans un même mouvement, il bloqua ses jambes afin de l'immobiliser avant de l'assommer.

— Onil, stop ! Arrête !… C'est Justice… Joka !

— Pour quelqu'un qui sait lire dans le mana qui traine, tu te laisses facilement surprendre. C'est de toi que tu parlais quand tu me mettais en garde contre certains qui ne résisteraient pas à l'envie de me faire la peau ?

— Non. Bien sûr que non ! Je t'ai vu t'éloigner et j'ai craint de ne pas avoir été le seul. Je voulais… m'assurer que tu allais bien…

Ulysse avait poussé Joka dans son abri et l'avait obligé à s'asseoir.

— Je sature un peu de cette attention quasi obsessionnelle que vous avez tous me concernant…

— Onil… Sois… raisonnable… Excuse-moi, je ne trouve pas de mot plus adapté !… Sois raisonnable et surtout… ne sois pas complètement inconscient… Reste à portée de vue des veilleurs.

— Pourquoi ? Toi aussi, tu as peur que je m'enfuie ?

— J'ai peur que tu te fasses tuer… Ne va pas mourir maintenant…

— Je ne vois pas en quoi ce serait plus embêtant que si j'étais mort ce matin… Ce matin encore, ça ne dérangeait pas grand monde, que je meure…

— Je voulais …

— Quoi ?! Entrer dans ma tête à moi aussi ?!

— Je voulais… te rencontrer… Seul.

— Quel jeu joues-tu, Joka ? Je t'ai vu passer avec l'innée cet après-midi. Je t'ai vu emmener Solim, aussi. Tu es un Kadjal… Tu sais déjà tout de moi, non ?

— Oui, Onil. Pas tout. Mais beaucoup de choses… Chez l'innée j'ai trouvé des choses étranges. J'ai eu du mal à leur donner un sens. Mais je sais que tu la connais. Je sais qu'elle tient à toi… Et je n'ai pas besoin d'entrer dans ta tête pour savoir que tu tiens à elle. Tout ce que tu as fait, tu l'as fait pour elle. Tout ce que tu as dit aux Avertis, c'est pour la protéger, elle… et tu ne la laisseras pas derrière toi. Par contre… je n'ai rien trouvé te concernant chez Solim. Il maitrise de façon étonnante les techniques de protection. Mais je sais que tu es venu avec lui. Vous avez bien fait de ne donner à personne le sentiment que son sort pouvait t'importer d'une manière ou d'une autre…

Il leva les yeux sur Ulysse.

— Mais je me doute que s'il ne m'a rien laissé lire à ton propos, c'est qu'il en avait beaucoup à cacher. C'est un rebelle. Et les rebelles sont en danger…

Maintenant il parlait vite. Comme s'il voulait en dire le plus possible avant qu'ils ne soient plus seuls tous les deux.

— Toute cette histoire de soulèvement à Eghenne, c'est un grand coup voulu par les gardiens du Monde Parfait, peut-être pour te trouver, toi… ou en tout cas pour porter un coup dur à l'organisation rebelle. Moi, je le sais car les jukams nous ont rapporté des faits troublants qui étayent cette théorie. Solim a compris des choses, lui aussi. Il doit avoir suivi les mêmes raisonnements que moi. Il doit être arrivé aux mêmes conclusions. Il sait que tu n'as pas vraiment le temps de décider ce que tu dois faire pour lui. Il faut que tu retournes là-bas, il faut que tu aides la Rébellion. Solim se fout de ce qu'on fera de lui… Je me doute que tu voudrais ne pas partir sans lui… mais là… ce sera difficile… des exogènes qui tiennent un siol… Je ferai le maximum pour le protéger.

— Tu veux aider la Rébellion ?…

Le ton était dubitatif. Ulysse avait du mal à le croire. Il demanda encore :

— Pourquoi ne rien avoir révélé aux Avertis sur mes rapports avec Solim et l'innée ?... Pourquoi ? C'est ça qu'ils cherchaient !…

Joka prit un ton grave.

— Oui. C'est exactement ça qu'ils cherchaient... Un moyen de pression. Ils enfermaient l'innée et le rebelle et ils pouvaient être sûrs de ta docilité... Mais je ne pense pas souhaitable qu'ils te tiennent, Onil. Je pense que nous aider doit être ton choix. C'est ça que j'étais venu te dire... Coincé ici par force, tu ne nous servirais strictement à rien. Ce n'est pas à proprement parler le sort des rebelles en général qui m'importe, mais leur existence fait partie d'une stabilité globale qui nous est bénéfique... et bon nombre d'entre eux sont plus ou moins des sympathisants de l'Équilibre Équitable... Parmi eux, il y en a quelques-uns que je connais et que j'estime. Il faut que tu leur viennes en aide... assez vite...

Joka se tut un instant puis reprit :

— J'ai dit aux Avertis qu'on allait te garder encore un peu. Je leur ai suggéré de ne réinitialiser ton telib que quand tu auras vécu quelques temps parmi nous... Je leur ai dit que de te faire partager notre vie, de te faire mesurer un peu de nos espoirs, serait utile à notre cause... Mais tu dois partir. Je le sais. Je ne leur ai pas révélé le seul moyen qui aurait pu t'en empêcher...

Joka se tut. Il semblait attendre une réaction, mais Ulysse ne crut pas nécessaire de faire un commentaire. Il attendit la suite qui ne tarda pas.

— Ce précieux don qu'on t'a fait, ton géniteur et moi, personne ne peut t'obliger à le mettre au service d'une cause ou d'une autre. Le choix ne peut venir que de toi. Je suis rassuré de savoir que tu ne choisiras pas les siols.

— Comment le sais-tu ?...

— Ils ont eux-mêmes grillé toutes leurs chances de t'avoir à leur côté en t'enlevant... Je sais des choses... Je les pioche dans la tête des gens...

— Auriane ?

— Non. Un siol qui est... *passé par chez nous*... Je te cherchais, Onil. Voilà quelques temps que je te cherche...

J'aurais aimé que tu nous découvres dans d'autres conditions… des conditions qui te portent davantage à nous apprécier… Là, bien sûr, c'est compliqué pour nous tous. Je continuerai à me battre pour ce à quoi je crois. J'espère qu'un jour tu te battras à mes côtés.

Où était la place de Joka au milieu de ces circonvolutions ? Il voulait Ulysse au côté des exogènes, mais il lui signalait que les rebelles avaient également besoin de lui… Il l'invitait à fuir sans lui indiquer comment s'y prendre, mais il soulignait l'urgence de la situation... Il lui disait d'abandonner Solim à son sort et qu'il veillerait sur lui dans la mesure de ses moyens… Quels étaient ses moyens ?

Ulysse haussa les épaules.

— M'avoir à tes côtés ?… Jamais tu ne convaincras les exogènes de suivre une lignée.

— Ils ont suivi Nathol…

Ulysse se demanda pourquoi, lui habituellement si avide d'entendre parler de son géniteur, ne posa aucune question sur ce sujet. Il ressentait un profond malaise, fait d'irritation et de révolte, devant la façon dont Joka lui avait parlé de « *son don* »… Ce « *don* » que son géniteur lui avait « *offert* ». Ce sentiment nouveau venait de l'assaillir et Ulysse ne comprenait pas bien contre qui, ou contre quoi, se tournait cette colère qu'il sentait gronder en lui.

Il se tut et Joka parvint à le convaincre de passer cette première nuit « libre » dans la grande salle, là où tout le monde pourrait s'assurer qu'il était bien présent et où personne ne s'autoriserait à lever la main sur lui… Et ce choix du mot « *libre* » pour qualifier sa situation, agaça Ulysse un peu plus. Quel genre de liberté était-ce ? Il était toujours presqu'entièrement sous leur contrôle… mais il ne montra rien de sa contrariété et suivit Joka.

47

---jeux---

L e lendemain et les jours qui suivirent, servirent de transition dans les relations qu'Ulysse entretenait avec les exogènes. Ceux qui lui avaient manifesté une haine farouche n'avaient pas adouci le regard qu'ils portaient sur lui. Mais les autres, les plus nombreux, ceux qui étaient plutôt neutres, ou même bien disposés à son égard, s'autorisaient maintenant à lui manifester une attention, pas encore franchement bienveillante, mais en tous cas dénuée d'hostilité.

L'observation constante dont il faisait l'objet se distendit lentement. Très vite, plus personne ne fit attention à Auriane. Elle évitait de se retrouver seule avec certains, comme Biwam par exemple, qui cherchait beaucoup trop sa compagnie à son goût…

Progressivement l'attention portée à Ulysse tomba un peu elle aussi, et Auriane et lui purent se rapprocher plus facilement. Mais, alors qu'Ulysse essayait de multiplier ces rencontres où ils se retrouvaient un peu à l'écart tous les deux… alors qu'il lui disait combien comptait pour lui ce temps qu'il arrivait à passer avec elle, combien le seul fait de la savoir pas loin le réjouissait, Auriane redoublait de retenue. Elle avait bien conscience du désir qu'il avait de la toucher, de lui prendre les mains, de la serrer dans ses bras… Elle gardait ses distances… Il s'agissait de prudence, bien sûr... mais pas seulement… Un flot de sentiments contradictoires l'assaillait.

Elle s'était tellement inquiétée pour Ulysse qu'elle

avait un peu perdu de vue le fait que c'était à cause de lui qu'elle se retrouvait à vivre toutes ces situations terribles. Elle était surprise... Comment cet immense soulagement qu'elle ressentait de le savoir encore en vie pouvait-il occulter à ce point sa colère d'avoir été entrainée dans cette histoire contre son gré ? Maintenant qu'Ulysse ne risquait plus sa vie à tout instant, maintenant qu'elle pouvait à nouveau penser un peu plus sereinement, les problèmes, les inquiétudes, les menaces la concernant, refaisaient surface... Elle était un peu perdue dans ses propres sentiments.

À l'occasion d'un des échanges qu'ils réussissaient à avoir sans témoin, Ulysse demanda à Auriane de se renseigner discrètement et de lui montrer qui était Vemo. Ulysse pouvait désormais se charger lui-même de mettre la main sur l'initialiseur dont avaient parlé ses gardiens. Si ce Vemo en avait toujours la garde, il réussirait à le localiser. Joka lui avait certifié qu'il l'aiderait à trouver le moyen de réinitialiser son telib... mais c'était trop long. Ulysse ne voulait plus attendre. Il voulait agir.

Auriane avait maintenant pour Ulysse les mêmes inquiétudes qu'il avait eu pour elle. Elle avait peur qu'une entreprise irréfléchie ne le ramène dans une cage. Quand elle sut que ce Vemo était l'homme chargé de garder l'initialiseur, elle comprit ce qu'Ulysse voulait faire. Il lui expliqua qu'il devait faire vite... qu'il fallait qu'il emmène les deux lignées à l'abri.

Auriane essayait de freiner ses ardeurs, par petites touches, de l'exhorter à la prudence. Il n'avait pas les codes, de toute façon. Pourquoi prendre le risque de chercher où était l'initialiseur ? Que pourrait-il en faire, une fois qu'il l'aurait entre les mains ? Mais Ulysse continuait sur son idée. Auriane renonça à le persuader. C'est Solim qui saurait... peut-être pas le convaincre, mais en tous cas apporter des arguments pour contrer cette entreprise.

Solim était maintenant dans la cage de sayik, attaché au plot central comme l'avait été Ulysse. Auriane s'occupait de le nourrir, lui et les deux autres lignées. Ce soir-là, alors qu'Ulysse pouvait aller et venir à sa guise depuis quelques jours, elle le réquisitionna pour porter deux seaux d'eau. Personne ne trouva à redire au fait qu'Auriane utilise Ulysse pour l'aider, et il put entrer dans la cage. Le gardien resta à l'extérieur et surveilla leurs gestes de loin.

Ulysse s'assit à proximité des prisonniers comme s'il attendait là qu'Auriane ait fini, mais suffisamment loin pour ne pas inquiéter le gardien. Les champions avaient tous les deux le regard dans le vague et Ulysse réalisa ce qu'avait voulu dire Auriane en les qualifiant « d'absents. » Ils faisaient ce qu'on leur disait de faire et n'ouvraient pas la bouche. Ils étaient comme drogués.

Ulysse ne comprit pas tout de suite ce qu'Auriane manigançait. Il croyait qu'elle lui avait arrangé un bref entretien avec Solim sans autre raison que ce plaisir qu'ils auraient à se retrouver un moment. Il ne découvrit ce qu'elle avait en tête que quand, après avoir vérifié que le gardien était assez loin et avant qu'Ulysse n'ouvre la bouche, elle dit rapidement à Solim, dans un parfait simihal :

— Il veut partir avec les champions.

…Elle n'ajouta rien de plus. Ulysse n'avait pas l'intention de s'appesantir sur ce sujet, mais il crut bon de préciser quand même, sans presque bouger les lèvres :

— Ils les tueront, si je ne les emmène pas…

Solim le regardait, interdit… Il ne lui demanda même pas comment il comptait s'y prendre. Il se tourna vers l'autre côté et parla tout en se lavant, sans que le gardien ne puisse l'entendre ni se rendre compte qu'il parlait.

— Oui, Onil. On ne fait pas des guerres sans qu'il y ait des victimes… et il te faut faire des choix. Ces deux-là mourront… de toute façon.

Ulysse baissa la tête et parla doucement.

— Je peux les sauver... Dès que mon telib sera à nouveau opérationnel, je peux les ramener parmi les lignées.

— Tu ne peux pas préserver tout le monde... Tu ne peux pas te sauver, sauver Auriane et les sauver eux aussi. Tu es obligé de choisir... mais ces deux-là mourront quoi que tu fasses.

Solim se retourna un instant pour attraper l'autre seau. Ulysse l'interrogea du regard. Solim reposa le seau devant lui et continua :

— Tu as entendu Joka ? Ils ont été sécurisés.

— ...?...

— ...et si tu te demandes ce que ça veut dire... ça veut dire que dès qu'ils cesseront de prendre l'antidote, ils n'en auront plus pour longtemps.

Il marmonna encore, pour lui-même :

— ...et il est très probable que je sois sécurisé bientôt, moi aussi... quand ils jugeront que je n'ai plus rien à leur apprendre...

Le cœur d'Ulysse se serra. Non. Pas ça... Pas encore un problème de poison... Il répondit :

— ...Pas si je peux l'empêcher...

...Mais il avait bien conscience de ce qu'une telle affirmation avait de dérisoire... elle se référait davantage à de vains espoirs qu'à une quelconque réalité en son pouvoir...

Solim lui lança un coup d'œil sur le côté. Il ricana doucement.

— C'est beau, Onil, ce que tu dis !...

Ulysse ne voyait pas son visage, mais dans sa voix, il entendit se dessiner son habituel petit sourire.

— Occupe-toi de toi, va ! Secourir la terre entière dans deux dimensions à la fois, c'est beaucoup pour un seul homme !...

Cet entretien eu sur Ulysse l'effet inverse de celui

qu'avait escompté Auriane… Ulysse changea de priorité. Le résultat était le même. Il était impossible de sauver les lignées. Mais Solim, lui, avait encore toute sa tête. Il n'avait fait l'objet d'aucun traitement occulte. Il fallait qu'Ulysse le sorte de là avant que ne soit prise la décision de l'empoisonner. Solim était résigné et son propre sort lui importait peu. Il avait tenu à Ulysse un discours où la prudence prenait toute la place. Ulysse l'avait écouté sans y prêter vraiment attention.

Certaines choses l'étonnaient. Pourquoi Solim n'était-il pas déjà sécurisé ? Pourquoi Joka continuait-il à venir le voir s'il ne parvenait pas à lire quoi que ce soit dans son esprit ? Qu'avait-il dit aux autres Avertis ?… Rien. Il n'avait rien dit de ce qu'il avait compris. Que leur faisait-il croire ? N'était-il pas en train de tout faire… ou plus exactement, de taire ce qu'il fallait taire, pour laisser à Ulysse le maximum de temps et de liberté d'action ? Peut-être aussi protégeait-il Solim en souvenir d'un temps lointain… Comment savoir… Ulysse suivait son idée et continuait de demander à Auriane de lui trouver qui était Vemo.

Quelques jours avaient passé. Le grand marché avait été remballé et ceux de DimJoania allaient partir en emmenant leurs champions. Ulysse avait appris que Joka resterait encore à DimHénoé. Il prit cette nouvelle comme le signe du souci qu'avait Joka de le protéger encore… Il ne pouvait pas grand-chose pour la lignée de son mentor, mais tout ce qu'il pouvait faire, il le faisait. Par sa présence et les entretiens qu'il continuait à avoir avec Solim, il retardait le moment où les exogènes devraient prendre une décision le concernant. Il avait fait en sorte qu'on laisse à Ulysse et à Auriane le maximum de liberté. Ulysse occupait son temps comme il l'entendait. Personne ne lui demandait rien. Il ne souhaitait pas se joindre aux groupes de travail et restait souvent seul.

Pour l'heure, il était assis sur une marche de l'escalier

de la falaise. Il laissait ses yeux glisser sur la cime des arbres et il essayait de ne penser à rien. Taomi le rejoignit et s'assit à côté de lui. Il sentit sa main glisser sur son épaule et effleurer sa nuque. Ce n'était pas la première fois qu'elle s'approchait de lui, mais c'était la première fois que ses mains disaient clairement l'envie qu'elle avait de le caresser. Il s'abandonna à cette caresse. Il avait oublié à quel point son corps pouvait avoir envie d'un autre corps. C'était simple. C'était bon.

Les doigts de Taomi glissaient dans le creux entre ses omoplates et suivaient légèrement les marques qui zébraient le haut de son dos. Ulysse chercha ses yeux. Il lui sourit, enfouit son visage dans son cou et la respira... Il la revit au pied des haubans. Il pensa à ce jour où, par la pensée, il avait laissé ses mains glisser sur sa peau. Son corps entier frissonna. Son corps entier lui réclama cette nourriture-là, celle dont il était privé depuis trop longtemps. Ulysse bondit sur ses pieds et prit la main de Taomi.

Elle le guida vers les espaces plus intimes, ceux qui servaient à se retirer lorsque l'on voulait un moment de tranquillité. En haut d'un escalier, une pièce en distribuait d'autres plus petites. Dans la partie commune, il y avait Auriane qui attendait Zéhéda. Ulysse et Taomi marchaient en se tenant par la taille et leur corps tout entier disait leur impatience. Ils passèrent à côté d'Auriane et lui sourirent. Ils s'éclipsèrent dans la pièce suivante. Auriane resta là un moment à regarder en se mordant la lèvre le passage par lequel ils avaient disparus. Quand Zéhéda arriva, Auriane partit avec elle.

Ce fut dehors, près de la cascade qu'Auriane retrouva Ulysse bien plus tard. Ils étaient seuls. Ce fut la première fois depuis longtemps qu'ils parlèrent aussi longuement dans la langue d'Auriane et heureusement, personne ne les surprit. Elle lui demanda s'il s'était bien amusé avec Taomi... et dans le ton qu'elle employa, Ulysse sentit son exaspération. Elle ajouta encore qu'il aurait pu s'abstenir de fraterniser à ce point avec des exogènes qui voulaient encore sa peau quelques jours plus tôt... Ulysse ne crut pas utile de relever le fait que Taomi n'avait jamais fait partie de ceux qui souhaitaient sa mort. Il fronça les sourcils et dit très calmement :

— Ce que je fais avec Taomi ne regarde que Taomi et moi. Il n'y a que si tu te joins à nous que j'aurais à tenir compte de ce que tu en penses.

Auriane pinça les lèvres.

— Alors c'est ça ! Tu me fais les yeux doux, tu me dis combien je compte pour toi... et après... Après... tu fais l'amour avec Taomi alors que je suis dans la pièce d'à côté !...

Elle vibrait d'indignation. Ulysse la prit par les épaules, mais elle se dégagea vivement.

— Auriane... Auriane... calme toi.

Il parlait doucement en se gardant bien de la toucher à nouveau.

— Je ne comprends pas. C'est quoi qui te met en colère ? Que j'aime que tu sois près de moi ? Que je joue avec Taomi ? Ou qu'on ne t'ait pas invitée à jouer avec nous ?

Auriane s'écria :

— Ulysse !...

Elle secoua la tête et poussa un puissant soupir.

— Tu ne comprends vraiment rien !

— Non, je ne comprends pas ! Tu veux à peine que je te touche et tu voudrais que je te demande si tu veux te joindre à nous ?

Ulysse essayait de ne pas s'emporter. Il adoucit sa voix :

— Eh bien non, je ne vais pas te poser la question ! Je suis sûr que tu vas refuser ! Moi, je t'ai donné suffisamment de signes pour que tu saches que j'ai envie de jouer avec ton corps. Si tu as envie de jouer avec le mien, tu viens. N'attends pas que je te le demande. Si tu étais venue nous rejoindre tout à l'heure, Taomi aurait pu ne pas être d'accord, mais c'est la seule chose que tu risquais.

— Mais je n'ai pas envie de Taomi !

— Alors ne viens pas quand elle est là.

— Ne viens pas… Ne viens pas !… J'étais déjà dans cette pièce ! Je n'y suis pas venue !

— Et alors ?

— …Ce sont des codes que je ne connais pas. Chez moi, si on aime quelqu'un et qu'on veut comme tu dis « *jouer avec* », on ne… *joue* pas avec d'autres personnes sous son nez !

Ulysse fronça les sourcils.

— C'est très compliqué, chez toi.

Il chercha ses mots.

— …Vous mélangez tout… Je joue avec Taomi comme…

Comment lui expliquer ?… Il chercha un exemple à sa portée.

— Un jour, tu m'as parlé de musique. Je ne connais rien à la musique, mais j'ai compris ce que tu m'expliquais parce que c'est comme jouer avec son corps… Je joue avec Taomi comme tu fais de la musique avec d'autres. C'est un moment de plaisir partagé où on joue chacun notre partie pour créer un tout agréable pour nous deux… On pourrait aussi être plus nombreux… du moment que chacun est d'accord.

Auriane marmonna :

— Oui, c'est ça… Une partouze…

Elle haussa les épaules.

— Ulysse… Ça, j'ai du mal… Je te demande d'être plus discret. De ne pas faire l'amour sous mon nez.

Ulysse perdit encore un peu de la maitrise qu'il tentait de conserver et s'agaça pour de bon.

— Mais c'est quoi que tu appelles *l'amour* ?! Ce que

j'ai fait avec Taomi, c'est un jeu. Je n'apprécie pas d'être avec Taomi autant que j'apprécie d'être avec toi… Taomi et moi, on joue ensemble parce que… c'est bon. C'est tout !… J'aime aussi jouer avec d'autres, tu sais…

— D'autres ? …Nao ?

— Nao… Et d'autres personnes à qui mon corps fait envie quand le leur me tente aussi…

— Chez moi, si tu aimes quelqu'un, tu ne fais l'amour qu'à lui !

— On n'est pas chez toi…

Il fit la moue.

— …On ne doit pas jouer beaucoup, chez toi.

— …Ton monde ne détient pas la recette parfaite des relations homme / femme…

Auriane avait parlé très sèchement. Ulysse s'écria :

— Tu vois ? Encore une fois ! Tu reviens toujours à des histoires d'homme ou de femme. Moi, c'est avec cette notion-là que j'ai du mal… les hommes… les femmes… J'ai un corps qui peut plaire à d'autres. J'ai des phéromones qui en appellent d'autres. C'est le seul langage qui préside aux jeux sexuels…

Auriane lança, comme une provocation :

— Tu fais l'amour à des garçons, aussi ?

— Ça m'arrive.

Auriane ne sut que dire. Elle baissa les yeux. La tournure que prenait cette discussion la mettait de plus en plus mal à l'aise…

— Ce n'est pas le problème… Que tu sois ou non homo… ou bi… ça m'est égal.

— Homo ?

— Homosexuel…

Ulysse s'emporta.

— Mais je ne suis pas homosexuel ! Qu'est-ce que c'est cette manie de mettre les gens dans des cases ? Je ne fais pas l'amour. Je joue avec les corps qui m'attirent… Et c'est arrivé que ce soit des corps de garçon.

— Et tout le monde chez toi… s'essaye un peu dans toutes les catégories ?

— Qu'est-ce que tu veux dire ?

— Tout le monde *joue* indifféremment avec des filles ou avec des garçons ?

— Mais je n'en sais rien de ce que font les autres ! Ils font comme ils veulent ! On ne se dit pas « *tiens, c'est un corps de garçon* » ou « *tiens, c'est un corps de fille !* » On se dit qu'il sent bon, qu'il est beau ou que son corps s'adapte bien au nôtre…

Il se tut un instant puis ajouta timidement :

— Je ne sais pas comment t'expliquer ça… Mais… j'aimerais que tu comprennes… Tu comprends ?

— Je crois, oui… Mais j'ai du mal… S'il te plaît, laisse-moi en dehors de tes jeux.

— J'avais compris… Ça n'empêchera pas que la personne avec qui j'aime partager ce que je vis, c'est toi… et ça ? J'ai le droit ?

Auriane soupira

— Ulysse… Laisse-moi du temps.

Ulysse murmura :

— …du temps, ce n'est peut-être pas ce dont on dispose le plus…

Auriane lança un regard autour d'eux. Il n'y avait personne. Un moment, elle avait complètement oublié où ils étaient et tout ce qui pesait sur leur tête. Elle respira profondément.

— Je ne sais plus où j'en suis…

Ulysse lui sourit. Il s'assit devant elle.

— Tu en étais à me défaire toutes ces tresses. J'aimerais que plus rien ne leur rappelle que j'ai été leur champion.

Elle se pencha et lui caressa la tête.

— Dommage. Tu es mignon, comme ça…

Ce rapprochement avec Taomi en entraina d'autres. Le tabou inconscient que les exogènes ressentait au fait d'approcher Ulysse tomba. Pas pour tout le monde, bien sûr, mais on lui adressait maintenant la parole et l'attrait qu'exerçait ce sang neuf sur une ile où tout le monde se connaissait commença à prendre le dessus. Maintenant, Ulysse cherchait tout seul qui était Vemo. Il finit par le trouver. C'était l'un des veilleurs. Que voulait dire : « *Avoir la garde de l'initialiseur* ? » Savait-il simplement où il se trouvait ? L'avait-il caché lui-même ? Était-il le seul à y avoir accès ?

Ulysse le suivit pour comprendre comment il organisait son temps et où il gardait ses affaires. Il fouilla plusieurs fois son espace personnel. Il ne trouva rien. Par contre il découvrit un endroit où était entreposé tout le matériel commun aux veilleurs, aux gardiens et aux patrouilleurs. Ceux qui appartenaient à ce groupe se remplaçaient mutuellement dans l'une ou l'autre de ces fonctions de surveillance. C'était un endroit gardé à tour de rôle, un endroit où les autres ne venaient pas… et où Ulysse n'avait aucune raison d'entrer… Vemo avait dû en surveiller l'accès le soir où Ulysse avait entendu parler de lui. Mais ce soir, c'était Biwam. Ulysse avait noté que celui qui se trouvait là en fin d'après-midi serait aussi veilleur de la place au début de la nuit. Il chercha Auriane…

— Tu veux quoi ? Que je fricote avec ce tordu pour l'occuper pendant que tu visites leur réserve ?
— Euh… exactement. Tu comprends vite !
— Pas question.
— Auriane… il le faut… Je *dois* entrer là-dedans.
— Absolument pas. Tu ne *dois* pas entrer là-dedans. Tu *veux* entrer là-dedans. Ce n'est pas pareil… Et c'est absolument inutile. Même si tu trouves l'initialiseur, tu ne

pourras rien en faire. Tu m'as expliqué qu'il fallait… un tas de choses que tu n'as pas…

— Il me faut la séquence codée, oui… mais je l'ai peut-être… Auriane… mon telib fait des choses surprenantes. Il…
…me …ramène ce dont j'ai besoin pour l'activer…

Auriane dévisagea Ulysse.

— C'est quoi ?… C'est Alien, ce truc-là !

Ulysse ne chercha pas à comprendre ce qu'elle voulait dire.

— On ne peut pas attendre que Joka trouve une solution. On ne peut pas attendre non plus que les exogènes se décident à réinitialiser mon telib eux-mêmes… parce que ce jour-là, certainement, ils décideront en même temps d'empoisonner Solim. Je ne sais pas combien de temps on a encore devant nous… Pas beaucoup, je pense.

Il la sentait fléchir et insista.

— Tu l'occupes juste un moment. Ce ne sera pas difficile. Il te cherche dès qu'il a un moment… Il veut…

— Oui. Merci. J'ai remarqué… je me doute de ce qu'il veut…

Elle ne savait pas trop comment elle allait s'y prendre et l'idée ne l'enchantait pas… Mais pour Solim, elle se décida.

48

---bracelet---

Ulysse n'avait que très peu de temps. Auriane s'était approchée de Biwam et il les avait vus parler. Il n'entendait pas ce qu'ils se disaient, mais Biwam s'éloigna de l'entrée. C'était très tard. Il ne passait personne. Auriane lui faisait certainement croire qu'elle était venue exprès… parce qu'elle savait qu'il serait seul. Elle l'attira plus loin, là où l'entrée d'un autre espace troglodyte faisait un profond renfoncement. Il avait hésité, mais avait dû se dire que la réserve ne s'envolerait pas et qu'il restait juste à côté.

Ulysse bondit à l'intérieur. Maintenant il faisait vite. Dès le premier endroit qu'il fouilla, il tomba sur le téléphone de Sylvain et le prit. L'initialiseur était là aussi. Plus loin au fond. C'était un vieux modèle sans portique, sans puissance, avec juste deux pastilles au bout d'un fil, comme deux électrodes. Il l'avait trouvé du premier coup…

Ulysse sut « d'instinct » comment l'activer et où il devait placer les deux électrodes... Et il sut aussi où et comment entrer la séquence… que son cerveau lui procura exactement au moment où il en eut besoin... C'était comme la fois précédente, quand il était prisonnier des siols. Il vivait la même expérience… *il savait*… L'onde de chaleur l'envahit. Il reposa l'initialiseur à sa place et sortit aussi vite qu'il put, après avoir remis tout ce qu'il avait déplacé exactement au même endroit.

Il était dans le couloir. Son esprit était comme envahi. À une vitesse hallucinante, des kyrielles d'informations prenaient leur place, et Ulysse se sentait un peu sonné. Biwam revenait d'un pas vif. L'inquiétude se lisait sur son visage. Il avait dû entendre le peu de bruit qu'Ulysse avait fait.

Ulysse n'avait plus le temps de disparaitre. Il s'adossa au mur un peu plus loin et s'absorba dans la contemplation des concrétions qui formaient la voûte du plafond. Biwam s'approcha. Il le regarda, plein de suspicion. Ulysse devina ce qu'il pensait. L'idée de ce qu'Ulysse venait de faire n'effleurait pas son esprit. Il le croyait en train de suivre Auriane. Les rapprochements entre eux ne lui avaient pas échappé.

Ulysse tremblait qu'il ne remarque quelque chose. Il aurait dû s'apercevoir immédiatement qu'il émanait du telib d'Ulysse toutes les ondes qu'émet normalement un telib en fonction. Mais Biwam ne remarqua rien de ce côté là... Il grommela :

— Qu'est-ce que tu fous là, toi ?... Dégage !

Sans lui tourner le dos, Ulysse recula jusqu'au coude que faisait le couloir. Puis il s'éloigna à grands pas.

C'était l'heure où la nuit est la plus profonde. Auriane avait rejoint Ulysse au pied du dernier escalier. Elle s'était éclipsée quand Biwam était allé parler avec Ulysse dans le couloir. Puis elle n'avait pas eu besoin de se cacher. Biwam était encore coincé devant la réserve pour la moitié de la nuit. Elle portait dans ses bras le thermato qu'elle était allé récupérer sur l'étagère, là où Lô l'avait placé à son arrivée à DimHénoé. Ulysse avait pris les deux autres. Celui de Solim et le violet. Il n'avait eu aucun mal à remettre la main dessus. Personne n'avait jugé nécessaire de les ranger dans la réserve gardée. Auriane et lui étaient sortis en se cachant et ils ne s'étaient pas fait remarquer.

Ils ne traversèrent pas la plaine. Ils longèrent la falaise

jusqu'au bois et avancèrent jusqu'à la hauteur de la cage en restant à couvert des buissons.

— Attends-moi là.

— Ulysse… Tu ne m'as rien dit de ce que tu comptais faire.

— On récupère Solim et on rentre.

En même temps qu'il prononçait ces mots, Ulysse réalisa comment Auriane allait interpréter ce qu'il venait de dire. Il essaya de clarifier sa pensée en ajoutant qu'ils iraient à Serdhif… mais Auriane appuya :

— On rentre, Ulysse. *Je* rentre… *chez moi…*

Ulysse préféra laisser cette question en suspens pour l'instant.

Il s'apprêtait à couper par le terrain découvert et il avait peur qu'un veilleur ne les remarque. Seul, il avait plus de chance de passer inaperçu. Auriane râla un peu. S'attarder la nuit au bord d'un bois plein de bruits inconnus l'effrayait. Mais elle se raisonna. Elle avait vécu, elle vivait encore, des choses bien plus inquiétantes… Ulysse rampa jusqu'à la cage et grimpa sur le toit. Il sectionna un lien qui faisait l'assemblage et écarta les barreaux. Il sauta à l'intérieur. Solim l'avait regardé s'approcher.

— C'est cette nuit, Solim. On s'en va.

Solim plissa les yeux. On n'y voyait rien. Il faisait trop noir. Il pouvait juste se rendre compte qu'Ulysse était torse nu et qu'il avait un couteau à la main. Il demanda doucement :

— Oui… et… je laisse ma main ici ?

Ulysse se rappela soudain que Solim portait un bracelet. Pourquoi n'avait-il pas pris conscience de ce problème avant ! Il savait ce que Solim était en train de penser… Il le savait comme s'il avait été dans sa tête. « *…aucune anticipation. Comme d'habitude !…* » Mais Solim ne disait rien.

Ces bracelets, de même que les colliers que l'on

plaçait au cou des serviles-S, étaient comme sertis dans la chair. Impossible de les faire glisser. Ni même de les tourner. Et se transférer avec ce genre de bracelet nécessitait la mise en œuvre de protocoles de sécurité inaccessibles à des fuyards. Il fallait que Solim l'enlève…

— Comment on fait ? Tu me coupes la main ?

Ulysse regardait et, tout en réfléchissant il proposa :

— La couper, non… Mais on pourrait… enlever le bracelet avec la peau qu'il recouvre… On devrait pouvoir le faire glisser comme ça.

Le bracelet était très large et couvrait beaucoup de peau… Solim eut une moue dubitative… Il se demanda si Ulysse était sérieux. Cette idée ne lui plaisait pas du tout… Il n'était même pas sûr qu'elle soit envisageable… Et ce serait forcément très douloureux… Ulysse n'avait qu'un couteau.

— Tu n'as rien d'autre que ça, pour me découper en rondelles ?

— Non. …Je pourrais aller chercher une dose de siliane.

— Et une fois drogué, tu m'emportes comment ? Sur ton dos ? En rampant dans le sable ?

Ulysse cherchait toujours. Soudain il regarda Solim et dit vivement :

— J'ai mon telib, aussi. Tu étais un siol, tu as bien dû apprendre à placer et à retirer ces bracelets.

Solim fut surpris de ce qu'Ulysse n'emploie plus la forme de déférence spécifique aux lignées. Cette manière de parler était principalement utilisée par les mohezals envers leur tehezals et plus généralement les enfants quand ils s'adressaient à des individus adultes inconnus d'eux… Ulysse avait changé. Son assurance nouvelle le disait… Solim réalisa que ce nouveau comportement ne datait pas d'aujourd'hui Mais il en prenait conscience à l'instant… Moins d'effronterie… une fermeté nouvelle… un soupçon supplémentaire d'aplomb et de sang-froid. Le ton qu'avait Ulysse quand il s'adressait aux autres montrait que son positionnement avait évolué... Et la manière dont il venait à l'instant de s'adresser à lui disait clairement qu'il se considérait comme un égal.

...Solim ne releva pas. Il répondit à la question. Bien sûr qu'en tant que siol il savait mettre ces bracelets. Mais il lui fallait un telib fonctionnel pour pouvoir utiliser des informations cryptées en chaines complexes... informations que, de toute façon, il n'avait pas et que ne pouvait lui transmettre que celui qui avait placé ce bracelet-là autour de son poignet.

— C'était qui ?

— Vilades...

— On va essayer quelque chose. J'entre. Par ton telib. Enfin... ce qu'il en reste et j'y apporte les séquences nécessaires à l'ouverture du bracelet...

— Et comment tu les aurais ?

— Mon telib, même diminué, même stoppé, récupère les codes qui me concernent et toutes les informations dont j'ai besoin pour les utiliser. De la même manière que j'ai pêché ce qui me fallait dans l'esprit de Vérité. Cette fois, c'est dans la tête de Laraya que j'ai dû capter la séquence nécessaire à la réinitialisation de mon telib.

— Ce n'est pas Laraya qui a désinitialisé ton telib. Comment avait-elle la séquence dans la tête ?

— Les Avertis semblent avoir une seule mémoire collective. Ils gardent toutes les informations en commun. Si c'est le cas, mon idée va marcher. Ce que fait Vilades, c'est comme si Laraya elle-même l'avait fait.

— Quel rapport avec le bracelet ?

Solim ne comprenait pas et il fallait qu'il comprenne. Ulysse n'était pas Kadjal. Il avait besoin de l'assentiment de Solim pour pénétrer son telib... Et pas simplement de son assentiment verbal. Il fallait que toutes les cellules de Solim le laissent faire. Il fallait que Solim ait compris et qu'il soit pleinement d'accord.

Ulysse développa son raisonnement.

— C'est Vilades qui m'a placé le bracelet que je portais et c'est lui qui me l'a ôté. Quand il t'en a mis un à toi aussi, il s'y est sûrement pris de la même manière. Ils savent les placer, mais ne savent pas —ou ne peuvent pas— en utiliser toutes les possibilités. Je pense... j'espère, qu'il n'a rien changé, et que les informations que mon telib a dû recueillir dans l'esprit de Laraya sont les mêmes que celles qui te concernent.

Solim allait ouvrir la bouche, certainement pour émettre des doutes mais Ulysse le coupa

— Solim... On n'a pas toute la nuit. Les rebelles sont en danger. Il faut que je retourne là-bas.

Solim avait supputé certaines choses. Il pensait lui aussi les rebelles en danger... mais de là à y envoyer Ulysse ? Il dit d'un ton calme :

— Plus en danger que d'habitude ?

— Joka croit savoir que ces émeutes sont orchestrées par les gardiens du Monde Parfait. C'est eux qui tirent les ficelles.

— Joka a parlé de ça avec toi ? Pourquoi ? Qu'est-ce qu'il voulait ?

— Ce n'est pas le problème. On s'en...

— Onil ! Méfie-toi de Joka. Qu'est-ce qu'il essaie de faire ?

— Il veut que j'arrive à partir... je crois. Il veut que j'aide les rebelles. Quel intérêt auraient les noirs à fomenter des troubles dans Eghenne, sinon pour démasquer les rebelles...

Solim hocha la tête. Joka voulait venir en aide aux rebelles ? Il réfléchissait. Ulysse le pressa :

— Solim ! Dépêchons nous. Laisse-moi entrer. Rassemble tout ce que tu possèdes de connaissance au sujet du fonctionnement de ces bracelets et balance-le dans mon telib.

Je trierai. Je combinerai avec ce que j'apporte. J'espère qu'on en aura assez.

— Tu sais faire ça ?

— Dans l'urgence j'apprends vite... J'essaye, en tout cas... Allez. Laisse-moi faire.

Solim ferma les yeux. Cette sensation d'intrusion était extrêmement désagréable. Il se détendit et laissa faire Ulysse... Ulysse pratiquait cette forme d'échange pour la première fois en tant qu'« *entrant* ». Il n'avait jamais jugé utile de l'expérimenter avant. Comme exercice, cette intrusion, n'avait aucun intérêt et mettait surtout les expérimentateurs très mal à l'aise. Au cours de sa formation, Ulysse avait refusé ce genre d'entrainement... ou fait semblant... Il se découvrit une surprenante aisance à *visiter* le telib de Solim... enfin... ce qu'il en restait. Il ne s'autorisa pas à aller plus loin mais mesura à quel point il s'en sentait capable. Il se contenta de trier les informations que Solim lui *déposait.*

Mais le bracelet de Solim ne s'ouvrit pas. À la déception qu'il ressentit, Solim mesura à quel point il avait vraiment cru possible qu'Ulysse lui ôte ce bracelet... Ulysse était capable de tellement de choses...

— Tu as une autre idée ?

Solim regardait Ulysse. Le ton qu'il avait pris pour poser cette question laissait supposer qu'il gardait peu d'espoir. Il ne croyait pas vraiment en une réponse positive de sa part...

— ...Je peux aller chercher le siliane...

— Onil... Il faut que vous partiez...

— Non. On va se préparer mieux. On reviendra la nuit prochaine avec...

— ...Avec quoi, Onil ? Rien ne peut forcer ce genre de bracelet. Tu le sais.

— Je... Non. Que vont-ils te faire quand ils s'apercevront que j'ai réussis à fuir DimHénoé ?...

— Onil... Tu dois y aller. Tu viens de me le dire et je

réalise que tu as raison. Tu es le seul à pouvoir faire quelque chose. Je ne sais pas bien quoi, mais ce n'est pas une ou deux personnes que tu pourrais sauver… c'est la Rébellion de Serdhif. Ça vaut quelques risques et même des sacrifices, non ? Tu as le thermato violet ?

Ulysse acquiesça sans comprendre.

— Alors tu as toujours les plans des circuits d'eau.

Pour plus de sûreté, Solim insistât :

— Les codes, Onil. Ceux qui étaient dans le thermato gris. Tu les as transféré dans le violet. Il y a quatre plots d'émission pour former l'écran au-dessus d'Eghenne. Les canons d'émissions de la cloche étaient là avant la réfection du circuit d'eau. Cherche l'endroit le long du Cerli où le système d'adduction fait un coude. C'est là qu'il évite un centre de commandement des canons.

— Et je fais quoi ?

— Je ne sais pas… Tu trouves une idée… Pars, maintenant.

— Non. Pas sans t'…

— Ils ne me tueront pas, Onil… pas tout de suite. Ils pensent que je peux encore leur être utile. Ils savent… en tout cas Joka sait que c'est les rebelles que tu vas rejoindre. Je suis leur garantie. Leur otage… L'important, c'est toi.

— Auriane ne…

— Laisse Auriane ici ! Ou dis-lui que je vous rejoins. Allez Onil ! Ils vont… la situation a changé. Ils vont être obligés de me garder en vie encore un peu… ils ne seront pas contents, mais ils ne me tueront pas. Pars. Maintenant !…

Ulysse hésita encore puis bondit vers le plafond et disparut par le toit. Il rampa vers la lisière de la forêt et rejoignit Auriane.

— Trouve un endroit pour cacher le thermato de Solim.

— Solim n'est pas avec toi ?

— Chut, Auriane. Plus tard.

Auriane creusa un trou dans le sol sableux et enterra le thermato. Elle marqua l'emplacement avec deux grosses pierres.

— Il va le trouver, là ?

— Il n'en a pas besoin tout de suite… Allez… Viens.

Ils marchaient vers la plage en suivant le chemin. Auriane ouvrait la marche en tapant devant elle avec un bâton. Elle savait qu'il y avait des pièges. En effet, ils évitèrent deux grands trous masqués par des feuillages. Auriane parlait tout en avançant.

— Tu me mens, Ulysse… Solim ne viendra pas. Il ne pourra pas nous rejoindre. Il n'a pas de telib et il est attaché et enfermé dans une cage. Et si tu n'as pas réussi à ouvrir son bracelet, il n'y arrivera pas non plus. Tu profites du fait que j'ai tellement envie de te croire… Et moi, comme une courge, je te suis.

— …Comme une quoi ?

Auriane s'arrêta net et se retourna.

— Comme une quoi, quoi ?

— Tu me suis *comme une quoi ?*

— Oh… Arrête… Ce n'est pas le moment de faire… de la botanique ! Réponds, bon sang ! Pourquoi essaies-tu encore de me bercer d'histoires débiles ?

— Pour que tu viennes, Auriane.

— …Alors tu reconnais que c'est des conneries ?… Ulysse… Si Solim meurt, je ne peux plus rentrer chez moi !

— Il ne mourra pas.

— Ouais… C'est ça ! Comme dans les films américains ?… « *Tout ira bien, chérie. Je te le promets…* » Et tu crois vraiment que dans la vraie vie, il suffit de s'en convaincre ?!…

— Auriane… Il ne mourra pas parce que demain, les exogènes découvriront que je suis parti. Ils sauront que les rebelles connaissent l'existence de DimHénoé... Ils penseront forcément qu'ils peuvent se servir de Solim comme moyen de pression...

— Sur toi ?

— Non. Sur les rebelles... Sur moi aussi. Tu as raison... En tous cas, Joka en a conscience...

Il ajouta doucement :

— J'ai fait un choix... C'est difficile... N'en rajoute pas.

Auriane faillit s'emporter. C'était les choix qu'il faisait à sa place qui la contrariaient.

— Pourquoi tu tiens tant à m'emmener avec toi ?

Ulysse prit Auriane par les épaules.

— Tu serais en sécurité ici ?... Je ne sais pas à quoi joue Joka. Je préfère te savoir avec moi.

— Et ce que j'en pense *moi ?*

— ...Auriane... Ne complique pas tout.

— J'aimerais que tu ne choisisses pas pour moi. Tu me mens pour me forcer la main... Je n'ai pas tous les éléments pour bien mesurer la portée de ces choix, c'est vrai. *Mais toi non plus !...* Laisse-moi la possibilité d'en juger.

— Oui. Je te demande pardon, Auriane.

Auriane ne s'attendait pas à ce qu'Ulysse reconnaisse qu'il avait tort. Et puis... elle avait choisi, elle aussi. Elle avait choisi de le suivre. Elle avait autant besoin d'Ulysse que de Solim. Cette discussion ne servait strictement à rien. C'était une discussion qu'ils avaient déjà eue. Ulysse lui demandait pardon... jusqu'à quand ? Jusqu'à la prochaine fois ?... Elle allait lui poser la question mais se ravisa. Le choix était fait. Il fallait avancer. Elle se tut et repartit.

Alors qu'ils marchaient depuis un moment, Ulysse demanda :

— Tu as eu des nouvelles de ce qui se passe à Eghenne, dernièrement ?

Auriane était proche de Zéhéda qui tenait ses informations des jukams eux-mêmes... On pouvait difficilement être mieux renseigné.

— On a ramassé les morts, emprisonné un tas de gens. Il y a eu des échanges de population. On a déporté des gens et on en a « importé » d'autres... Il y a plein de violets, des tas de verts en renfort et des siols par-ci par-là...

Elle parlait tout en marchant.

— Crois-tu que les rebelles...

— Les jukams ne s'intéressent pas aux rebelles. Zéhéda m'a dit que très peu de lignées avaient été ramassées par les siols. Et toutes celles qui l'ont été se cachaient seules. Ça voudrait plutôt dire qu'ils n'ont trouvé aucune cache de rebelles... parce que ça m'étonnerait qu'ils aient réussi à sortir. Il n'y a que les jukams qui vont et viennent à Eghenne. Le Cerli est toujours rouge et il y a des barrages partout. On trouve de moins en moins de nutram et plus du tout de... trucs explosifs qui servent à se battre... des munitions.

— Tu as réellement compris tout ça ? Ce sont des choses dont tu es sûre ?

— Ben... Il n'y a rien de très précis dans tout ça... et... oui... j'en suis sûre.

Ulysse était admiratif... Auriane avait un cerveau sacrément performant pour arriver à un tel résultat. Il ne pouvait même pas imaginer qu'il soit capable d'en faire autant. Ce n'était pas son telib de compétition qui aurait dû épater tout le monde ! C'est ce que le cerveau d'Auriane arrivait à comprendre sans telib du tout !

Quand ils débouchèrent sur la plage, la lune s'était levée. Au loin, le grand portique luisait. Les vagues s'écrasaient sur le sable et l'écume miroitait des mêmes reflets argentés. Ils gagnèrent la plateforme. Auriane regarda Ulysse :

— Tu crois qu'Eghenne, c'est une bonne idée ?

Ulysse fronça les sourcils.

— Les rebelles sont enfermés. Ils sont très nombreux pour peu de vivres… Ils vont être obligés de sortir… Et on les cueillera… Tous… C'est ce qu'attendent les siols. Joka m'a averti. Toute cette histoire d'émeute est voulue. Calculée. Ce sont les siols qui tirent les ficelles… D'abord, on va là-bas.

— Ulysse… Tu ne peux pas m'obliger à…

— Si ! Je peux, Auriane ! Je sais ce que tu en penses. Je sais aussi que tu ne peux pas rester là et que tu es obligée de me suivre. Tu me diras ce que tu as à me dire là-dessus quand on sera à Eghenne.

— …Choisis une autre plateforme, alors.

— Non. Il faut que j'aille à Eghenne.

— Tu iras après.

Ulysse s'emporta.

— Que je t'emmène où, Auriane ?! À quel endroit je peux te laisser en toute sécurité ? On n'a pas le temps.

Auriane se tut. Encore une fois, Ulysse ferait ce qu'il voudrait. Et c'était absolument… insupportable. Mais elle ne pouvait rien y faire.

49

---parenthèse---

Eghenne avait connu quinze jours de tempête. L'absence totale d'organisation et d'information venait lentement à bout des plus déterminés. Des petits groupes se battaient encore, mais les rues étaient maintenant envahies de violets qui reprenaient progressivement le contrôle de tous les quartiers. Des contingents de verts étaient venus en renfort. Ensemble, ils faisaient le ménage… Ils ramassaient tous les serviles qui leur tombaient entre les mains. Ceux dont on savait qu'ils avaient participé activement aux émeutes… et même ceux dont on ne savait rien, mais qui se trouvaient là.

Beaucoup étaient déclarés « serviles-S » sans autre forme de procès, et expédiés dans les camps de prisonniers. La plupart étaient « déplacés », transférés en grand nombre dans les quartiers serviles d'autres métropoles. Pour leur faire de la place, la population servile de ces villes était raflée au hasard et expédiée à Eghenne, rééquilibrant ainsi les effectifs.

Seuls ceux qui bénéficiaient d'une manière ou d'une autre de la protection d'une lignée pouvaient négocier le fait de rester à Eghenne. Il s'agissait pour beaucoup de serviles privés travaillant pour des particuliers, mais aussi de ceux dont les magouilles étaient suffisamment étendues pour que des lignées en profitent d'une manière ou d'une autre. Tenanciers de slanes, organisateurs de trafics en tout genre… principalement de ce qu'on appelait les *trafics d'émotions*, à savoir le fait de permettre à des lignées de vivre sans risque des émotions fortes en passant par l'esprit d'un autre à qui on les faisait vivre réellement.

Les lignées rebelles qui n'étaient pas coincées à Eghenne protégeaient les quelques serviles rebelles qui se retrouvaient sur la sellette en leur fournissant les alibis et les certificats nécessaires pour les sortir des griffes des violets. Sortir des griffes des noirs était plus difficile, mais ces derniers opéraient peu d'arrestations eux-mêmes, se contentant d'attendre que les violets fassent le ménage et que la tension retombe pour chercher efficacement les refuges de rebelles.

Tous les serviles qui pouvaient rester ou qui arrivaient à Eghenne étaient *marqués.* Ils étaient repérables grâce à une nouvelle empreinte spécifique au niveau de leur telib, marquage qui faisait d'eux les nouveaux serviles de Serdhif, déclarés et répertoriés. Ils pouvaient dès lors aller s'approvisionner aux différentes passerelles du Cerli, et s'installer dans un des espaces collectifs qu'on leur attribuait, en attendant que la vie d'Eghenne reprenne son cours et qu'ils soient à nouveau obligés de se débrouiller par eux-mêmes pour subvenir à leurs besoins. Il leur était déconseillé de rôder dehors et il n'y avait plus personne dans les ruelles.

Auriane et Ulysse s'étaient matérialisés sur la plateforme et l'avaient quittée aussitôt, se fondant dans le noir sans se faire remarquer. On ne pouvait plus se servir de la plateforme que dans ce sens-là. Qui, à part des violets, des verts ou des siols auraient souhaité l'utiliser ? Elle était gardée sans grande conviction par des vigiles somnolents. Personne n'y attendait un telib non traçable et une innée sans telib du tout… De loin, le thermato violet d'Ulysse donnait le change. Auriane et Ulysse n'eurent aucun mal à disparaitre sans être remarqués. Ils avançaient en se cachant.

— Il faut absolument qu'on trouve Sienne. Je ne sais pas si…

Ulysse laissa sa phrase en suspens.

— Tu ne sais pas si quoi ? Tu vas faire comment ? Tu vas l'appeler ?

— Il n'y a plus aucune communication par telib possible à Eghenne… et la cloche empêche aussi tout déplacement. Aucun rebelle ne pourra bouger tant qu'il y a ça au-dessus de leur tête.

— Je sais, Ulysse. Je disais ça…

— Eh bien…

Il allait dire, « *eh bien, tais-toi !* », mais il s'arrêta juste à temps. Il fallait qu'il réfléchisse vite et qu'il trouve comment faire ce qu'il devait faire. Il n'en avait pas la moindre idée. Il se sentait très énervé, mais Auriane n'y était pour rien et devait être aussi stressée que lui.

— Il faut commencer par là.

— Par où ?

Ulysse ne répondit pas.

Il faisait encore nuit. Aucune boule n'éclairait nulle part. Il y avait pourtant beaucoup de boules un peu partout. Mais elles laissaient Eghenne plongé dans le noir. Elles se contentaient de traquer les émissions de telib et de renvoyer les informations. La rue était devenue très dangereuse pour ceux qui n'avaient pas intérêt à être repérés.

— Auriane… chut ! Les boules captent les bruits et se dirigent vers eux. Suis-moi en silence.

Ils remontèrent vers le Cerli puis le longèrent. Dans la nuit, le liquide qui stagnait là paraissait noir et visqueux. Ulysse s'approcha du bord du canal en cherchant quelque chose sur le sol. Il tripota son thermato et une plaque se souleva.

— Qu'est-ce que tu fais ? C'est quoi, ce passage ?

— Une idée de Solim. Viens.

Ils descendirent par une échelle dans le passage.

— J'ai les codes gris d'Eghenne. Ce sont les circuits d'eau.

— Ulysse… ce n'est pas de l'eau qui coule là-dedans. Cette odeur… Ça pique les yeux …et la peau.

— Le système de captage fait un détour ici quand il passe sous le Cerli parce qu'il évite quelque chose qui est juste de l'autre côté du canal. Il évite une salle de commandement.

— Et alors ?

— Tais-toi, s'il te plaît… laisse-moi réfléchir.

Neutraliser l'un des quatre points par lesquels était émis l'écran qui formait une cloche au-dessus d'Eghenne devrait suffire à le déséquilibrer et à le rendre inefficace. Le conduit avait été refait, mais les tuyaux avaient dû être récupérés d'un conduit plus ancien. C'était de vieux collecteurs avec des vannes manuelles… Comment faire pour détruire les canons ? Ils étaient juste de l'autre côté de ce mur.

Ulysse réfléchissait à haute voix et Auriane pouvait suivre ses réflexions. Elle ne comprenait pas vraiment l'objectif du plan, mais elle proposa ce qui lui venait à l'esprit :

— Il faut faire passer l'eau du tuyau dans la salle pour la noyer avec tout ce qu'il y a dedans.

— Oui… et on fait comment ?

— On ferme la prochaine vanne pour faire monter la pression et on fait un trou dans le tuyau et dans le mur juste derrière. La pression se chargera d'agrandir le trou et l'eau remplira la salle…

Elle ajouta dans un murmure :

— S'il y a bien une salle derrière… Parce que sinon c'est nous qui allons nous noyer. Pourquoi les rebelles n'ont-ils pas pensé à ça eux-mêmes ? Eux aussi, ils pouvaient se les procurer, les codes gris…

— Parce que seuls un telib non traçable et une innée

sans telib peuvent entrer dans cet endroit sans se faire repérer... Et c'est pour la même raison qu'on peut se balader dehors presque sans risque... Le rebelle de base n'a pas cette opportunité...

Ulysse avait marmonné sa réponse en continuant à penser au problème qu'il rencontrait. Faire un trou dans le mur... avec quoi ?... et faire un trou dans le tuyau n'était pas facile non plus... Auriane étudiait les parois.

— Dans le mur, ce n'est pas compliqué. Il y a une aération, là.

Auriane montrait une grille qui abritait un extracteur de chaleur. Effectivement, en démontant le système, on devait pouvoir dégager un trou de communication avec la salle qui se trouvait de l'autre côté du mur. Mais ce trou se situerait en haut de la voute... Comment faire monter l'eau jusque-là ? Ulysse grimpa sur le gros tuyau.

— Il y a un regard. On peut l'ouvrir après avoir mis l'eau sous pression... Ou juste le débloquer... La pression le fera sauter. Si on fait un trou dans le mur et qu'on inonde le tunnel, l'eau va se déverser dans la salle d'à côté. Il faut juste qu'on ressorte avant que le système de sécurité n'isole cette partie du conduit en déployant les cloisons étanches.

— Si en plus il y a des cloisons étanches, le tronçon se remplira vite et débordera rapidement... Sauf que ce n'est pas de l'eau qui coule là-dedans.

— Qu'est-ce que ça change ?

— Sur des systèmes électriques, ou électroniques, ou je-ne-sais-quoi, ça aura effectivement le même effet... Mais sur nous...

Ulysse arracha la grille. Il démonta l'extracteur de chaleur et regarda par le trou. Il voyait briller des lumières rouges vertes ou bleues dont certaines clignotaient. Mais il n'aperçut rien de plus. Il expliqua à Auriane à quoi servaient ces canons et quelle était la finalité de son plan : dégager

Eghenne de la cloche qui la recouvrait. Il repéra ensuite à quel niveau du tunnel se trouvaient les deux plus proches cloisons de fermeture étanche et les signala à Auriane…

— Maintenant, tu vas bloquer la prochaine vanne et aller m'attendre après l'endroit où se fermera la première cloison qu'on a repérée. J'ouvre la trappe du regard sur le tuyau… et je te rejoins très vite.

— Ulysse… ça va gicler très fort… et… ce n'est pas de l'eau…

— Je ferai attention… Je cours vite…

Auriane le regardait sans bouger. Elle fit la moue.

— Il ne me plaît pas, ton plan.

— Je n'en ai pas d'autre.

— …et ça va prendre du temps de noyer l'autre salle.

— Je crois que personne ne se rendra compte de rien avant que l'écran ne cesse de fonctionner. Ça prendra le temps qu'il faudra. Même par un trou de cette taille-là, ça finira quand même par se remplir. Les cloisons étanches sont solides… avec un peu de chance, c'est le mur de la salle qui cédera en premier….

— Bon. Alors on y va.

Ulysse espérait que les différents refuges rebelles avaient résisté à la vague de folie et de désorganisation qui avait submergé la ville. C'est vers le refuge du Cerli qu'Auriane et lui se dirigeaient maintenant. Ils avaient réussi à faire jaillir ce que transportait le tuyau. Le liquide rouge avait brûlé une main d'Ulysse. C'était la main qu'il avait mise sur son visage en se jetant en arrière pour se protéger des éclaboussures, quand la pression avait fait sauter la dernière attache de la plaque qui fermait le regard. Une grosse mèche de ses cheveux s'était rabougrie comme du plastique fondu. Sa joue aussi était brûlée.

Auriane avait bondi du tuyau dès la fermeture de la

vanne et s'était éloignée. Après avoir démonté la plaque qui fermait le regard, Ulysse aurait eu le temps de rejoindre Auriane tranquillement. Les capteurs d'humidité qui déclenchaient le déploiement des cloisons étanches n'allaient pas réagir immédiatement. Mais il avait couru aussi vite que possible pour se mettre hors de portée du dangereux « sang d'Eghenne » qui giclait jusqu'au plafond et retombait avec force dans un bruit de torrent. Quand la cloison s'était déployée et avait soudain fait barrage au liquide, mais aussi au bruit et à l'odeur terrible qui leur arrachait la gorge, Ulysse et Auriane avaient continué dans le conduit jusqu'à la sortie suivante. Leurs yeux brûlaient et l'air qu'ils avaient respiré semblait avoir racorni leurs poumons. Ils marchaient sur le quai du Cerli, haletant, inspirant l'air frais autant qu'ils le pouvaient en grandes goulées réconfortantes. Ils longèrent le mur et arrivèrent devant l'entrée du bâtiment où se trouvait le refuge. Mais la cloison ne glissa pas.

— On est censé faire quoi ? Frapper à la porte ?

Ulysse ne répondit pas.

— Alors ?… On ne peut pas rester là…

Auriane voyait qu'Ulysse ne savait pas comment agir et cela la rendait nerveuse… Ils revinrent sur leurs pas et entrèrent dans le premier immeuble accessible. Ils grimpèrent dans les étages déserts. Par les cloisons ouvertes, Auriane pouvait apercevoir le sol jonché de débris de toutes sortes : des meubles cassés, des écrans fendus, des morceaux de mur ou de plafond, des tas d'objets inconnus auxquels elle aurait eu du mal à attribuer une fonction. Il n'y avait pas un bruit. Le jour était levé. Le décalage horaire devait être important car cette nuit leur avait semblé vraiment courte… Par l'ouverture de la pièce dans laquelle ils s'étaient cachés, Auriane et Ulysse pouvaient voir la luminosité sans éclat d'une journée nuageuse.

Ulysse s'était réparé la main et le côté de la joue en s'y prenant comme Solim le lui avait montré. Cela lui avait paru extrêmement simple, mais il n'avait pas essayé de passer par l'intérieur de son corps. Auriane l'avait vu promener son autre main sur ses brûlures et la peau s'était reformée lentement sous son index tendu. Ils étaient restés sans parler, perdus chacun dans leurs pensées.

— Ulysse…
Auriane se déplaça légèrement pour avoir le visage d'Ulysse en face d'elle.
— …Comment va-t-on réussir à retrouver Solim ?
Ils étaient tous les deux assis contre un mur. Ce petit matin était très frais. Leurs thermatos respectifs régulaient leur température et ils ne sentaient le froid que sur leur visage et sur leurs mains, mais ils étaient quand même serrés l'un contre l'autre. Ils n'avaient encore pratiquement rien dit. Ulysse avait juste déclaré qu'il fallait attendre que l'inondation de la salle neutralise les canons. Quand la cloche au-dessus d'Eghenne deviendrait inopérante, il pourrait communiquer avec les rebelles grâce à son telib. Alors ils les rejoindraient.
Auriane n'avait plus rien dit. Mais une seule idée tournait et retournait dans sa tête. Les rebelles, ce n'était pas son problème... Ce qui lui importait, à elle, c'était Solim *dans son resil* pour pouvoir y entrer avec Ulysse et enfin retourner chez elle. Auriane n'avait pas besoin de préciser le fond de sa pensée. Ulysse avait bien conscience de ce qu'elle avait en tête. Il mit le maximum de conviction dans sa réponse.
— Les rebelles feront des propositions…
— Aux exogènes ?… Pourquoi ? Pour récupérer Solim ?... C'est toi qu'ils voudront récupérer… Tous… Ils veulent tous t'avoir avec eux. Les rebelles, les exogènes, les siols…
Auriane avait l'air perdue… Elle ne s'énervait même plus en contredisant les affirmations d'Ulysse. Il la devinait impuissante… fatiguée… elle ne voyait plus la fin de ce long

voyage qu'elle faisait malgré elle… Il lui prit la tête entre ses mains et la regarda au fond des yeux.

— Dans ce cas, j'irai le chercher moi-même.

Il amena le front d'Auriane contre le sien. Auriane dit d'une voix ténue :

— Avec tout ce qu'ils t'ont déjà fait… avec le mal que tu t'es donné pour les fuir ?

— Pour toi, Auriane… Je le ferai pour toi… Pour te sortir de là…

Le regard d'Auriane s'emplit de larmes.

— …Toute cette angoisse, Ulysse… toute cette peur… j'ai eu… tellement peur pour toi… tellement peur que tu meures…

Elle se rappelait… Quand réellement la vie d'Ulysse n'avait tenu qu'à un fil, sa peur de ce qu'il adviendrait d'elle s'était tue… À quoi pensait-elle, à ce moment-là ? Est-ce parce qu'elle s'y trouverait prisonnière que ce monde allait devenir terrible ? Ce n'était pas la seule raison… Ce monde deviendrait terrible parce que ce serait un monde sans lui… sans ce garçon qu'à peine plus d'un mois auparavant, elle ne connaissait même pas… Auriane avait fermé les yeux et, de ses bras, elle avait étreint Ulysse. Ses mains remontèrent vers sa nuque en caressant ses épaules. Ulysse détaillait son visage tout près du sien. Il respirait l'odeur de ses cheveux. Il ne bougea pas. C'est elle qui appuya ses lèvres entre ses yeux. Lentement, elle les laissa glisser le long de son nez… puis les posa sur sa bouche. Ulysse avait laissé tomber ses bras. Il ferma lui aussi les yeux pour être tout entier dans ce qu'il ressentait. Il enlaça le corps d'Auriane pour la serrer contre lui. Leurs bouches ne s'étaient pas lâchées.

Doucement, Auriane se dégagea et sauta sur ses pieds. Elle sentait en elle s'agiter une tempête de sentiments contradictoires. Une voix criait qu'elle aurait voulu n'avoir jamais rencontré ce garçon venu d'un ailleurs improbable pour la propulser loin de sa famille dans un tourbillon dangereux dont elle ne parvenait plus à s'extraire... et ses mains voulaient le toucher encore, elle voulait se caresser à sa peau, sentir la douceur de son regard sur elle, l'embrasser encore... Tout son corps frissonna. Elle dit doucement, presque gentiment :

— Si je suis là, c'est uniquement à toi que je le dois. Que tu me sortes de là, c'est la moindre des choses... Ne joue pas au preux chevalier... je ne suis pas dupe !

— Tu n'étais pas obligée de m'embrasser... Je sais ce que tu vis à cause de moi. Je ne perds pas de vue ce que je te dois et... et je ferai ce que je me suis engagé à faire...

Il allait ajouter « même sans contrepartie, » mais se ravisa. Il était malhabile de mélanger ce qu'ils ressentaient l'un pour l'autre avec ce qu'il devait faire pour la ramener chez elle... Ce baiser c'était... une parenthèse... Une douce parenthèse...

Auriane le toisa et dit tranquillement :

— Des fois, l'idée me traverse l'esprit que je ne suis pas absolument ta première et seule préoccupation !

Ulysse sourit. Il lui tendit la main.

— Rassieds-toi...

Elle se rassit et se blottit contre lui. Il lui passa un bras autour des épaules. Elle protesta d'un léger grognement. Elle ne voulait pas du côté protecteur que ce geste lui évoquait. Mais elle le laissa faire.

Lui dire qu'elle n'était effectivement pas sa première et seule préoccupation ?... Ulysse avait conscience qu'il valait mieux qu'il s'abstienne de ce genre de déclaration. Il aurait pu lui expliquer qu'elle restait sa préoccupation en continu... sa seule préoccupation constante... que sans cesse un autre problème primordial prenait le pas dans l'ordre de ses priorités et qu'il fallait le résoudre avant de continuer... Il aurait pu tenter de lui expliquer tout cela, se justifier, se défendre... Mais il ne dit rien. Il profita de ce moment où elle laissait aller son corps contre le sien. Il profita de la sentir si proche... Il n'y avait pas urgence à faire renaitre les polémiques...

L'écran sur Eghenne allait cesser de fonctionner. Ulysse l'avait senti à quelque chose de difficilement identifiable dans l'air ambiant. Il y avait un déséquilibre dans le champ de force... comme une distension qui le traversait... Quelques instants plus tard, son telib lui signala la possibilité d'établir des communications...

Voilà... La parenthèse était terminée. Il fallait qu'il tâche de prévenir les rebelles de sa présence pour se faire ouvrir la porte du refuge... Mais il ne bougeait pas... Pas tout de suite... pas déjà... Il faisait durer l'instant présent. Ils n'avaient jamais été si bien tous les deux... en harmonie... détendus et tranquilles.

Le charme était rompu. Le corps d'Ulysse n'en laissait encore rien paraitre, mais dans son esprit, l'avenir bouillonnait. Il allait encore falloir avancer, prendre des risques... se défendre... encaisser des coups... se taire... justifier ses choix auprès d'un tas de gens plus ou moins bornés... De ses doigts qui lui enserraient l'épaule, il caressa la joue d'Auriane.

— Il faut qu'on bouge.

Auriane tourna la tête vers lui.

— ...Maintenant ?

Ulysse se mit debout et lui tendit la main pour l'aider à se lever.

— ...Tant qu'il n'y a aucune agitation dehors... Tant que la ville tourne encore au ralenti de ce côté-ci...

159

50
---refuge---

O nil !
— Sienne se précipita sur lui et le prit dans ses bras. Elle le serra contre elle, le tint à bout de bras pour le regarder, puis le serra encore.

— Onil…

Quand elle répéta « Onil » pour la troisième fois, l'intonation avait changé. Il y eut un long silence. Sienne cherchait ses mots. Elle s'écarta de lui et son visage devint grave. Elle attaqua calmement, mais le ton monta très vite.

— Tu nous as fait peur, Onil… Où étais-tu ?… Qu'as-tu fait ?… *Où étais-tu ?!*… Je t'avais donné l'ordre de rester là… Le Grand Conseil t'avait ordonné de ne pas quitter le refuge !… *Ordonné...* tu entends ? Tu sais ce que cela veut dire ?! Cette visite que je t'autorisais à faire à Solim, c'était juste un petit tour par Fohem… et tu rentrais immédiatement… Tu l'avais très bien compris !… Plus tard, tu arrives à regagner un autre refuge… en plein milieu d'une émeute… Et là encore tu reçois l'ordre de ne pas ressortir… un ordre parfaitement clair, Onil… *un rebelle obéit aux ordres qu'il reçoit* !

Ulysse la regardait sans baisser les yeux. La froide détermination qui l'animait était visible. Un léger sourire se dessina sur ses lèvres et il dit doucement :

— Je ne suis pas un rebelle…

Sienne s'emporta de plus belle.

— Non ! ...*Non !*... Je vois bien que tu n'es pas un rebelle ! Tu es... un astéroïde extravagant !... Une comète sans aucune orbite préétablie !... Tu n'en fais qu'à ta tête !... Tu n'arrêtes pas de te mettre en danger !... On t'a cherché partout !... On a remué ciel et terre pour comprendre où tu avais pu passer ! Si tu es incapable de prendre soin de toi, on va s'en charger !

Ulysse la regarda fixement. Il ne souriait plus. Sa mâchoire était crispée. Il demanda :

— C'est quoi qui vous intéresse ? Ma santé... ou bien ce telib dont mon géniteur m'a si gentiment fait don ?

Il avait parlé d'une voix sèche. Une voix qu'il n'avait encore jamais utilisée pour s'adresser à Sienne. Elle le dévisagea, surprise. Ulysse avait quelque chose de changé. Elle sentait qu'il émanait de lui une autorité nouvelle. Une assurance qui ne craignait plus de s'affirmer. Elle le considéra longuement.

— ...Il faut que tu deviennes un rebelle, Onil... Rapidement... Je vais m'occuper d'organiser ton Oral... que tu prêtes serment et que tu obéisses aux ordres...

— Je ne suis pas sûr de réussir l'Oral...

Il avait dit ça avec un sourire en coin... pour la provoquer. Il savait que les rebelles ne pouvaient pas rejeter sa candidature. Il savait qu'il deviendrait un des leurs, quoiqu'il jure...

Sienne se demanda ce qu'Ulysse voulait dire. Plus exactement, elle comprit à ce moment-là qu'Ulysse savait exactement à quoi s'en tenir. Elle porta soudain sur lui un autre regard.

Un moment plus tôt elle était emplie de joie de le voir et elle le serrait contre elle... Elle prenait soudain conscience de tout ce temps passé... Elle avait été très attachée au petit garçon tendre qu'il avait été. Elle avait aimé sans l'avoir beaucoup rencontré l'adolescent réservé et maladroit qu'il était devenu.

Il n'y avait encore pas si longtemps, Ulysse était un jeune adulte en quête de reconnaissance qui découvrait la complexité du monde qui l'entourait. Il avait été enlevé par les siols... un novice apeuré et malmené dans une histoire qui le dépassait...

Aujourd'hui, il avait muri. Il semblait plus réfléchi. Elle le sentait fort. Déterminé. Maitre de ce qu'il voulait et de ce qu'il pouvait décider pour lui. Elle le trouvait... beau... troublant... Elle découvrait un autre Onil et se rendait compte qu'il lui faudrait apprendre à connaitre cet adulte qu'il était devenu...

Mais les devoirs de sa fonction reprenaient le dessus. Elle lui demanda de la suivre. Le Grand Conseil allait certainement vouloir le rencontrer. Ils étaient à nouveau dans l'urgence. Il fallait qu'Ulysse expose tout ce qu'il savait, et ce qui lui était arrivé... et que les rebelles prennent les décisions appropriées.

Auriane était toujours assise en retrait. Ce refuge manquait totalement de confort et dans ces grandes pièces du bas, il n'y avait pour tout mobilier que quelques bancs. Sienne l'avait saluée, puis n'avait eu d'attention que pour Ulysse.

Auriane avait suivi les retrouvailles entre Sienne et Ulysse et s'était surprise à comprendre beaucoup de ce qu'ils s'étaient dit. Il est vrai qu'elle se doutait de ce qu'ils avaient à se dire. Il était donc plus facile pour elle de suivre leur conversation...

L'évacuation des refuges avait commencé et les rebelles cachés étaient expédiés à Fohem. De là ils pourraient se rendre vers d'autres plateformes illégales dans d'autres métropoles et revenir à Serdhif par des chemins détournés.

Le chemin qu'ils choisiraient n'avait pas beaucoup

d'importance : dès lors que la cloche au-dessus d'Eghenne avait cessé de fonctionner, les gardiens du Monde Parfait avaient certainement renoncé à poursuivre leurs recherches, sachant qu'elles seraient vaines.

Ulysse s'était accroupi devant Auriane et lui avait demandé de l'attendre là. Les membres du Grand Conseil souhaitaient le rencontrer et il viendrait la rejoindre le plus rapidement possible. Elle ne fit aucune réflexion. Elle se contenta de lui demander de revenir vite. Ulysse en fut surpris… Il s'éloigna et on le conduisit dans une pièce de réunion où on le fit asseoir.

Avant que qui que ce soit ne les rejoigne, l'homme qui l'accompagnait activa un clyd d'isolation, un écran cylindrique qui l'empêchait de voir ce qui se passait autour de lui. Il trouva cette précaution déplacée. Il venait de les sauver… Tous… et ils appliquaient encore à la lettre leur protocole plein de défiance ridicule…

Ulysse ne leur raconta pas grand-chose spontanément. Il se contenta de répondre aux questions qui fusaient. Le Grand Conseil s'intéressa beaucoup aux capacités surprenantes de son telib et à la manière dont Ulysse avait pu leur porter secours. Il resta assez vague… il ne comprenait pas tout, lui non plus… Il expliqua ensuite ce qu'il avait compris des exogènes et de leur organisation. Il parlait maintenant de Solim.

— Solim ne vaut pas beaucoup plus que toi en matière de discipline… L'obéissance qu'il nous témoigne laisse à désirer... Lui aussi prend des initiatives regrettables… Où êtes-vous allés en quittant Fohem ?

— J'avais besoin de retourner au resil.

— Et… il t'a ramené à son resil ?!… Depuis Fohem ?!… Mais, Onil !… Pourquoi tu ne vas pas directement te rendre aux siols ?!

Ulysse fronça les sourcils et lança un regard noir à son reflet sur le cylindre.

— Je suis revenu… Abrégeons... Solim est prisonnier des exogènes et je dois absolument le sortir de là.

— Non ! Solim, c'est notre affaire ! Toi, tu ne fais plus rien !… Toi, tu passes ton Oral… et si tu deviens un rebelle, tu fais ce que tu devrais déjà faire depuis longtemps, à savoir *ce qu'on te dit de faire !*

Ulysse rétorqua d'une voix ferme :

— Je passe mon Oral et je vais chercher Solim.

Celui qui lui parlait laissa sourdre dans sa voix une bonne dose d'exaspération.

— On va le récupérer en se passant de ton aide. Il y a des tas de choses pour lesquelles on s'est passé de toi jusqu'à aujourd'hui ! On peut continuer…

La voix de Sienne l'interrompit.

— Bon... Arrêtons ce jeu-là, maintenant ! Nous savons tous qu'Onil doit devenir un rebelle… Nous le savons tous, et lui aussi le sait. Lui aussi sait que nous ne pouvons pas nous permettre de lui refuser l'Alliance. Alors cessons de feindre le contraire et parlons calmement.

— On ne peut pas faire passer un Oral en partant du principe qu'on proclamera forcément l'Alliance. Ce garçon est à peine un novice qui…

— Il a vécu beaucoup de choses. Davantage que la plupart d'entre nous… en très peu de temps. De plus, il est précieux… On le sait tous, ici… et il faut qu'on l'ait avec nous pour ne pas que nos ennemis se penchent sur les découvertes de Nathol.

— Nos ennemis, ce ne sont pas seulement les siols. Les dims, aussi…

— Les exogènes ne sont pas nos ennemis.

Sienne avait mis beaucoup de conviction dans son affirmation. Son interlocuteur s'emporta.

— Première nouvelle ! Demande à Ujua ce qu'elle en a pensé quand elle s'est fait assassiner, elle, sa jeune lignée et même le servile privé qui les accompagnait !... Et ce que vient de nous raconter Onil ?!... Quel accueil !... Quelle prévenance ! Quelle gentillesse dans la manière qu'ils ont d'inviter leur hôte à prendre part à la vie de leur communauté en devenant leur champion !

— Ce ne sont pas des amis non plus... Je le sais bien... Mais ils pourraient devenir des alliés. Nous avons des aspirations communes...

— Il me semble que faire disparaitre les lignées n'est pas dans nos aspirations...

— Tous les exogènes ne sont pas d'accord avec ça... et nous avons depuis toujours des contacts avec eux...

Une voix ferme mit un terme à la question de savoir dans quelle catégorie il fallait classer les exogènes. Cette voix affirma que ce débat ne regardait pas Onil. Les orientations politiques des instances de la Rébellion n'avaient pas à être discutées en dehors du huis clos du Grand Conseil. Puis cette même voix ajouta :

— Nous te remercions, Onil de ce que tu as fait pour nous. Grâce à toi, nous pouvons fuir le piège d'Eghenne. Nous allons nous occuper d'organiser ton Oral d'Alliance. En attendant, tu te reposes quelque part et tu attends qu'...

Ulysse regarda dans la direction de celui qui s'adressait à lui et demanda :

— Et Solim ?

— On s'en occupe. Si le Conseil est d'accord, Sienne te tiendra au courant de toutes les tractations concernant Solim.

— Le Grand Conseil, c'est vous tous !... Et *vous êtes* d'accord... à moins que vous ne me disiez tout de suite le contraire. Je veux suivre ce que vous faites. Je vous laisse quelques jours. Si vous ne parvenez à rien j'irai le chercher.

La voix se fit menaçante.

— ...Ne nous pose pas d'ultimatum, Onil...

Quelqu'un le coupa d'une voix posée.

166

— Si dans quelques jours nous ne sommes parvenus à rien, nous en reparlerons… Ensemble…

Une autre voix demanda :

— Et l'innée ?

— Quoi l'innée ?

— On la laisse avec Onil ? Ne devrait-on pas un peu creuser son cas à elle ?

Ulysse intervint vivement :

— Vous ne touchez pas à Auriane ! Vous ne lui posez aucune question ! Elle ne me quitte pas !… Je suis prêt à vous laisser tomber et à disparaitre avec elle si vous tentez quoi que ce soit pour l'interroger ou l'éloigner de moi !

Un lourd silence tomba. La menace avait été suffisamment ferme et convaincante. Aucun membre du Grand Conseil n'ajouta quoi que ce soit. La conclusion de l'entretien consista en un résumé des décisions prises et les membres du Grand Conseil se dispersèrent.

Ulysse passa la matinée au milieu des rebelles qui attendaient là de plus amples instructions. Il apprit que Malix n'était pas passé loin de l'arrestation. On avait fouillé son logement de fond en comble. Heureusement, suivant le mode opératoire légal, il était interdit, même aux siols, de recourir aux services d'un Kadjal sur une lignée sans disposer de preuves plus probantes. Ulysse pensa aux vêtements d'Auriane qu'ils avaient laissés là-bas. Malix avait dû s'en débarrasser. Passer entre les mains des noirs n'avait sûrement pas été une partie de plaisir. Mais rien n'avait été trouvé pour l'accuser franchement d'avoir apporté son aide à un individu que les siols souhaitaient « *rencontrer.* »

Ulysse prit des nouvelles de Nao et découvrit qu'elle se trouvait dans un autre refuge et souhaitait le voir. Il passa du temps à discuter avec les uns et les autres. Il n'était pas un rebelle mais il se retrouva parmi eux, à pouvoir les rencontrer et leur parler sans masque, comme il aurait pu le faire pendant l'émeute s'il avait eu la tête à dispenser des civilités... Visiblement les membres du Grand Conseil venaient de renoncer à appliquer toutes les règles de sécurité en ce qui les concernait Auriane et lui.

Aucune autre personne, qu'elle soit ou non novice, ne se trouvait dans la même situation qu'eux. Tous ceux qui n'étaient pas des rebelles étaient enfermés dans les cages à écran protecteur, cages depuis lesquelles ils ne pouvaient ni voir ni entendre ce qui se passait autour d'eux. On les réexpédiait sur Serdhif ou ailleurs, sans précaution particulière, les uns après les autres, pour donner du travail aux régulateurs et les occuper sur des vérifications inutiles.

Plus tard, Sienne rejoignit Ulysse et Auriane. Elle proposa à Ulysse de rester à Fohem et d'y préparer son Oral. Les refuges allaient devenir à nouveau des lieux sûrs et l'examen serait organisé dans les mêmes conditions qu'habituellement...

Elle lui expliqua le déroulement des différentes étapes qui constituaient l'ensemble de la cérémonie et ce qu'il devait préparer. Il avait quelques jours... La Rébellion de Serdhif retrouvait ses marques.

Ulysse n'était pas d'accord avec la proposition que Sienne lui faisait.

— Fohem est un cul de sac. Je ne connais pas les autres plateformes illégales qu'il permet d'atteindre... et tu ne me les indiqueras pas...

— Non. En effet. Mais tu es déjà parti de Fohemasil sans demander l'avis de personne. J'aurais aimé pouvoir te coincer là-bas. Hélas, je sais que je ne pourrai te coincer nulle part... à moins de désinitialiser ton telib et de t'attacher !... Tu seras en sécurité à Fohem. Tu n'as aucune raison d'en partir pendant ces quelques prochains jours... Les refuges sont à nouveau sûrs. Plus personne ne peut approcher la porte qui y mène. Il faut juste que les lignées rebelles qui ne vivent pas dans la clandestinité donnent un peu le change à Serdhif et la vie reprendra son cours.

— Vous vous occupez de Solim dès aujourd'hui ?

— Oui. Dès ce soir.

Ulysse demanda comment ils allaient s'y prendre. Connaitre l'endroit où se trouvait DimHénoé n'était pas suffisant pour pouvoir prendre contact avec les exogènes.

— Ne t'occupe pas de ça. Nous avons nos contacts. Depuis longtemps… Mais jusqu'à aujourd'hui, nous n'avions pas grand-chose à leur dire… et eux non plus.

— Des jukams ?

— Tu connais des jukams ? Tu en as vu ?

— Oui. Auriane aussi.

— Tu n'as pas tout raconté au Grand Conseil…

— Non.

— Onil… Je ne comprends pas tout, de ce qui te fait agir… mais sache que je suis avec toi… Sache que je suis *toujours* avec toi…

Ulysse la dévisagea et Auriane le vit faire la moue. Il ne la croyait qu'à moitié. Il lui déclara gentiment :

— Je... sais que c'est compliqué pour toi aussi… Je te remercie de me signifier clairement ton soutien. Il y a des fois où je ne sais plus très bien quels sont réellement mes alliés. J'ai appris à me méfier aussi de ceux qui se disent mes amis... Ne m'en veux pas si parfois, je me protège de toi aussi.

Sienne lui sourit et lui dit être bien placée pour comprendre ce qu'il ressentait. Ulysse demanda :

— Que veulent les exogènes ? Nous avons des aspirations en commun, mais que veulent-ils vraiment ?

— Il existe plusieurs courants chez eux aussi. Tous ne veulent pas la même chose.

Ulysse émit un petit rire moqueur.

— Oui. La disparition pure et simple des lignées. Ça,

forcément… on ne partage en rien cet objectif-là. Mais comment les autres imaginent-ils un monde où règnerait l'Équilibre Équitable ?

— Il y a beaucoup de manières de l'imaginer… et tant qu'on reste dans le flou, ça permet de croire qu'on est d'accord les uns avec les autres… Méfie-toi de tes amis et aussi de tes alliés… méfie-toi des mots, surtout… et de ce que chacun met derrière…

— Que voulait Nathol ?

Le regard de Sienne se perdit dans le vague.

— …Il n'y a que lui qui pourrait te le dire…

Elle laissa se répandre un long silence entre eux puis ajouta :

— Mais c'est assurément celui qui est allé le plus loin sur la voie qu'il avait choisie…

Un rebelle mit un terme à la discussion en venant poser à Sienne une question d'intendance. Elle s'éloigna avec lui.

Dans l'après-midi, Nao arriva. Elle était toujours aussi mignonne… menue, vive… sensuelle. Elle se précipita sur Ulysse et se serra contre lui. Auriane pensa à ce qu'elle savait des rapports qui les rattachaient l'un à l'autre. Ulysse était toute à sa joie de la retrouver, et visiblement, laisser transparaitre aux yeux d'Auriane l'intimité qu'il y avait entre eux ne le dérangeait pas. Nao finit par se décoller d'Ulysse et vint vers Auriane. Elle lui caressa la joue d'un geste tendre et la salua. Tout en elle était profondément sincère. Elle se réjouissait de la revoir. Elle lui parla en simihal et fut surprise de l'entendre lui répondre dans la même langue. Elle la félicita.

En s'adressant à Auriane elle avait parlé lentement. Distinctement. Puis elle se tourna vers Ulysse et reprit un débit normal. Elle lui demanda quelque chose. Ulysse regarda Auriane et jeta légèrement sa tête en arrière. Elle parut étonnée et se blottit contre lui en parlant encore, mais beaucoup trop vite pour qu'Auriane puisse comprendre. Ulysse rit et lui posa légèrement la main sur la bouche.

— Niao-li, Nao ! Lalia-i. Net !

Auriane ne comprit que cette phrase. Quelque chose du genre : « *Pas maintenant, Nao ! Calme-toi. Arrête !* » Un autre jeune se mêla à leur échange et fit rire Nao par des réflexions vives et gaies. Il attrapa Nao par la taille. Ulysse riait aussi. Elle les regardait se disputer en plaisantant et percevait en elle une jalousie qu'elle essayait de contrer, mais ne pouvait s'empêcher de ressentir.

Elle réalisa que c'était la première fois qu'elle voyait Ulysse interagir avec d'autres personnes qui ne le dominaient pas, ne le cognaient pas, ne l'engueulaient pas… c'était la première fois qu'elle le voyait parler sans tension avec des habitants de son monde, naturel et détendu. Elle réalisa à quel point elle aimait le regarder vivre et combien elle aurait aimé le garder pour elle toute seule… être sa seule préoccupation… qu'il n'ait d'yeux que pour elle… et à quel point tout cela était contradictoire et ridicule. Elle se félicita de ce que personne ne pouvait lire dans ses pensées… Dans ce monde, ce n'était ni évident, ni absolument sûr !...

Ulysse et Auriane partirent pour Fohem le soir même. Ulysse aurait préféré retourner dans les quartiers nord de Serdhif et vivre avec Auriane quelques jours de la vie quotidienne d'une lignée. Auriane avait à peine effleuré en quoi consistait le bien-être de cette existence-là. Elle ne connaissait du monde d'Ulysse que les installations sauvages de DimHénoé, l'absence quasi totale de modernité d'Eghenne, le vétuste aménagement intérieur d'un resil ou la marche dans la forêt avec des nuits à la belle étoile… pas très éloigné de ce qu'elle aurait pu vivre en randonnant dans son monde à elle.

Ulysse aurait aimé se promener avec Auriane dans les

somptueux jardins de nature apprivoisée et sur les terrasses luxueuses... Il aurait aimé lui faire découvrir les commodités, la variété, la richesse des lieux d'échanges et de convivialité. Lui expliquer sa vie... celle qu'il avait avant...

Mais il se rangea à l'avis de Sienne. Fohem n'était « placé » nulle part... Fohem était un lieu fabriqué de toutes pièces et complètement virtuel, mais il offrait à ceux pour qui on en ouvrait toutes les possibilités, un espace de vie agréable et confortable... et pour deux fugitifs, un lieu beaucoup plus sûr...

51

---pause---

Fohem leur fournit tout le confort qu'ils pouvaient souhaiter. Auriane opta pour une petite maison dans la prairie. En énonçant son souhait, elle eut une pensée pour la série télévisée du même nom... Les colons américains étaient loin de disposer d'une technologie pareille. Sienne investit Ulysse du pouvoir de « créateur » sur cet asil entièrement conçu par les rebelles et elle lui proposa des compilations de séquences déjà prêtes pour guider un peu ses choix et faciliter sa « création. » Ulysse fit de son mieux pour obtenir l'espace qu'Auriane désirait. Elle changea plusieurs fois d'avis... De même que pour apprêter le nutram, il existait un nombre astronomique de possibilités de Fohem différents, les deux principales difficultés étant de déterminer et d'obtenir le Fohem que l'on voulait.

— Pourquoi personne ne vit en permanence dans un endroit pareil. C'est parfait, on a tout...

— Parce que c'est... faux. Et qu'on le sait. Pourquoi ne deviens-tu pas le personnage que tu crées dans tes jeux vidéo, en te disant que c'est l'autre moitié de ta vie qui ne compte pas ?... Parce que tu sais que la vraie vie n'est pas là. Tout est faux, à Fohem. On n'y voit que ce qu'on a créé, on n'y rencontre jamais personne, à part ceux avec lesquels on est venu... Rien n'évolue... Et puis on ne peut que transformer l'espace. Pas le consommer... Tu ne mangeras que ce que tu auras amené... Mais même si on avait la possibilité de manger l'asil, on se lasserait de la prison qu'on s'est soi-même fabriquée... et on finirait par s'en aller. À part les malades... et les fous...

Ulysse regarda Auriane en riant.

— Mais pour un moment de sursis... pour un jour ou deux... un jour ou deux avec toi... ce sera parfait !

Auriane aborda les questions qui la préoccupaient. Elle se fit préciser ce que le Grand Conseil avait décidé pour lui et ce qu'il avait envisagé de faire concernant Solim. Elle put ainsi mesurer la distance qui existait entre les visions d'avenir des uns et des autres, et évaluer les difficultés futures. Elle n'avait pas osé demander directement à Sienne si les rebelles avaient un plan pour la renvoyer chez elle. Elle l'avait à peine croisée et visiblement, la présence d'une innée parmi les rebelles était le cadet de ses soucis.

Un autre sujet la tracassait. Mais il lui semblait tellement ridicule, tellement insignifiant comparé au nombre de choses dont elle aurait pu discuter avec Ulysse qu'elle hésita à l'aborder... Elle finit par y venir quand même.

— Est-ce que...

Elle n'avait pas encore réellement commencé sa phrase. Elle fit la moue et Ulysse l'encouragea du regard à continuer...

— Est-ce que Nao voulait venir avec toi à Fohem ?

— Pourquoi ? Elle n'a aucune raison de venir s'enterrer ici.

— Pour... être avec toi.

— Mais on en aura d'autres, des occasions de se voir. Pourquoi tu dis ça ? Parce que...

Il fronça les sourcils... Il croyait comprendre la raison de cette question...

— …Tu as peur que je regrette de ne pas pouvoir jouer ici avec Nao ?

Auriane ne dit rien mais son silence était significatif.

— Elle m'a demandé tout à l'heure si je voulais bien chercher un endroit tranquille pour jouer un peu avec elle…

— …Et tu lui as répondu « Niao-li. Lalia-i. Net. »

Ulysse parut surpris.

— Oui. Et tu sais ce que ça signifie ?

— Pas maintenant, calme-toi, arrête.

— Eh bien voilà. Tu as la réponse. Tu m'as demandé de faire attention à ne pas faire de toi le témoin de mes jeux. Et je fais attention…

— …Tu n'en avais pas envie ?

— Auriane… Pourquoi tu me poses cette question ? Je ne décide pas d'avoir ou non envie de quelque chose… Mais il se trouve que là, on est tous les deux. Au chaud. Au calme. On ne risque rien dans l'immédiat… On vit ça ensemble pour la première fois… et c'est avec toi que je suis… et c'est avec toi que j'ai envie d'être... Arrête de te fabriquer des problèmes compliqués…

Auriane lui sourit. Elle se sentait despotique…

— Tu as raison...

— Puisqu'on est sur ce sujet-là, moi aussi j'ai une question : comment tu t'y es prise pour occuper Biwam, pendant que je cherchais l'initialiseur dans la réserve, à DimHénoé ?

Auriane sourit en plissant les yeux.

— Tiens ? Ça t'intéresse ?

— Je suis juste… curieux…

— Ce que je fais avec Biwam ne regarde que Biwam et moi. Mais… tu aurais pu te joindre à nous si le sujet t'intéressait.

Elle venait de lui ressortir mot pour mot la formule

qu'il avait utilisée à DimHénoé pour parler de ses « jeux » avec Taomi. Elle rit.

— ...Tu es jaloux ?

— Jaloux ?

— Et menteur...

Il la regarda, étonné.

— Je ne comprends pas ce que tu veux dire...

Il paraissait parfaitement sincère. Il sourit à son tour.

— En tout cas, tu ne l'as pas occupé bien longtemps ! J'ai bien failli l'avoir sur le dos avant d'être ressorti de la réserve !

Il lui prit la main.

— Viens. On va commencer par visiter l'espace qu'on s'est créé.

Ils n'allèrent pas très loin. Il faisait nuit.

Ils commencèrent par dormir... longtemps. Ils allèrent se promener le lendemain. Ulysse avait choisi des jours et des nuits d'une durée semblable à ceux de Serdhif. L'espace autour d'eux avait des couleurs d'une clarté stupéfiante. Tout était... *trop*. Trop coloré, trop en relief, trop... léché... On avait envie de dire : « *c'est trop bien fait* »... comme un décor de jeu vidéo... Auriane avait le sentiment de se promener pour de vrai au milieu d'images de synthèses... au milieu d'un décor 3D dont elle pouvait toucher, casser, déplacer tous les éléments... Elle sentait l'air sur sa peau. La caresse du soleil... Mais elle était dans un décor. Le décor de son premier jour de totale tranquillité avec Ulysse. Elle voulait Ulysse pour elle toute seule ? Elle l'avait. Elle sentait croître en elle le besoin d'être tout près... de lui parler... de le toucher...

La journée s'avança. Paisible. Toute emplie de ce plaisir qu'ils ressentaient tous les deux à être l'un avec l'autre. Ils parlèrent beaucoup. Ulysse racontait son monde de lignée à Auriane. Maintenant qu'elle avait un peu vécu parmi ses congénères, elle était plus à même d'en comprendre l'organisation, les aspirations. Mais il lui était quand même difficile de se représenter ce monde, tellement différent de ce qu'elle connaissait... Faisant preuve de beaucoup d'attention, elle enchainait les questions et discutait avec application les réponses qu'Ulysse lui faisait.

Le sujet des enfants l'intéressait tout particulièrement. Comment on les élevait ? Où ? ...Comment on les fabriquait, puisque tout le monde, ici, était stérile... Ulysse lui expliqua la différence fondamentale qu'il y avait entre lignées et serviles dans ce domaine. Il lui avait déjà parlé du fait que chaque lignée déposait, dès sa naissance, deux échantillons de son patrimoine génétique dans une sorte de banque. L'un des deux était répertorié et estampillé comme étant ses gènes propres. L'autre rejoignait une réserve, une sorte de fond commun anonyme.

Une seule fois au cours de sa vie, chaque lignée devenait « automatiquement » le géniteur d'un nouvel individu. Cette conception ne faisait intervenir aucun gamète, ni mâle ni femelle. Créée à partir des prélèvements précieusement stockés, cette nouvelle lignée serait génétiquement issue de deux individus. Le premier, dont l'identité était connue, allait devenir son *géniteur*. Il lui fournirait 22 chromosomes somatiques et un hétérosome X. L'autre serait un deuxième individu qui resterait anonyme et dont le prélèvement, extrait au hasard du fond commun, fournirait les 22 chromosomes complémentaires, plus l'hétérosome X ou Y manquant. L'ensemble des choix présidant à cette « élaboration chromosomique » pouvait être orientée pour satisfaire à un constant souci d'équilibre statistique au sein de la population des lignées. On y implantait *le talem*, cette marque portée sur les omoplates, cette sorte de tâche de naissance qui, transmise de génération en génération, dessinait dans le dos de ceux qui avaient une destinée *d'individus,* le symbole de la lignée à laquelle il appartenait. L'embryon qui résultait de cette procréation était « vérifié » et, s'il était jugé apte à se développer, il était placé en matrice artificielle.

Le géniteur participait, dans des proportions variables, à la part privée de l'éducation de sa lignée, utilisant souvent les services d'un ou plusieurs serviles privés. La part publique de l'éducation d'une jeune lignée était assurée en « internat » par tous petits groupes. Plus tard, quand une lignée était à même de s'assumer pour ce qui concernait sa vie quotidienne, un espace personnel lui était attribué et un « formateur, » un *tehezal*, (forcément une lignée), prenait le relais et passait un temps important avec quatre ou cinq « élèves », ses *mohezals*, toujours les mêmes.

Les serviles, quant à eux, étaient conçus de la même manière, mais uniquement à partir des gènes anonymes du fond commun. Ils ne portaient aucune marque distinctive sur leur peau. Auriane ne comprenait pas bien *qui* prenait la décision d'en « fabriquer », *quand* et dans quelles proportions... Tout cela, comme beaucoup d'autres choses, semblait dépendre du Grand Terminal, cette sorte... d'entité centrale omnisciente dont Ulysse lui avait déjà parlé et qui se trouvait sous un dôme gigantesque, dans un endroit dont elle n'avait pas retenu le nom... Un... grand ordinateur-central... qui gérait les effectifs... C'était tellement... surréaliste...

Les jeunes serviles étaient élevés en collectivité. D'abord dans des lieux qu'Auriane assimila à des nurseries, puis en « familles » de huit ou dix, par des serviles dans des lieux spécifiques. Ils avaient en général une enfance agréable pendant laquelle on pourvoyait à leurs besoins et ils recevaient une formation adaptée à leur future vie.

Quand ils atteignaient l'âge voulu, ils étaient répertoriés comme serviles d'une métropole ou d'une autre. Leur compte-iris était activé et pourvu d'une réserve de départ, puis ils étaient rapidement livrés à eux-mêmes et devaient alors faire face, seuls, à leur avenir.

Parmi les questions que posa Auriane, il y eut celle de savoir ce que faisaient les lignées de leurs journées. Elle demanda si elles travaillaient… et où… Cette question concernant les activités des lignées amena Ulysse à lui expliquer un peu comment se concevait le temps, chez lui.

Toutes les lignées avaient une occupation obligatoire, une sorte de… travail… et un temps de formation continue. Auriane demanda :

— Tous les jours ?

— Oui. Presque.

— Ça prend combien de temps ?

— Je ne sais pas.

— Comment ça, tu ne sais pas ? Ce n'est pas une durée ?

— Si. Mais je ne sais pas combien ça fait dans ta langue. Sans activer le trad, je n'y arrive pas.

C'était trop compliqué… et difficile à expliquer. Auriane demanda comment on comptait le temps. S'agissait-il d' « heures » ?... même si elles n'avaient pas la même durée que chez elle ?

— C'est le mot que proposait le trad avant que je le désactive. C'est celui que j'utilise. Mais une heure ici, c'est une durée variable.

— Comment ça ? Une heure, c'est une heure !… Chez moi, c'est 60 minutes. Chez vous, c'est combien de temps ?

— Ça dépend des jours.

Auriane se concentrait… mais elle ne comprenait pas.

— Euh… Tu peux être plus clair ?

— La durée dépend de la ligne du temps. Sans l'aide d'un telib, tu vas avoir du mal à jongler avec ça… C'est pour ça que j'évite de te parler de durée quand mon trad est désactivé. Je vais t'expliquer depuis le début... Le temps, ce n'est pas un cycle. C'est... des lignes. Ça se compte en jours. Un paquet de quinze jours est une sorte de... semaine. Soixante semaines c'est une sorte d'année.

— Et à l'intérieur des jours ?

— Chaque demi-jour a un début : le lever du soleil... un milieu : le moment où le soleil est au zénith... et une fin : le coucher du soleil. La nuit constitue l'autre moitié. Entre le lever et le zénith, il y a 8 tranches de temps. Il y en a 8 autres entre le zénith et le coucher. Ce ne sont pas des heures, mais mon telib les a appelées comme ça. Il n'a rien trouvé de plus approchant sans doute... Dans la même journée, ces heures ont la même durée. La nuit a aussi 16 tranches de temps reparties de manière égale sur toute sa durée. Mais cette durée varie. Elle n'est pas la même suivant où on se trouve sur la terre et suivant où se trouve le jour (ou la nuit) sur la ligne du temps...

— Dans l'année...

— Oui... dans l'année, si tu veux...

— Alors l'été, ça fait des heures plus longues que l'hiver ?... C'est bizarre...

— Chez vous l'été, c'est les jours qui sont plus longs que les jours en hiver.

— C'est vrai... Mais quand même... Ce n'est pas très pratique quand on veut définir une durée.

— Chez vous, quand vous dites « *toute la journée,* » on ne sait pas non plus exactement combien de temps ça représente. Ça dépend de quelle journée de l'année il s'agit !

— C'est pour ça qu'on parle en heures, en minutes et en secondes.

La manière qu'avaient les gens de son monde d'appréhender le temps, semblait à Auriane beaucoup plus logique... et facile.

— Nous, on a un telib qui nous calcule exactement tout et nous le place sur la ligne du temps. Dans ta langue il nous dirait quelque chose comme : « *ça fait trois tranches de temps de journée d'un 31 avril à Serdhif,* » et on sait instantanément et exactement de quelle durée on parle très précisément.

— C'est compliqué quand même.

— Non. On ne fait pas consciemment le calcul. C'est le telib qui s'en charge. Quand on veut rester dans le vague, on parle d'heure... comment ça s'appelle ?... la journée la plus longue ou la plus courte ?

— Solstice ?

— Oui. On parle « d'heures-solstice »... Il faut juste déterminer s'il s'agit de solstice d'été ou de solstice d'hiver... Suivant de quoi on parle, ça permet du flou ou des nuances...

Auriane se tut pour essayer d'assimiler toutes ces informations...

Ils étaient bien, tous les deux, enfoncés confortablement dans un profond canapé. Ulysse n'avait créé qu'une seule pièce. Une sorte de grande salle de vie avec une grande ouverture transparente qui donnait sur le « parc ». Il faisait beau et chaud. Auriane savourait le plaisir qu'elle ressentait à être tout contre Ulysse. Le temps n'avait plus d'importance. Elle avait cessé de penser avec sa tête. Elle était toute à ce qu'elle ressentait. Doucement elle se dégagea et se mit debout. Elle regardait Ulysse intensément. Il se redressa lui aussi, le corps comme capté par ses yeux. Il se mit debout et se tint devant elle, les bras ballants.

Ils étaient tous les deux face à face. Auriane recula. Elle actionna le point d'ouverture de son thermato et le laissa glisser jusqu'au sol. Elle dégagea ses pieds... Maintenant, elle était nue. Il voulait des signes clairs ? Elle pouvait difficilement être plus claire.

C'était la première fois qu'elle agissait de cette façon. Qu'allait-il attendre d'elle ? Qu'avait-elle à lui offrir ?... Au

moins autant que tous ces corps avec lesquels il avait déjà
« joué »…

En matière de petits copains avec lesquels elle était
allée jusque-là, elle n'avait pas beaucoup d'expérience. Trois,
en fait… Deux et demi pour être honnête… Et en matière de
relation sexuelle… elle avait laissé les garçons qu'elle avait cru
aimer prendre les initiatives.

Ulysse la buvait des yeux, mais il ne bougeait pas. Il
n'osait rien entreprendre. Il ne voulait pas la brusquer… ne rien
faire qui puisse avoir pour elle un sens différent de celui qu'il
aurait voulu y mettre. Pour tenter de comprendre comment
Auriane pouvait concevoir un rapprochement physique de cet
ordre, il n'avait que ce que son telib avait pu lui apporter
comme information sur le monde dans lequel elle vivait.
« Jouer » semblait avoir pour elle une signification qui
dépassait le simple jeu, justement. Il ne comprenait pas bien. Et
il ne voulait pas… se tromper. Alors il n'osait plus rien faire.

Auriane fit un pas vers lui. Était-ce ça, l'amour ? Cette
attirance physique presque douloureuse qu'elle ressentait dans
tout son corps ? Elle n'avait encore jamais été amoureuse, en
fait… ou bien était-ce cet endroit ? Était-ce cette histoire
terriblement angoissante dans laquelle elle était plongée depuis
si longtemps qui exacerbait ce qu'elle ressentait pour son
sauveur, sa bouée de sauvetage, le seul ancrage dont elle
disposait encore pour se rattacher à la réalité de son monde ?…
Il la regardait et elle se sentait créée par son regard. C'était ses
yeux qui la façonnaient toute entière.

Ulysse tendit la main et lui caressa le sein. Elle était…
belle… émouvante… et tellement… sérieuse… Il fit lui aussi
un pas et laissa sa main glisser vers sa taille. Il souriait en
continuant de se noyer dans son regard. Il savait, lui, qu'il
fallait mettre un peu moins de sérieux, dans tout ça. Qu'il
fallait… accepter de lâcher le contrôle… lâcher cette maitrise
de soi qui empêche d'aller rencontrer l'autre dans ce qu'il a de

plus vrai… de plus intime. Mais il continua de la laisser avancer à son rythme.

Auriane n'anticipait rien. Elle était pleinement et uniquement dans le présent. Faire l'amour devenait quelque chose de simple… Quelque chose qui lui ressemblait… Elle savait à quoi elle aspirait… Elle actionna elle-même le bouton d'ouverture du thermato d'Ulysse et accompagna le tissu qui glissait sur ses épaules. Elle désirait ce corps. Précisément ce corps-là. Celui qu'elle allait maintenant prendre le temps de découvrir… son grain de peau sous sa paume… ces marques qu'elle sentait sous ses doigts et qui racontaient son histoire… son odeur… la douceur du galbe quand le dos se creuse sous la caresse… la fermeté des muscles sous la peau…

Ulysse sentit qu'Auriane se détendait. Il pencha la tête et l'embrassa dans le cou. Leurs corps se touchaient maintenant et ils se serrèrent l'un contre l'autre. Ulysse découvrait la puissance du désir de plus en plus fort qui le poussait vers elle. Il lui prit la tête entre ses deux mains et l'obligea à se reculer un peu pour la regarder. Elle avait un visage légèrement crispé. Presque douloureux. Ce sérieux donnait à leur étreinte une dimension qu'Ulysse n'avait jamais mise dans ses jeux sexuels. Comme s'il s'agissait d'une cérémonie… d'une célébration…

Ils laissèrent leurs corps enlacés se couler ensemble sur le matelas immense et confortable qu'ils avaient créé sur le sol. De leurs quatre mains… de leurs deux bouches… de toute la surface de peau dont ils disposaient, ils continuèrent cette exploration réciproque de leurs deux corps ne faisant plus qu'un… Plus tard, quand ils eurent un peu dormi, ils recommencèrent… cette fois le sérieux fit place au bonheur qu'ils avaient tous les deux à être eux-mêmes… libres et vrais… entiers dans ce qu'ils partageaient…

Ulysse lui laissait mener la danse, surpris de ce qu'il découvrait avec elle… cette nouvelle ampleur de la sexualité, ce total don de soi empreint de… reconnaissance… Auriane se laissait porter par cet échange sans faux semblant ni pression, où chaque seconde était accessible, évidente, naturelle... où chaque instant lui ressemblait dans ce qu'elle avait de plus sincère... Puis ils dormirent encore... et ils jouèrent encore...

Ils s'étaient préparés un repas énorme qui correspondait à deux doses de nutram et grignotaient ensemble, pignochant dans leurs deux plats. Ulysse s'arrêta un instant d'engouffrer des bouchées colorées.

— Auriane... J'aimerais que tu sois mon témoin...

Auriane sursauta.

— Tu vas te marier ?

Ulysse rit.

— Je n'ai qu'une idée très approximative de ce que peut signifier le mariage. C'est un concept assez opaque, pour moi... Non. Il ne s'agit pas de mariage. J'aimerais que tu sois mon témoin à mon Oral.

— En quoi ça consiste ?

— Je t'expliquerai. Concrètement tu n'as pas grand-chose à faire... Si. Une chose importante... Mais on va étudier ça ensemble... si tu es d'accord.

— Et je pourrai assister à ton Oral ?

— Si tu es mon témoin, oui.

— Alors, oui !

Ulysse sourit.

— Ton enthousiasme m'honore...

Auriane se moqua de lui.

— Oh ! Ce n'est pas pour toi ! C'est l'occasion de participer à une cérémonie secrète à laquelle ne sont conviés que les initiés. Je n'aurai jamais l'occasion de voir ça...

Ulysse eut envie de lui faire remarquer que depuis qu'elle était ressortie de ce côté-ci du resil, elle n'arrêtait pas de vivre des expériences uniques... Mais il ne dit rien. Il était heureux qu'elle accepte. Heureux qu'elle soit heureuse avec lui. Heureux que ce qui allait constituer un moment important de sa vie l'intéresse au point qu'elle accepte d'y participer.

Il n'avait aucune nouvelle de Sienne. Elle ne tarderait pas à arriver. Le Grand Conseil s'était engagé à le tenir au courant... Ulysse se surprit à penser qu'il n'avait pas tellement envie de la voir... Il aurait aimé que la pause dure encore un peu...

52

---Oral---

S ienne arriva à Fohem à la nuit tombante. Comme
le silence était absolu et que rien ne bougeait à
l'intérieur de la grande pièce qu'ils s'étaient
créée, elle crut qu'Auriane et Ulysse étaient dehors et elle
entra. Elle les trouva tous les deux endormis dans les bras l'un
de l'autre. Elle s'assit dans le canapé pour les contempler. Ils
étaient l'image de la quiétude… de la sérénité… Elle laissa
s'écouler quelques instants, se pénétrant de la douceur qui
émanait de ce tableau.

Avant qu'elle ne se manifeste, Ulysse se réveilla en
sursaut. Il bondit sur ses pieds. Il avait senti une présence et
une lame de fond de peur et d'angoisse l'avait soudain
submergé. Tout ce qu'il avait vécu, tout ce qu'il vivait encore
laissait dans son esprit un sillon profondément marqué, et il lui
aurait encore fallu bien des jours de tranquille quiétude pour ne
plus se laisser envahir ainsi par cette frayeur pure quand
quelque chose d'inquiétant le surprenait dans un moment de
totale vulnérabilité…

— Pardonne-moi, Onil. Je n'aurais pas dû entrer
comme ça, sans prévenir.

Ulysse ne dit rien. Il renfila son thermato et s'assit sur
le bord du matelas en face d'elle. Il laissa son cœur se calmer.
Auriane ouvrit un œil et s'étira. Toujours allongée sur le ventre,
elle se tourna sur le lit pour amener sa tête du côté du canapé,
et la blottit contre la cuisse d'Ulysse. Elle regarda Sienne. Tout

en lui adressant un sourire mitigé, elle grogna :

— …On ne pourrait pas avoir la paix… encore un tout petit peu ?

Elle n'avait pas parlé en simihal. Seul Ulysse avait compris ce qu'elle venait de dire. Il traduisit pour Sienne en y mettant les formes. Sienne répondit :

— Je suis désolée, Auriane… mais j'ai des choses importantes à dire à Onil.

Sans s'assurer qu'Auriane ait compris, elle enchaina sur ces choses qu'elle disait être importantes.

— D'abord ton Oral, Onil. Es-tu prêt ?

Ulysse répondit qu'il se sentait parfaitement prêt.

— Qui as-tu choisi pour témoin ?

Ulysse avait parfaitement conscience de la réaction qu'il allait déclencher dans un instant… Il planta son regard dans celui de Sienne :

— Auriane.

Sienne sursauta. Elle ouvrit des yeux ronds et allait dire quelque chose, mais Ulysse continua :

— J'aurais voulu choisir Solim… mais il n'est pas là. Ce sera Auriane.

— Les Lucides n'accepteront jamais…

— J'en fais mon affaire.

— Bon… Je prends simplement acte de ton choix et je le transmets… Tu as un individu en tête pour remplacer Auriane au c…

— … Non. Et je n'en ai pas besoin. Ce sera Auriane.

Ulysse avait l'air sûr de lui… Sienne embraya sur le problème de Solim. Elle expliqua à Ulysse que les tractations étaient mal engagées. Il n'était pas question pour les exogènes de lâcher leur prisonnier. Mais il était en vie… et… les exogènes le disaient en bonne santé…

— Que leur avez-vous proposé ?

— Peu importe… Je ne suis pas venue te demander tes

réflexions à ce sujet… je crois savoir ce que les exogènes veulent en échange de Solim…

— Et… ils veulent quoi ?

— Ils ne le diront qu'à toi. C'est ce qu'ils ont fait savoir au Grand Conseil. …Qu'à toi, en personne… et chez eux… Ça ressemble à un piège pour te récupérer et le Grand Conseil ne sait pas jusqu'où on peut leur faire confiance. Il a pris la décision de ne pas t'en informer.

Ulysse fronça les sourcils et la dévisagea, surpris.

— Alors pourquoi viens-tu m'en parler ?

Visiblement Sienne hésitait à continuer. Ce qu'elle avait à dire maintenant devait lui poser un problème… Elle soupira.

— Parce que… je suis convaincue que leur analyse est erronée… Toi, les exogènes savent que tu ne leur apporteras ton aide que de ton plein gré. Quand à étudier le potentiel et les secrets de ton telib… Seul Joka pourrait se pencher là-dessus… Et encore… sans Nathol…

Elle se tut. Ulysse plissa le front.

— …Et alors ?...

— Je crois que le marché qu'ils veulent faire avec toi a quelque chose à voir avec… Nathol…

Ulysse réfléchit un instant, et un sourire frondeur se dessina sur ses lèvres. Au-delà des mots, c'était tout autre chose que Sienne était en train de lui dire…

— Et pour Nathol, tu es prête à… devenir un électron libre, toi aussi ?... Je comprends mieux… C'est plus facile d'expliquer aux autres quels devraient être leur choix… hein ?... quand on n'est pas directement impliqué…

Sienne ne sourit pas… Le sujet lui tenait à cœur… Elle continua très sérieusement :

— C'est qui cette innée pour toi, Onil ? Que veux-tu faire d'elle ?

— D'elle ? Rien ! Je ne veux rien faire d'elle ! Elle est

ici à cause de moi. Je veux l'aider à retourner chez elle… C'est tout.

— C'est tout ? J'ai l'impression que c'est elle qui guide tes choix.

— Euh… pourquoi tu insistes tellement sur les choix que je fais ?

— Parce que j'ai l'impression que tu ferais bien plus pour elle que simplement réparer tes erreurs passées…

— Ce n'était pas des erreurs… c'était… des choix, justement… Des choix compliqués…

— …Et ce que tu ressens pour elle ramène constamment tout ce qui la concerne au premier plan de tes préoccupations …

— Exactement…

— …Alors, tu dois pouvoir comprendre la démarche que je suis en train de faire devant toi… Peut-être que je me trompe… mais je ne peux pas ignorer cette chance d'en savoir plus sur ce qui est advenu de Nathol…

Ulysse devint grave.

— Oui, Sienne. Je comprends… et… je suis heureux que tu me comprennes toi aussi…

Sienne tendit la main vers sa joue et la caressa du bout des doigts…

— J'ai toujours été de ton côté, Onil… mais… tu ne m'aides pas beaucoup…

— On ne peut pas dire qu'on se voie souvent… Tu ne m'as pas beaucoup dans les pattes !

— Non. Mais tu occupes mes pensées !... Tu passes ton Oral après-demain. Dès que ce sera fait… va chercher Solim.

Ulysse sourit.

— C'est l'ordre d'un membre éminent du Grand Conseil ?

— Non. Bien sûr que non ! Tu t'es passé de l'avis du Grand Conseil, jusqu'à présent, non ?

Ulysse haussa les épaules.

— Oui, Sienne… Je disais ça…

— …pour me mettre le nez dans mes contradictions… Je sais.

Elle prit un ton grave.

— On ne parlera plus de ça… Tu partiras sans rien dire à personne…

— J'ai l'habitude…

— Bonne chance Onil… Bonne chance à tous les deux… et… merci.

Sienne prit congé très sobrement. La présence renfrognée et sur ses gardes d'Auriane lui donnait le sentiment d'être en trop et la mettait mal à l'aise. Elle repartit rapidement.

Ulysse tripotait le téléphone portable de Sylvain. Il en avait extrait la batterie et l'avait fixée sur une boule de lumière qu'il avait récupérée dehors.

— Qu'est-ce que tu fais ?

— Je fais des expériences. Je crois que si je laisse la batterie là suffisamment longtemps, elle se recharge. Ces boules…

Auriane le coupa.

— À quoi ça pourra bien servir ? Avec qui tu vas communiquer ? Il n'y a pas d'opérateur, ici et on est les seuls à posséder un portable… je n'ai pas l'intention de te lâcher d'une semelle !

— C'est juste pour savoir si ça marche…

Auriane lui prit la boule des mains et la posa par terre. Ulysse allait protester, mais elle lui mit un doigt sur la bouche et dit :

— …Laisse tomber tes expérimentations inutiles… On a encore toute la nuit, tout le jour et toute la nuit qui suivra…

Ulysse la regarda surpris.

— Tu as compris tout ça, toi ?

Auriane sourit.

— Pour tout ce qui te concerne, je fais preuve de beaucoup d'attention... Viens...

Elle le déshabilla lentement...

Le temps avait filé... La pause avait pris fin...

« *Rien de ce qui sera prononcé entre ces murs ne sortira d'entre ces murs... L'Oral est ouvert.* »

Ulysse était debout. Tous les yeux étaient fixés sur lui. C'était la phrase rituelle qui ouvrait *son* Oral d'Alliance. La femme qui venait de parler posa la première question.

— Sais-tu, novice, pourquoi tu es là ?

Elle était assise en hauteur au centre d'un demi-cercle formé par l'ensemble du Conseil des Lucides. Tous avaient activé leur masque et tous étaient drapés dans une grande cape grise dont le tissu fluide aux reflets moirés insaisissables coulait jusqu'à leurs pieds. Ulysse trouva la question idiote, mais c'était le cérémonial. Il était debout devant eux. Le silence s'était fait dans le reste de l'assemblée qui était derrière lui. Auriane était là, parmi eux. Ulysse releva la tête et répondit clairement :

— Oui, je le sais.

— Ton telib est-il désactivé ?

Ulysse ne voyait pas très bien pourquoi cela était nécessaire. Quand il avait posé la question à Sienne, celle-ci lui avait expliqué qu'on mettait ainsi le candidat dans une situation inconfortable dont il se souviendrait longtemps. Ulysse avait pensé qu'en ce qui le concernait, c'était plutôt une habitude... Il répondit que oui, son telib était désactivé.

— Tu sais que nous représentons l'ensemble des rebelles et que la décision de t'accepter ou non dans nos rangs sera souveraine et définitive ?

Il répondit encore comme on le lui avait dit :

— Oui, je le sais.

— Tu es AvanaëlAnaonil. Tu es la lignée Avanaël.

— Oui.

Il faillit ajouter « *C'est moi* » mais trouva qu'une telle affirmation avait quelque chose de présomptueux. Il se sentait mal à l'aise. L'attention de tous était fixée sur lui.

— Permets à chacun des Huit de se rendre compte par lui-même que tu es bien marqué du talem Avanaël.

Sur un écran, au-dessus des membres du Conseil, un dessin apparut, représentant de grandes arabesques qui se rejoignaient pour former le tronc d'un arbre stylisé. Auriane reconnut les volutes brunes dessinées sur le dos d'Ulysse.

Ulysse se leva et marcha vers l'endroit où se trouvait le jury constitué de huit rebelles masqués, alignés sur des sièges le long du mur. Il s'arrêta dans un rond de lumière qui venait du plafond et se déshabilla. Comme on le lui avait dit, il posa son thermato au sol et tourna le dos au jury.

Auriane le regardait faire. Encore une fois il était nu ! C'était une constante avec Ulysse. Dans chaque nouveau décor où ils se retrouvaient, elle finissait toujours par le voir entièrement dévêtu… La pudeur dans ce monde ne se manifestait décidément pas de la même manière que dans le sien… L'idée d'une cérémonie officielle au cours de laquelle il faudrait se déshabiller des pieds à la tête lui traversa l'esprit. Cette pensée la fit sourire.

Elle le contemplait. Il était beau… tourné vers la salle les bras grands ouverts… le torse droit… Les Huit pouvaient contempler son dos et son talem… Trois d'entre eux se levèrent tour à tour pour regarder de plus près. Quand le dernier eut regagné sa place, la présidente du Conseil ordonna :

— Tourne ton dos vers l'assemblée et que les témoins s'approchent.

Juste avant de se retourner, Ulysse sourit à Auriane qui était assise au premier rang.

— C'est maintenant, Auriane. Viens.

Elle nota l'émotion qu'il y avait dans sa voix. Toute cette mise en scène et la solennité du moment ne le laissait pas indifférent. Elle se leva et marcha vers lui, accompagnée des deux rebelles qui avaient été choisis l'un par le Conseil des Lucides et l'autre par le Grand Conseil. Ils se placèrent tous trois derrière lui.

— S'agit-il bien du talem de la lignée Avanaël ?

Les deux témoins rebelles répondirent en cœur par l'affirmative. Auriane ne dit rien.

— Onil… Traduis-lui la question. Il faut qu'elle réponde aussi.

Ulysse, sans se retourner, s'adressa à Auriane

— Il faut que tu leur dises qu'il s'agit bien du talem de ma lignée.

Auriane dit doucement :

— J'avais compris… mais je n'en sais rien, moi. Il est sensé ressembler à quoi, le talem de ta lignée ? Au dessin qu'il y a sur l'écran ?

— Exactement.

— Des marques, des bleus, des cicatrices, j'en vois, oui… Mais pour dire à quoi ressemble ton talem là au milieu, il faut de l'imagination !

— Eh bien fais preuve d'un peu d'imagination, réponds oui et ne fais pas la maligne ! Heureusement qu'ils ne nous comprennent pas…

Ulysse avait pris un ton dégagé pour que le jury qui lui faisait face ne se doute pas de son agacement. Auriane fit un sourire que personne ne remarqua et prononça un « *oui* » parfaitement clair en simihal.

Une nouvelle voix, un homme, dit à Ulysse de s'habiller et de venir se placer devant le Conseil. Auriane et les deux autres témoins retournèrent s'asseoir. Ulysse renfila son thermato et se planta au centre du demi-cercle, dos au public. La présidente prit le temps de le dévisager longuement.

— C'est le moment des questions libres, novice. Chacun peut te demander ce qu'il veut en rapport avec ton engagement. On attend de toi que tu répondes le plus sincèrement possible.

Ulysse acquiesça. Il ne pouvait pas y avoir plus de dix questions. Chacun avait jusqu'au moment où était posée la cinquième question pour envoyer dans « la boite » l'intitulé de celles qu'il voulait poser. Elles s'inscrivaient et revenaient de façon aléatoire avec les autres sur l'écran. Après chaque réponse, un assesseur stoppait le défilement pour poser la question que le hasard désignait. La présidente du Conseil des Lucides se leva et s'adressa à l'ensemble des personnes présentes dans la salle.

— Le novice parlera d'une voix claire et forte afin que vous l'entendiez. Je demande à chacun de faire silence et de n'apporter aucune précision, de ne faire aucun commentaire. Le jury seul pourra s'exprimer et ne parlera que quand nous lui donnerons la parole. Merci.

Ulysse voyait l'écran se charger de texte qu'il n'avait pas le temps de lire. Des phrases apparaissaient et disparaissaient à toute allure pour laisser la place à d'autres mots qui disparaissaient à leur tour. La femme qui parlait fort toisa Ulysse.

— Souviens-toi, novice. Sois précis, honnête et sincère. Ce moment est un moment important et solennel. Tu t'adresses à ceux qui vont peut-être choisir de remettre leur vie entre tes mains. Tu leur dois ce que tu peux leur offrir de meilleur.

Soudain, une phrase resta inscrite sur l'écran. Le lecteur désigné la lut à haute voix :

— *Pourquoi as-tu choisi une innée comme témoin ?*

Le lecteur se tourna vers la présidente du Conseil des Lucides et ajouta :

— Je précise que cette question est entrée en cinquante-deux exemplaires dans la boite.

Il aurait été difficile de ne pas tomber dessus... La présidente du Conseil s'adressa à Ulysse :

— Réponds, novice.

Ulysse se redressa et regarda les membres du conseil.

— J'ai choisi Auriane comme témoin pour qu'elle puisse entrer dans cette salle et qu'elle reste auprès de moi.

Si Ulysse était tout à fait sincère, ce n'était pas tout. Il se surprit lui-même de ce qu'il dit quand il continua :

— ...Mais aussi parce qu'on a partagé des moments très forts, que sa place dans ma vie est devenue importante... Si vous m'acceptez comme rebelle, je porterai l'astel qu'elle m'a choisi. Je voulais lui faire cet honneur, même si elle n'a pas conscience que c'en est un.

Il y eut un court silence. La présidente se tourna vers les Huit.

— Un membre du jury souhaite-il des précisions ?

L'un des Huit se leva.

— Pourquoi t'a-t-on laissé le droit de choisir une innée ?

La présidente coupa :

— Ceci n'est pas une question qui lui est directement destinée.

Il y eut un brouhaha de contestation dans la salle. La présidente continua :

— ...mais puisqu'elle est posée en complément d'une question libre, dûment sortie de la boite, laissons-le dire ce qu'il en sait...

Il en savait beaucoup de choses... Cette question avait fait l'objet d'une vive polémique entre lui-même et les membres du Conseil des Lucides, un peu plus tôt dans la matinée. Le choix d'Auriane comme témoin ne convenait à personne et Ulysse avait dû le défendre point par point avec beaucoup de conviction... Il n'avait pas essayé de les convaincre... Il avait mis les Lucides au défi de trouver le moyen de le lui interdire… Il répondit donc sans hésiter que nulle part il était spécifié qu'il n'avait pas le droit de choisir une innée pour témoin… et qu'il le savait.

Un autre membre du jury déclara :

— Tu as conscience de ce que ta réponse a de cynique ?

Ulysse sentit une profonde réprobation dans le ton. Il continua de regarder celui qui avait parlé. Il n'essaya même pas de mettre de la candeur dans sa voix et répondit sans détour :

— Oui… Je suis sincère… et direct. Comme vous l'attendez de moi.

S'ils tenaient à l'avoir parmi eux comme rebelle, il faudrait bien qu'ils lui pardonnent d'être ce qu'il était…

— Seuls les rebelles peuvent être des témoins.

Ulysse rétorqua que la question n'était pas présentée dans ces termes-là.

— Ce qui est dit, c'est que les lignées et les serviles présents doivent être des rebelles. Rien n'est précisé en ce qui concerne les innées.

— Il est aussi clairement dit que les serviles n'ont pas le droit d'être le témoin d'une lignée…

Ulysse se demanda vers quel autre sujet glissant ce questionnaire allait encore l'entrainer. Mais il répondit toujours direct et sincère :

— Il est temps que ça change… Et pour les innées, là encore, rien n'est précisé.

Les membres du jury n'attendaient plus d'avoir la parole et l'ambiance était si tendue qu'aucun membre du Conseil ne songea à relever cette entorse à la procédure.

— Tu prônes l'Équilibre Équitable avec les serviles ?

Ulysse répondit avec aplomb :

— Je dénonce l'injustice que dénonçait AvanaëlAslanatholias, mon géniteur. Vous en avez fait une figure de légende et chacun gomme de lui ce qui ne l'arrange pas. Je sais que dans cette assemblée, certains dénoncent le fait qu'un servile puisse devenir un rebelle. Si ceux-là veulent rester en accord avec leurs convictions, ils doivent quitter la Rébellion. Mais si vous trouvez normal qu'un servile risque de devenir un S, ou même de perdre la vie en se battant à vos côtés, vous ne pouvez pas lui refuser d'autres droits au motif qu'il est un servile.

Et comme il ne pouvait pas s'empêcher d'enfoncer le clou, il ajouta encore,

— ...Et je répète, qu'en ce qui concerne les innés, il n'y a rien de précisé dans aucune déclaration fondatrice.

— Novice ! Ce n'est pas le lieu pour un meeting politico-social.

Ulysse se tut. Il allait loin... Il en avait conscience... mais si le jury ne voulait pas entendre ce qu'il en pensait, il ne fallait pas lui poser la question.

La présidente rappela que ce n'était pas le sujet du débat de ce soir et invita fermement le jury à passer à la question suivante. Ulysse était un novice qui ne manquait pas d'aplomb... Dans une situation normale, on lui aurait laissé croire qu'il avait grillé en une seule réponse, toutes ses chances de faire partie de la Rébellion. Le jury l'aurait gardé dans un état d'incertitude et d'inquiétude profitable à la sincérité des échanges ...

Mais la situation était particulière. Les Lucides savait qu'Ulysse deviendrait forcément un rebelle, et Ulysse le savait aussi. Il fallait empêcher que les débats ne tombent dans un affrontement ouvert qui rendrait très surprenant le fait qu'on accepte l'Alliance le concernant...

53

---Alliance---

Auriane avait du mal à suivre ce qui se passait. Elle avait vu Ulysse progressivement s'enflammer. Elle le sentait maintenant tendu. Elle le regardait faire, sans comprendre tout ce qu'il disait, mais sa sincérité ne faisait aucun doute. Il allait parler d'elle parce que forcément, il y aurait des questions là-dessus. Et cette idée la mettait mal à l'aise…

Auriane se trompait. Pour en apprendre plus sur l'innée, il aurait fallu trouver la question qui concernait les convictions d'Ulysse et permettait de savoir où il avait pu trouver une innée. Personne ne sut formuler une telle question. Ou bien ce fut une question qui resta dans la « boite » et ne fut pas posée. Auriane s'en rendit compte, car passés les premiers échanges, plus personne ne la regarda avec ostentation. Elle essayait de suivre… Mais ce n'était pas facile

La question suivante concerna l'état du dos d'Ulysse. Elle en entraina une série d'autres sur les rapports qu'il entretenait avec Solim, ce qu'il pensait du choix d'être un agent double, et les rôles qu'il était prêt à remplir pour faire avancer la cause de la Rébellion.

Il y eut une question sur son obéissance et les libertés qu'il prenait avec les ordres qu'on lui donnait. Ulysse fit son mea culpa en tâchant de ne pas trop chercher à se justifier. Il essaya de se contenir, mais être sincère voulait aussi dire être lui-même… et ce fut difficile de combiner le tout.

À la question de son cheminement dans la chaine et le fait qu'il passe l'Oral d'Alliance sans être apprenti et sans avoir fait officiellement ses preuves, un homme se leva dans l'assemblée et s'avança au-devant des membres du Conseil des Lucides.

— Je ne me présente pas car je suis sous le masque, mais tous les rebelles ici, savent qui je suis. Je n'outrepasse pas les prérogatives qui sont les miennes en rappelant que seul le Grand Conseil est habilité à distribuer des missions, même aux novices. C'est un choix qu'il fait avec l'aide des Lucides, mais il prend seul la décision et transmet ses ordres lui-même. Ni le novice intéressé, ni aucun des rebelles n'ont à connaitre les raisons qui ont dicté un choix où un autre, si le Conseil n'a pas cru bon de les en informer. Onil n'a pas à vous dire ce qu'il sait au sujet des missions test qui lui auraient ou non été confiées.

L'homme laissa s'installer un long silence comme pour permettre à chacun de saisir pleinement la portée de ce qu'il venait de dire, puis il continua :

— D'autre part, je tiens à informer cette assemblée de la particularité du cas d'Onil. Le Grand Conseil a considéré que les épreuves qu'il a traversées constituent, à son sens, une preuve suffisante de sa loyauté. De ce fait, même si Onil semble n'avoir jamais officiellement reçu de mission, et bien qu'il n'ait jamais été apprenti, le Grand Conseil l'a autorisé à présenter son Oral d'Alliance.

L'un des membres du jury demanda de quel témoignage on disposait pour savoir ce qui s'était réellement passé parmi les siols et en quoi consistaient les épreuves traversées. L'homme déclara qu'il s'agissait du témoignage de Solim. Il y eut quelques murmures dans la salle. L'agent double témoignait de la loyauté du novice et le novice de celle de l'agent double. Si ni l'un ni l'autre n'était loyal, on ne le saurait pas…

Toutefois, l'état dans lequel on avait récupéré Solim la première fois, sa disparition actuelle, et ce que toutes les personnes présentes avaient pu voir des traces de blessures sur le dos d'Ulysse, plaidaient quand même en leur faveur. De toute façon, la décision du Grand Conseil était souveraine. Ce n'était ni le moment ni l'endroit pour la contester. La question ne fut donc pas posée, l'homme alla se rasseoir et on passa à la suivante.

Le temps des questions libres occupa la part la plus importante de l'examen. Il fut suivi par les questions complémentaires. Celles-ci émanaient du Conseil des Lucides lui-même. Elles avaient été préparées et avaient pour but d'aborder les aspects de la personnalité du candidat que les questions libres n'auraient pas permis de mettre en lumière, et d'inciter le candidat à parler de son engagement futur et de la force de ses convictions. Il n'y en eut pas beaucoup. Mais la dernière souleva une forte polémique.

Un Lucide se dressa en face d'Ulysse et s'adressa à lui :

— Nous savons tous, ici, et ceux qui ne l'auraient pas encore compris en seront informés dorénavant, que tu détiens un pouvoir, une arme, un secret qui fait de toi…

Une voix s'éleva du fond de la salle :

— Ce n'est pas le lieu ni l'instance pour aborder cette question. Je demande à ce qu'elle ne soit pas posée.

L'homme s'attendait visiblement à cette réaction. Il déclara d'une voix puissante et ferme en s'adressant à l'ensemble des personnes présentes :

— Le Conseil des Lucides n'a pas cherché à connaitre la teneur exacte de ce secret, mais elle lui a été révélée. L'ensemble de ses membres a pleine conscience de la portée qu'aura leur choix lors du vote qui va suivre. Toutefois, quel que soit ce choix et le résultat de ce vote, il est de notre devoir de chercher à mesurer si le novice candidat a conscience de la responsabilité que lui confère, au sein de la Rébellion, le fait qu'il soit le détenteur de ce… cette particularité, et de l'amener à s'interroger sur ce point. Cette question est donc bien de notre ressort.

L'homme qui avait parlé du fond de la salle s'avança.

— La question est posée dans une formulation qui laisse des doutes quant à son véritable but…

Tout le monde maintenant avait compris qu'Ulysse disposait d'un atout particulier, d'un pouvoir spécial, mais peu en connaissaient la nature exacte. Le Grand Conseil souhaitait conserver ce flou le plus longtemps possible… quoique cela n'ait plus autant d'importance, maintenant que même quelques exogènes étaient au courant… Le Lucide ne se démonta pas. La tension dans la salle était à nouveau très forte et le silence absolu.

— La question dont tu parles n'a pas encore été posée. Les membres du Grand Conseil devraient attendre avant d'intervenir. C'est la première fois que lors d'un Oral d'Alliance, le Grand Conseil s'immisce autant dans les débats et cela démontre bien à quel point la situation est particulière… En tant que Lucide, je parle pour l'ensemble des rebelles, qu'ils assistent ou non à cet Oral. Beaucoup d'entre eux ont pu mesurer que ce secret influence les décisions du Grand Conseil dans tous les choix où Onil est impliqué. Personne n'a à remettre en cause aucun de ces choix ni à demander des explications. Et nous n'avons nullement l'intention de le faire… Le Conseil des Lucides souhaite poser au candidat des questions qui le concernent, lui et le rapport qu'il entretient avec la Rébellion, comme cela est son rôle, rôle qu'il a parfaitement rempli au cours de tous les Oraux d'Alliance qui ont précédé celui-ci…

L'homme stoppa sa tirade et ce qu'il avait dit resta en suspens dans la pièce, toujours parfaitement silencieuse. Ulysse ne bougeait pas. Il aurait aimé se retourner pour voir celui qui, depuis la salle contestait le travail du Conseil des Lucides. Mais il n'en fit rien. La réponse mit quelques instants à être formulée et on ne décelait aucun énervement, aucune aigreur dans la voix. Ce qui était dit l'était clairement et sereinement.

— S'il n'est pas demandé au novice de dire ce qu'il sait à propos des secrets qui le concerne, alors, posez votre question.

La question fut posée et Ulysse y répondit avec honnêteté. Ce secret lui conférait un pouvoir dont il se servirait pour protéger la Rébellion, faire avancer sa cause et protéger ceux qui en faisaient partie. Il ne déclara pas, comme il aurait dû le faire, qu'il laissait le Grand Conseil seul juge des tâches qui lui seraient confiées... Il ne pouvait pas jurer quelque chose qu'il s'apprêtait déjà à ne pas respecter...

Personne ne remarqua cette omission, ou plutôt, personne ne la releva... Il termina en disant qu'il espérait que le Conseil des Lucides qui l'examinait aujourd'hui l'estimerait à la hauteur de ce qu'on attendait de lui. Il se tut et la présidente se leva.

— Le Conseil des Lucides ne décide pas seul. Les Huit détiennent la moitié de cette décision. Je considère ce que tu viens de dire comme la conclusion qui nous était destinée. Place-toi maintenant en face du jury des Huit et adresse-toi à eux. Nous passerons ensuite aux délibérations.

Ulysse avait pensé à sa conclusion. Il l'avait préparée. Celle qu'il venait de faire aux membres du Conseil sans y avoir réellement réfléchi avait été spontanée et très naturelle. Celle qu'il fit à l'adresse des Huit fut plus ampoulée, mais il ne s'en tira pas trop mal. L'ensemble du Conseil et le jury se retirèrent.

Dans la salle les conversations allaient bon train. Ulysse avait été laissé debout à l'endroit où il se trouvait, mais on avait mis en fonction autour de lui le clyd, ce cylindre qui lui renvoyait son image et l'empêchait de voir ce qui l'entourait. Cette fois, il ne pouvait pas non plus entendre quoi que ce soit et le temps qu'il passa dans cette bulle lui parut très long. Il devina sur lui le regard d'Auriane. Ce n'était pas de la télépathie : elle seule ne devait pas parler avec ses voisins et il pensa qu'elle le regardait. L'image qu'il avait d'elle le porta et l'aida à rester droit et concentré.

À l'instant où l'ensemble du Conseil entra dans la pièce et s'installa à nouveau à sa place, Ulysse fut extrait de sa bulle. Il resta planté où il était. Puis ce fut au tour des Huit d'entrer, mais eux se tinrent debout devant leur chaise. L'un d'entre eux prit la parole.

— *Soyez attentifs.*

C'était une formule rituelle qui annonçait la proclamation du résultat des délibérations. Un bruit fait de raclements et de frottements signala à Ulysse que les personnes présentes s'étaient levées. Il espéra qu'Auriane avait fait comme tout le monde et le fait qu'il ait pu un instant en douter lui arracha une esquisse de sourire… Seul le Conseil des Lucides devait rester assis…

— Après avoir entendu toutes les réponses, après en avoir délibéré, chacun a voté. Le « oui » a été unanime au sein du Conseil des Lucides. Les Huit se sont exprimés comme suit : deux « *non* » pour six « *oui.* » En conséquence de quoi, et au nom de tous, j'invite la présidente du Conseil des Lucides à prononcer l'Alliance.

La présidente se leva. Elle s'approcha d'Ulysse et ordonna :

— Mets-toi à genoux.

Ulysse obéit et la femme posa la main sur sa tête.

— AvanaëlAnaonil. En ce jour et pour toujours, la Rébellion t'ouvre la place qui te revient. Tu t'es déclaré prêt à faire avancer sa cause, à protéger ceux qui en font partie et à la servir quel qu'en soit le prix. Nous te reconnaissons comme l'un des nôtres.

Ulysse baissa la tête et attendit que la présidente lui

dise de se relever. Elle l'y invita solennellement. Ulysse se mit debout et se tourna vers l'assemblée. Il regarda Auriane qui, depuis le premier rang, ne le quittait pas des yeux.

— Je demande à mon témoin de faire connaitre à tous l'astel qu'elle m'a choisi.

Il se sentait profondément heureux de pouvoir l'inviter ainsi à faire de lui un rebelle. C'était elle qui allait prononcer son astel, son nom de rebelle… ce nom qu'elle avait choisi pour lui… Auriane se leva et fit deux pas en avant. Elle se tourna vers l'assemblée. Elle avait répété avec Ulysse la veille et savait par cœur ce qu'elle avait à dire. Elle proclama en simihal d'une voix forte et claire en détachant les mots :

— L'astel que portera désormais AvanaëlAnaonil sera : « *Ulysse* »…

Elle alla se rasseoir. Ulysse lui sourit… Dans son monde, seuls les rebelles le connaitraient sous ce nom-là… et dans leur bouche, ce nom qu'il portait déjà allait prendre un autre sens… il ne serait « *Ulysse* » que de temps à autre, dans certaines situations bien définies qui jalonneraient sa vie de rebelle… Auriane quant à elle continuerait à l'appeler Ulysse… Il aimait tellement ce nom quand Auriane le prononçait…

La présidente regagna sa place et, debout, elle s'adressa à tous :

— *Ulysse*, tu es l'un des nôtres. Bienvenue à toi. Tu as le droit de connaitre nos visages.

Ulysse connaissait déjà leurs visages. Il avait tenu tête à l'ensemble du Conseil des Lucides au cours de la discussion houleuse qu'il avait eue avec eux dans le courant de la matinée, et tous avaient le visage découvert… mais c'était le cérémonial, et il n'était pas question d'y déroger… La présidente s'avança vers l'assemblée et désactiva son masque. Elle déclama d'une voix forte :

« *L'Oral est clos. Rien de ce qui a été prononcé entre ces murs ne sortira d'entre ces murs.* »

Cet Oral d'Alliance avait pris place dans une période troublée et peu de lignées rebelles avaient pu y assister. Beaucoup des participants étaient des rebelles clandestins ou des rebelles serviles... La plupart des lignées normalement insérées dans la vie de la cité étaient restées, ou étaient retournées dans les quartiers nord de Serdhif, menant ostensiblement leur vie tranquille de lignée pour ne pas attirer l'attention.

Il n'y eu ni fête, ni même rassemblement, pour marquer l'évènement. Chacun fut invité à retourner à ses affaires et l'assemblée fut dispersée. Ulysse n'en conçut aucun regret. Il était déjà dans la suite de ce qu'il avait à faire... dans ce qu'il avait en tête... Le tourbillon allait reprendre... Être le centre de toute l'attention n'aurait pas arrangé ses affaires...

Ceux qui restaient présents dans le refuge venaient le féliciter, mais il restait peu de monde. Ulysse savait que, dans d'autres refuges, se déroulaient les cérémonies de Rites d'Estime rendus à des personnes mortes durant les émeutes d'Eghenne... maintenant que chacun avait sauvé sa peau, l'ambiance était plutôt à la tristesse et au recueillement.

Ulysse et Auriane ne retournèrent pas à Fohem. Peut-être aurait-il été plus simple de repartir par des portes ou des plateformes clandestines, mais Ulysse voulait garder le contrôle sur tous les aspects de ses choix de route, et se débrouiller sans l'aide d'aucun rebelle... Il voulait surtout ne leur laisser aucun moyen de découvrir ce qu'il s'apprêtait à faire, même après qu'il serait parti... Ils allaient disparaitre tout de suite. Il n'y avait rien à emporter, à part peut-être quelques doses de nutram. Auriane était prête.

Ulysse lui avait dit à Fohem qu'ils partiraient après l'Oral chercher Solim. Elle avait repoussé cette information dans un coin de son esprit pour être entièrement dans le temps qui leur restait à passer tranquillement ensemble. Mais récupérer Solim était extrêmement important pour elle, et elle ne fit aucune difficulté à bondir sur ses pieds quand Ulysse lui glissa à l'oreille :

— Allez, Auriane. On y va !...

Choisir de ne pas passer par Fohem obligeait à emprunter la sortie qu'Ulysse avait déjà franchie à deux reprises... et cette sortie était gardée par ce même rebelle qui l'avait « accueilli » dans le refuge la première fois qu'il y était entré pendant les émeutes, et à qui Ulysse avait sérieusement abimé le nez la deuxième fois...

— Attends. On va sortir par-là, mais en douceur.

Auriane attendit Ulysse un long moment... C'est un Lucide qu'elle vit entrer dans le petit recoin où elle se trouvait. Il portait la grande cape de cérémonie et son masque était activé.

— Allez viens, Auriane.

— Ulysse ?

— Oui. L'habit de cérémonie, ça impressionne toujours. On va passer comme ça. Un Lucide t'emmène dans un autre refuge parce qu'une innée n'a rien à faire ici...

Il ajouta en riant :

— ...maintenant que ce garçon provocateur et arrogant a enfin passé son Oral, on va pouvoir l'envoyer en mission... Il va moins la ramener, son innée qui le suit partout... On va la cacher quelque part et on va s'occuper de savoir d'où elle vient...

— Ulysse... C'est quoi encore, ce plan ?

Ulysse redevint sérieux.

— ...Laisse-moi faire, Auriane. On sort et on va à la plateforme. C'est tout.

Effectivement. L'habit impressionne toujours... Ce n'était plus l'homme auquel il avait abimé le nez qui gardait le couloir d'entrée. Ulysse lui expliqua en trois mots qu'il emmenait Auriane en passant par le souterrain et les caves. Il lui dit aussi qu'ils auraient tous dû garder leur masque, car maintenant elle connaissait leurs visages et on ne risquait pas de la laisser partir sans précautions… Le garde hocha gravement la tête et ouvrit le passage sans faire aucune difficulté.

Ils filèrent vers le premier souterrain accessible. Déambuler dans les rues d'Eghenne revêtu d'une cape de Lucide… quelle idée saugrenue ! En matière de mensonges, les situations les plus énormes sont souvent celles qui passent sans provoquer de réactions… Ulysse se dit quand même qu'il avait été particulièrement gonflé de choisir ce moyen pour sortir du refuge. N'était-ce pas un tantinet puéril de jouer ainsi avec sa bonne étoile ?…

Bizarrement, Auriane n'avait pas relevé… Quand elle vit Ulysse retirer la cape et la dissimuler dans une niche du mur, elle demanda :

— On ne peut pas la garder ?

Elle était magnifique, cette cape !

— Non. Je suis un violet. Je n'ai rien à faire avec une cape comme celle-là. Allez. On y va, maintenant. Tu es ma prisonnière. On va rester discrets et rejoindre la plateforme. Avec un peu de chance, de jour et voyant notre pas décidé, personne ne se posera aucune question nous concernant…

— J'aimerais mieux qu'on ne compte pas trop sur la chance… quand on peut faire autrement…

Ulysse n'ajouta rien. Pouvaient-ils réellement faire autrement ? Ils sortirent et se dirigèrent d'un pas sûr vers la plateforme d'Eghenne en suivant un itinéraire qui n'empruntait que des rues quasi désertes. Effectivement, personne ne fit attention à eux. Mais pour atteindre le centre de la plateforme ils préférèrent attendre la nuit…

54

---gifle---

Ils se transférèrent au milieu de la nuit. La lune portait sur le décor une lumière fantomatique et le sable paraissait encore plus blanc. Ils sortirent du cercle de la plateforme et se dirigèrent vers la forêt.

— J'aimerais que tu te caches par là...

— Pourquoi ? Seule là-dedans ? Je ne suis pas sûre d'en avoir tellement envie... Je ne risque rien chez les exogènes... Ils n'ont aucune raison de me faire du mal...

— Non. Mais ils risquent de te garder...

— Pourquoi faire ? Pour faire pression sur toi ? Ils ont déjà Solim... Tu es revenu, non ? C'est donc qu'il est un bon moyen de pression.

— Peut-être que j'obéis simplement à des ordres que j'ai reçus... que l'avenir de Solim m'indiffère totalement, mais que d'autres qui s'intéressent à lui ont jugé bon de m'envoyer négocier sa libération... Alors que toi... les exogènes savent maintenant que je ne ferai rien qui te mette en danger.

Auriane pouffa.

— Depuis que tu m'as obligée à venir ici, c'est incroyable à quel point ma vie est devenue tranquille et sûre !

Ulysse grogna :

— Humm... Enfin, bon... Je me comprends...

— Oui. Moi aussi... Mais fais attention à ce que tu dis. Ça devient risible !... On libère Solim et on file au resil.

— Auriane... Ils ne vont pas me le donner comme ça, Solim... Tu te doutes bien qu'il va y avoir des conditions...

— Eh bien on les remplira.

— ...Si on peut...

— ...On pourra... Il le faut, Ulysse... Je veux rentrer chez moi.

Ils approchaient de la plaine. Auriane s'arrêta de marcher.

— Tu ne crois pas qu'on devrait attendre qu'il fasse jour ? On va leur faire peur, en pleine nuit.

— C'est Joka que je veux voir. Avec un peu de chance, je ne verrai que lui... en tout cas avant tout le monde... avant que d'autres me tombent dessus...

— Tu sais où le trouver dans ce labyrinthe ?

— Non. Je vais essayer de me cacher dans un point de passage et je me montrerai au premier Averti qui passera... Il devrait m'amener à Joka...

— Le premier que tu rencontreras, il commencera par se demander ce que tu fais là, et c'est aux gardiens ou aux veilleurs que tu auras affaire.

— J'aimerais mieux pas... Mais je ne peux pas attendre que tout le monde soit réveillé et que chacun y aille de son avis me concernant. Ça complique les prises de positions des décideurs quand tout le monde se mêle de tout... J'y vais... Seul... Et je cherche Joka. Toi, tu restes là.

Auriane émit un grognement de désapprobation. Ulysse tenta de la rassurer.

— Je ne risque pas grand-chose...

— Quelques baffes... au minimum !... Qu'ils te tuent, au pire... Tu n'en as pas assez ? Je n'aime pas ton idée, Ulysse... Je crois qu...

Avant qu'Auriane n'exprime complètement les sérieux doutes qu'elle avait quant au bienfondé d'une pareille entreprise, Ulysse l'interrompit :

— Tu as une autre idée ? Le problème se posera de la même manière demain… et tous les jours qui suivront. On n'a pas tellement le choix… et je préfère y aller seul.

Auriane n'avait pas d'autre idée et Ulysse lui dit que dans ce cas, ce serait celle-là… une petite chance de trouver Joka en premier…

Auriane était restée dans la forêt. Elle avait grimpé dans un arbre et s'était calée contre le tronc, sur une grosse branche suffisamment haute. De là, elle voyait la grande plaine. Elle ne pouvait pas distinguer Ulysse qui s'avançait vers la falaise en longeant la lisière de la forêt. Mais elle était en pensée avec lui et suivait mentalement sa progression. Plus loin on voyait la tâche sombre que faisait la cage de sayik près des deux haubans. Le silence était traversé par des cris d'oiseaux nocturnes.

Ulysse hésita à faire un détour par la cage mais y renonça. Solim saurait bientôt qu'il était là et le rencontrer avant de voir Joka n'apporterait rien à la négociation. Solim lui déclarerait encore une fois que son sort importait peu et qu'Ulysse ne devait céder à aucun chantage dont il serait l'enjeu.

Ulysse suivit le bas de la falaise pour gagner l'escalier. Au moment où il passait à proximité de la petite grotte d'où il s'était jeté sur Joka lors de son premier soir de « liberté », quelqu'un tomba sur lui. Ulysse reconnut la même prise de sayik que celle qu'il avait faite cette fois-là, stoppant le mouvement de ses jambes et remontant douloureusement son bras dans son dos pour l'immobiliser. Il sentit un souffle contre son oreille :

— Tiens ?!… C'est la lignée qui sort du bois !… Ne bouge plus. J'ai une fléchette de siliane. Si tu bouges je te l'enfonce dans le cou… ce serait dommage !… Tu ne sentirais plus rien !

Il tira sur le pied qui bloquait la jambe d'Ulysse. Il lui fit ainsi perdre l'équilibre et lui décrocha un violent coup de genou dans le bas du dos. Ulysse ne résista pas. Il tomba face contre terre.

— Tu nous prends pour des rigolos ? Tu nous crois incapables de garder DimHénoé ? Ou bien tu penses que tu peux disparaitre, comme ça et réapparaitre quand ça te chante ?!

Il sembla à Ulysse que c'était Biwam. Il croyait bien reconnaitre sa voix. Il ne devait pas être seul... Les patrouilleurs allaient toujours par deux... au minimum... Mais personne ne se montrait. L'homme s'était assis sur le dos d'Ulysse et lui attachait les mains.

— Où tu t'es caché ces jours-ci ? Tu n'as pas pu aller bien loin... Sans telib, d'ici, tu ne peux aller nulle part... Et l'innée ?... elle doit être dans le coin, elle aussi... elle ne perd rien pour attendre, celle-là... Je mettrai la main dessus...

Ulysse ne disait rien. Il essayait de cerner ce que savait et ce que comprenait celui qui maintenant lui entravait les pieds. Visiblement, il ne recevait aucun signe de l'activité de son telib. Ulysse décida d'attendre encore pour lui fausser compagnie. Il pouvait se téléporter ailleurs à tout moment. Enfin... pas tout à fait. Ici, il devait y avoir des protections rendant tout transfert impossible. De toute façon, Biwam ignorait qu'Ulysse avait un telib parfaitement fonctionnel... et il était peut-être préférable qu'il continue de l'ignorer...

— Ça fait combien ? Trois ? Quatre jours qu'on te cherche ? Je ne sais pas pourquoi ils tiennent tous tellement à te récupérer... les Avertis... Mais Avanaël ou pas, tu ne peux pas faire ce qui te plaît ! Dommage que tu aies choisi de bouder notre hospitalité... Tu voulais vivre une vie de bête sauvage dans la forêt, à te cacher ?... Tu veux quoi ? Nous voler ?

— Je dois voir Joka.

Biwam lui envoya une violente pichenette sur la tête et

Ulysse ferma les yeux. Biwam rit.

— Tu as déclenché une belle polémique, ici… Même ceux qui étaient d'accord avec les Avertis ne le sont plus trop. Dommage qu'après ça, tu sois revenu… Mais je te tiens… et je ne me laisserai pas embobiner comme Soya. Je suis ton découvreur, et je ne me laisserai pas spolier du droit que j'ai de décider de ce qu'on va faire de toi.

Ulysse se rappela que Soya, c'était ce patrouilleur à qui il avait abimé le visage lorsque les exogènes l'avait attrapé la première fois. C'est Soya qui lui était tombé dessus en premier. Mais étant une lignée, Ulysse tombait automatiquement sous le coup d'un arrêt de mort qui primait sur ce que Soya pouvait avoir envie de faire de lui. L'homme se releva. D'un geste vif, il retourna Ulysse vers lui et le fit asseoir. C'était bien Biwam.

— Alors ? Pourquoi tu reviens par-là ?

— Je dois voir Joka. C'est important.

Cette fois la gifle lui fouetta le visage.

— Joka ?… Connais pas !… Et *tu dois* rien du tout ! À partir de cet instant, tu fais ce que je te dis ! C'est tout !

Joka n'étais plus là ?... et Solim ?… Était-il encore dans la cage ? Ulysse voulait en savoir plus. Il se rappela soudain que Joka s'appelait Justice, ici… Il hésita à poser une nouvelle question. Poser de nouvelles questions n'amènerait probablement que des gifles supplémentaires. Biwam le considérait d'un œil… gourmand.

— Humm… Tu es tout à moi maintenant. Puisqu'on nous a bien expliqué que tu n'entrais pas dans la catégorie des lignées qu'on tue tout de suite, tu deviens un prisonnier ordinaire… et je suis ton découvreur… Des prisonniers, à DimHénoé, on n'en garde pas. Mais je connais d'autres exogènes, ailleurs, que ça peut intéresser… Ce n'est pas dans le ventre de la falaise que je vais te ramener. Je vais d'abord faire valoir aux yeux de tous, le droit que j'ai à fixer les enchères.

Ça te plairait de ressentir de l'intérieur en quoi consiste la vie d'un S ?

Il leva à nouveau la main et Ulysse se crispa. Mais Biwam sourit et lui caressa la joue du bout des doigts, dans un geste ironique de bienvenue. Puis il se redressa, attrapa Ulysse, le jeta en travers de son épaule et l'emporta. Ulysse se laissa faire sans résister, sans protester.

Biwam s'éloigna de la falaise. Lui aussi longeait la lisière de la forêt. Il ne voulait pas être vu des veilleurs. Il marcha jusqu'au bout de la plaine et ne pénétra l'écran végétal qui entourait DimHénoé qu'au niveau du chemin qui s'enfonçait en direction de la plage.

Auriane regarda passer sous sa cachette l'exogène et son curieux paquet. Elle reconnut le thermato violet d'Ulysse. Elle attendit un peu. Pas très loin derrière, une autre ombre les suivait. Elle laissa passer celle-là aussi et descendit de son perchoir. Sans bruit, elle leur emboita le pas. Pourquoi Ulysse se laissait-il faire. Pourquoi n'avait-il pas déjà faussé compagnie à son ravisseur ? Aurait-il des problèmes de telib ? Ou pire… plus de telib du tout ?

Plus loin Biwam laissa tomber Ulysse sur le sol. Autour d'eux il y avait une petite clairière et l'éclat de la lune apportait largement assez de lumière pour éclairer l'ensemble. Auriane ne voyait plus l'autre ombre. Elle resta en retrait, le temps de la repérer. Elle entendit Biwam dire :

— Comment tu peux être si lourd ?!

— Les lignées ne manquent jamais de rien. Elles mangent à leur faim tous les jours.

C'était une voix de fille qui lui avait répondu. Auriane repéra d'où elle venait et recula un peu. Biwam avait sursauté.

— Qu'est-ce que tu fais là ?

— On est sensés patrouiller ensemble…

Revenant à ce qu'il était en train de faire, il redressa

Ulysse pour l'asseoir et il grogna :

— Oui. Mais là, j'ai des affaires personnelles à régler.

— Ce ne sont pas des affaires personnelles. Ce qui concerne l'Avanaël concerne toute la communauté. Je ne te laisserai pas le…

— Tu me laisseras faire ce que j'ai à faire. Tu te bats mieux que moi, mais je te signale que j'ai une fléchette de siliane dans la main et que je n'hésiterai pas à m'en servir.

— Contre moi ? Tu perds la tête, Biwam…

Elle s'approcha un peu. Sans la quitter des yeux, Biwam se déporta de quelques pas et un peu plus loin s'accroupit et posa la fléchette au sol devant lui.

— Assieds-toi, Jéol. On va parler. Je ne te ferai rien. Je disais ça… Je sais bien l'effet qu'a le siliane sur toi…

Jéol fit mine de s'asseoir là où elle se trouvait. Biwam insista pour qu'elle vienne plus près. Il désigna Ulysse d'un mouvement de tête.

— Approche-toi… La lignée n'a pas besoin de savoir ce qu'on dit.

Ulysse avait reconnu celle qui lui avait cassé la clavicule d'un coup de pied lorsqu'il avait essayé de fuir alors qu'il était drogué. Elle n'approcha pas.

— Oui. On va parler. Mais si tu veux vraiment qu'on parle sans qu'il nous entende, viens. On s'éloigne un peu.

Biwam se releva et marcha vers elle. Tous les deux s'éloignèrent derrière un arbre un peu plus loin.

Auriane fit le tour le plus silencieusement possible. Elle alla détacher Ulysse. Il se leva et murmura à Auriane de rester en arrière. Il se dirigea vers le gros tronc derrière lequel Biwam et Jéol discutaient. Jéol essayait de raisonner Biwam, mais en fait, ils étaient d'accord. Il n'était pas question pour Biwam de se débarrasser d'Ulysse dans un coin. Il était en train de défendre son idée de mettre tout le monde au courant afin que les Avertis ne puissent pas s'accaparer son prisonnier et en faire ce que *eux* voudraient, sans que Biwam ait son mot à dire.

Auriane suivait Ulysse à quelques pas derrière lui. En passant, elle ramassa la fléchette sur laquelle Ulysse avait presque marché sans la voir... Elle rattrapa Ulysse et l'arrêta par le bras. Elle lui montra la fléchette dans le creux de sa main. Ulysse acquiesça sans bruit.

Quand il fut assez près, Ulysse sauta sur Jéol qui lui tournait le dos et la coucha au sol, au milieu d'une phrase. Auriane se précipita et lui planta la pointe enduite de siliane dans le cou. Ulysse rejeta la fille plus loin. Elle eut deux ou trois convulsions et ne bougea plus. Biwam se jetait déjà sur Auriane. Ulysse le pris à revers. Il l'attrapa par le cou et serra. Biwam lâcha Auriane pour porter ses mains à sa gorge. Auriane bondit sur le corps de Jéol, ôta le couteau qu'elle avait à la ceinture et revint sur Biwam. Elle lui enfonça légèrement la lame dans le ventre et lui dit sèchement :

— Net issiao !

Elle lui intimait l'ordre d'arrêter de bouger... Biwam cessa de se débattre. Ulysse prit le couteau des mains d'Auriane et appuya la lame sur la gorge que son bras enserrait quelques instants auparavant.

— Maintenant tu ne remues même pas une oreille... sinon, t'es mort !

Il y avait tellement de conviction, tellement de hargne dans sa voix, que même Auriane le crut capable de mettre sa menace à exécution. Elle alla chercher les cordes qui avaient attaché Ulysse et elle se chargea d'entraver les mains et les pieds de Biwam.

Tout en faisant des nœuds, elle demanda :

— Pourquoi tu ne t'es pas...

Elle allait dire « téléporté plus tôt », mais Ulysse lui coupa la parole.

— Auriane tais toi. Ils ne doivent *rien* savoir...

— Ne sois pas parano ! Si on ne le dit pas en simihal,

216

ils ne peuvent pas comprendre.

— Je ne sais pas ce que leur trad est capable de leur faire comprendre.

— Rien. Zéhéda ne me comprend toujours pas.

— Zéhéda est une jukam. C'est peut-être encore des transformations particulières sur son telib…

— C'est surtout que j'ai longtemps été seule. Tu m'as dit que c'est difficile pour un trad, même performant, de fonctionner correctement avec si peu de truc là… dans l'air

— Du mana… Maintenant on est deux. Solim a fini par comprendre ta langue. C'est vrai qu'il a dû pour ça aller chez toi… et qu'il a un telib de lignée… Tu as peut-être raison. Mais dans le doute, ne leur donne *aucune* information sur nous…

Il attrapa Biwam, le souleva et le jeta contre le tronc d'arbre. Il se retrouva assis et garda les yeux baissés vers ses pieds. Ulysse s'approcha. Il prit son élan et lui décrocha un coup de poing qui le frappa à la pommette et envoya valser sa tête sur le côté. Auriane fit un bond sur place.

— Eh ! Qu'est-ce que tu fais ?

— Je me soulage…

Auriane était incrédule.

— Mais…il ne peut plus rien faire, là. Tu l'as attaché !

Ulysse répondit sans s'émouvoir :

— Oui. Visiblement, boosté ou non par Nathol, leur telib de servile ne leur permet pas de se téléporter n'importe où. Ou bien, c'est qu'on est trop près de la falaise…

…Et il le gifla d'un geste large, en prenant de l'élan. Auriane sursauta encore.

— Ce n'est pas de ça dont je te parle ! Pourquoi tu le frappes ?

Ulysse la regarda. Il avait les yeux durs, le visage fermé.

— Épargne-moi la leçon de morale, Auriane…

Auriane se tourna vers Biwam qui avait levé les yeux

sur elle. Sa lèvre saignait. Elle fit mine de s'approcher. Lentement, distinctement, Biwam siffla entre ses dents sur un ton sourd et menaçant :

— Toi, l'innée… un jour je te frapperai jusqu'à ce que t'en crèves… Et j'obligerai cette salope de lignée à regarder… avant de le crever, lui aussi…Tu ne m'auras pas une troisième fois. Approche-toi encore de moi et…

La réaction d'Auriane fut quasi instantanée. Elle se planta devant lui et le gifla à son tour violemment en criant :

— *CIEN SELAT* ?!…

C'était l'équivalent en simihal de «…et *quoi* ?!...» …enfin… quelque chose dans ce goût-là. Elle le gifla à nouveau de toutes ses forces du revers de la main.

Auriane avait parfaitement compris ce que Biwam venait de dire. Elle avait à peine eu le temps de sentir monter en elle cette colère d'une intensité, d'une puissance et d'une promptitude… incroyable… Elle était comme sortie d'elle-même… *Le faire taire immédiatement !* C'était… primordial… *impératif !*

Ulysse lui demanda si elle se sentait mieux. Auriane laissa retomber son bras. Non, elle ne se sentait pas mieux. C'était difficile de dire ce qu'elle ressentait… Du dégout, principalement. Elle n'avait encore jamais frappé personne... Si… Son frère… Mais jamais avec une telle rage… et un tel sentiment d'impunité… Une telle sensation de puissance… Ulysse la voyait se décomposer.

— C'est bon, Auriane… Il l'a bien cherché !

Elle murmura sans bouger :

— Si je le frappe comme il t'a frappé, je ne vaux pas mieux que lui…

Ulysse pouffa avec dérision.

— Alors là, je te rassure, on est très loin du compte !…Tu peux encore lui taper dessus un moment si tu veux arriver à le frapper autant qu'il m'a frappé… Profites-en pour passer aux coups de poing, de pied, de genoux... Les baffes, j'en ai eu mon compte, mais... il ne s'est pas arrêté là !

— ...peu importe... ce n'est pas une question de quantité... c'est la situation...

Elle se faisait peur... Ulysse la prit par les épaules.

— La situation est ce qu'elle est... et tu fais ce que tu peux...

Auriane se frotta le visage de ses deux mains et soupira... Ulysse la vit jeter un œil en direction de Jéol. Il la rassura :

— Elle ne bougera pas avant qu'il fasse jour... Mais elle nous voit et elle nous entend.

— Elle n'entend plus rien... et elle va mourir.

C'est Biwam qui venait de parler... Sa voix grave avait quelque chose de résigné, comme si ce qu'il énonçait était inéluctable. Ulysse fronça les sourcils.

— Qu'est-ce que tu racontes ? On ne meurt pas d'une dose de siliane.

— Elle, si. Elle fait une réaction au siliane. Si elle n'a pas reçu l'antidote à temps, elle mourra.

— À temps, c'est combien de temps ?

— Là... avant le lever du jour.

Ulysse s'accroupit et attrapa Biwam par le vêtement qu'il portait. Il rapprocha son visage du sien.

— Alors tu as jusqu'au lever du jour pour nous mettre en contact avec Joka... enfin... Justice !

Il avait asséné sa phrase avec dureté et détermination. Biwam hésita. Il répondit qu'il n'avait aucun moyen de joindre Justice. Seuls les Avertis pouvaient le contacter... et les jukams.

— Alors va chercher Zéhéda.

— Je ne suis pas sûr qu'elle soit là.

De contrariété et d'impuissance, Ulysse leva le poing et l'abattit sur le sol. Biwam prit peur. Il dit précipitamment :

— Lô. Lô est là. L'innée le connait. Je sais qu'il est revenu hier. Je l'ai vu.

Ulysse plissa les yeux.

— Eh bien voilà... tu vois, quand tu veux... Lô, alors. ...Je te détache, tu files... Nous, on va ailleurs. Toi, tu reviens ici avec Lô. Tous les deux... Seuls... *Seuls !* Tu entends ?! C'est nous qui te retrouverons... On t'attend.

Biwam regarda Jéol.

— ...Et elle ?

— Elle, elle t'attend aussi. On te la rendra quand on se sera mis d'accord avec Lô... Si tu ne reviens pas, elle meurt. Si tu dis quoi que ce soit à qui que ce soit, elle meurt aussi... Tu as compris ?

— ...Oui...

Ulysse détacha Biwam qui fila vers la falaise.

55

---découvreur---

L ô… Ça ne va pas être facile… Lô, ce n'est pas Zéhéda…
— —…Attends, Auriane… Un problème après l'autre…

Auriane s'approcha de Jéol et lui passa la main sur le front. Elle était froide…

— Tu crois vraiment qu'elle va mourir ?

— Pas si Biwam se dépêche.

Ulysse avait répondu sans s'émouvoir sur un ton ferme, sec… inflexible…

— Mais… s'il ne revient pas ?...

— S'il ne revient pas, on avisera… Mais il va revenir.

Sa voix était aussi dure qu'elle l'était au moment où il s'était adressé à Biwam. Auriane ne dit plus rien. Elle se tenait là, étrangère à elle-même… Elle regardait ce garçon brutal et déterminé qui était en face d'elle… C'était un autre Ulysse… Plus sombre… plus menaçant… Que connait-on des gens qu'on aime ?... Une toute petite part… La petite partie que chacun laisse émerger à la surface…

Et que dire de l'Auriane qu'elle croyait connaitre ? Que sait-on de soi-même ? On connait l'image qu'on veut donner aux autres et celle qu'on préfère leur taire… Et tout le reste ? La partie cachée… cachée à soi-même… cet autre aspect de soi qui nous surprend parfois au détour d'une situation exceptionnelle... Auriane releva la tête et dit d'une voix vacillante :

— Tout à l'heure ? Tu l'aurais tué ?

— Qui ça ?

— Biwam ? S'il avait résisté quand tu l'as menacé ? Tu l'aurais tué ?

Ulysse perçut son accablement. Il se douta de ce qu'il y avait derrière cette question... Il la regarda... Il paraissait soudain tellement fatigué... Il dit d'une voix lasse :

— Je ne sais pas, Auriane...

Il soupira.

— Il n'y a encore pas si longtemps, te serais-tu crue capable de frapper un homme attaché ?...

Se serait-elle imaginée le frappant comme ça ? De toutes ses forces ? De toute sa rage... Ulysse non plus ne savait plus très bien de quoi il était capable... Il y avait ce qu'il vivait, l'expérience qu'il en avait... Il combinait le tout avec ses convictions... la force des enjeux... des émotions qui le dépassaient... et il essayait de ne pas se perdre lui-même au milieu de ce torrent tumultueux...

Il avait parlé d'une voix lointaine. Il déroulait lentement le fil de ses réflexions, mais il le faisait autant pour lui que pour Auriane... Il se passa les mains dans les cheveux en les ramenant en arrière. Il s'ébroua comme pour chasser des pensées collantes et lui sourit. Dans ce sourire il y avait beaucoup de douceur et de tristesse.

— Mais... si ça peut te rassurer, ce n'est pas facile de tuer un homme de sang-froid... et je n'ai encore jamais fait ça...

Auriane s'assit par terre. Les larmes lui montèrent aux yeux. Elle respira profondément et posa son front sur ses genoux. Ulysse vint s'accroupir à côté d'elle. Il lui passa le bras autour des épaules.

— Laisse-moi, Ulysse... Je n'ai pas envie de jouer, là.

Elle avait dit ça d'une voix dure. Presque méchante. Il

n'ôta pas son bras. Il la serra plus fort et elle se laissa faire.

— Moi non plus, Auriane... je ne joue pas.

Biwam ne mit pas énormément de temps pour revenir dans la clairière accompagné de Lô. Ils se tinrent au centre de l'espace dégagé et attendirent. Ulysse et Auriane les surveillaient de loin. Ils patientèrent un peu pour s'assurer que personne d'autre ne les suivait. Ils étaient bien seuls à être venus jusque-là.

Ulysse demanda à Auriane de rester cachée et il s'avança vers les deux hommes.

— Merci d'être venu, Lô.

— J'avais le choix ?

Biwam recula un peu et regarda aux alentours.

— Ne la cherche pas, Biwam. Auriane surveille ce que tu fais... et Jéol est plus loin, tu ne la trouveras pas tout seul. Assieds-toi là, bien en vue, et attends qu'on ait fini, Lô et moi.

Il fit signe à Lô de le suivre et l'entraina hors de portée de voix de Biwam.

— Arrête tes simagrées, l'Avanaël. Si j'ai bien compris, il y a urgence. Dis ce que tu as à dire et qu'on en finisse.

Ulysse alla à l'essentiel.

— Je dois voir Joka.

Lô le regarda sans comprendre. Ulysse se rappela encore une fois que beaucoup d'exogènes ne connaissaient Joka que sous son nom de Kadjal. Pour eux tous, il s'appelait « Justice ». Il précisa à Lô de qui il parlait. Lô haussa les sourcils.

— C'est la lignée que tu as laissée là que tu veux récupérer. Et c'est pour ça que tu veux voir Justice... Si on ne détenait plus rien qui t'intéresse, tu ne serais pas revenu ici. Commence par me dire ça... Si tu ne joues pas franc jeu avec moi, tu n'obtiendras rien... et je ne suis pas sûr que tu trouves un autre interlocuteur mieux disposé que moi...

Ulysse pensa qu'il aurait préféré Zéhéda... mais il n'en parla pas. Il demanda comment allait Solim.

— Il va... aussi bien que possible dans sa situation. Tu as toi-même expérimenté l'effet que produit la présence d'une lignée sur la population de DimHénoé... Le garder en vie est une gageure. Mais les Avertis ont dit qu'on le gardait... et les gardiens obéissent... pour l'instant...

Il était donc peut-être encore dans la cage... Ulysse regretta de ne pas être passé par là. Apprendre qu'il faisait l'objet de tractations aurait nourri un peu les espoirs de Solim... et Ulysse savait combien l'espoir est un sentiment précieux dans une situation pareille... précieux et ténu... un sentiment qui s'étiole vite, mais ne demande qu'à croître, pourvu qu'on en ranime un peu la flamme...

Ulysse regardait en direction de la plaine et de la falaise. Il ne pouvait rien voir puisqu'ils étaient loin sous les arbres. Mais il se perdit un moment dans ces pensées qui l'amenaient vers Solim. Lô l'interrompit.

— Il n'est plus dans la cage. On a fini par l'enlever du milieu pour que la population l'oublie un peu...

— Il est où ?

— Il est bien là où il est... et tu n'as pas besoin de le savoir. Je sais ce que tu veux. Je suis un jukam. Je sais où en sont les contacts que les rebelles entretiennent avec nous. Tu as de la chance que je le sache. Je pourrais ne rien faire pour toi.

— Alors tu tuerais Jéol...

— Non... *tu* tuerais Jéol... Je me bats depuis longtemps... J'en ai vu mourir, des gens que j'aimais... Combattre, c'est difficile... Souvent, obéir ne suffit pas. Il faut faire des choix. Si je devais choisir de laisser mourir Jéol, je le ferais. Mais je ne l'aurais pas tuée. C'est *toi* qui es en train de t'en charger.

— Si tu m'aides, je vous la rends et vous la sauvez...

— Heureusement que tu n'as pas besoin de me

proposer ce marché. Heureusement que, de toutes les personnes présentes cette nuit à DimHénoé, tu as choisi une des seules qui a reçu l'ordre de faire ce que tu demandes... Ici, seuls les Avertis en savent suffisamment pour continuer à protéger l'autre lignée et te laisser rencontrer Justice... Les Avertis... et moi.

Ulysse sentait la situation lui échapper. Il ne sut pas quoi dire et Lô continua :

— Tu vas rendre Jéol à Biwam. Tu vas lui dire que c'est moi que tu prends en otage et que personne ne doit quitter les alentours de la falaise avant le lever du jour sinon, tu me tues... Qu'au matin il ne doit parler qu'aux Avertis.

Ulysse allait demander des explications, mais Lô ne le laissa pas ouvrir la bouche.

— Si tu ne veux pas que la lignée paie de sa vie ce que tu es en train de faire, tu n'as pas le choix. Fais ce que je te dis. Allez. Vite. Sois convainquant... Je sais que tu sais faire... Tu es un bon menteur...

Ulysse n'hésita qu'un instant. S'en remettre à Lô l'inquiétait. Peut-être était-il un bon menteur, lui aussi. Mais la vie de Solim pesait de tout son poids dans la balance et ce poids gênait Ulysse pour réfléchir... Il se dirigea vers Biwam. Celui-ci attendait assis par terre et, voyant Ulysse revenir, il se redressa. Ulysse lui déclara que Lô et lui s'étaient mis d'accord et qu'il attende encore là. Il prit Lô par la nuque comme s'il était toujours maitre de la situation et le poussa vers la lisière des arbres. Tous deux disparurent.

Ulysse revint un moment plus tard en portant Jéol dans ses bras. Il la posa aux pieds de Biwam. Il lui dit qu'Auriane et lui ne lâcheraient pas Lô avant qu'il ait fait ce qu'il s'était engagé à faire... Si quoi que ce soit tournait mal, ils le tueraient... Biwam, ne devait prévenir personne, à part les Avertis et eux seuls... et seulement quand il ferait jour.

Lô avait raison. Ulysse savait être convainquant. Il fit

répéter à Biwam ce qu'il lui avait dit. Biwam débita ce qu'il devait faire d'une voix mécanique.

— Fais attention, Biwam. Tu sauves Jéol, mais c'est la vie de Lô qui dépend de ce que tu vas faire maintenant.

Biwam sembla le croire. Il ramassa Jéol et s'apprêta à l'emporter dans ses bras vers la falaise. Ulysse l'arrêta.

— J'espère que je reviendrai, Biwam. Ne serait-ce que pour te faire ravaler les menaces que tu nous as faites à Auriane et à moi.

Biwam grommela :

— C'est ça, la lignée !… Je t'attends !

Et il s'éloigna.

Sous le couvert des arbres, pendant qu'Ulysse parlait avec Biwam, Auriane se retrouva avec Lô. Elle s'étonna de ce qu'Ulysse le laisse là, sans l'attacher, sans lui demander de le surveiller, en ne lui donnant aucune consigne particulière… Ulysse avait emporté Jéol et elle s'était retrouvée seule avec Lô…

Elle n'avait jamais été seule avec Lô… Elle était gênée et Zéhéda lui manquait. C'est Zéhéda qui avait une réelle affection pour elle. Les autres la supportaient ou l'ignoraient. Lô autant qu'eux. Il avait parfois répondu aux questions qu'elle posait à Zéhéda, ou lui avait transmis des consignes ou des informations envoyées par Zéhéda… Auriane se rendait compte qu'elle n'avait jamais réellement parlé avec lui. Il la regardait fixement. Auriane rompit le silence.

— Je ne t'ai jamais dit merci.

Enfin… C'est ce qu'elle essaya de dire.

Lô parut surpris.

— …de quoi ?

— D'être venu me chercher…

— Dans la prison des S ? Je ne suis pas venu te

chercher. Je suis venu chercher Zéhéda. C'est elle qui a voulu qu'on t'emmène.

— C'est toi qui m'as emmenée. Et ce n'était pas facile. Merci.

Lô la détaillait en fronçant les sourcils.

— Tu parles bien. Je ne savais pas que tu comprenais si bien ce qu'on dit...

— Je comprends si tu parles lentement...

Il continuait à la détailler, pensif...

— Tu es qui ? Tu es quoi ?...

— ...Une innée...

— Tu ne m'en diras pas plus, hein ? Vous allez bien ensemble, la lignée et toi. Lui non plus, on ne comprend pas qui il est... ni de quoi il est capable...

Auriane sourit pour elle-même... Elle s'était posé la même question concernant Ulysse peu de temps auparavant. Lô continua en parlant distinctement et en faisant des phrases simples :

— Je ne comprends pas tout... Mais je suis un jukam. Je sais beaucoup de choses. Je sais ce que vous avez fait à Eghenne. Je ne sais pas comment, mais je sais que c'était vous. Je sais aussi que Justice veut le rencontrer. Je sais que l'autre lignée est protégée par les Avertis... pour que vous reveniez... Je n'ai rien contre toi, Auriane...

Et dans sa bouche son nom devenait « Ao-Yian »...

— Tu connais mon nom ? Tu dis toujours « l'innée ».

— Je connais ton nom... Et je veille sur toi... Tu dois rester à DimHénoé. Avec la lignée, c'est dangereux. Ici, tous les jukams veillent sur toi.

Auriane n'avait jamais pensé que qui que ce soit veillait sur elle. Mais oui. Tout bien considéré, tous les jukams était attentionnés et gentils à son égard.

— Pourquoi ? Comment tu sais ?

— Je l'ai fait pour Zéhéda. C'était son idée. Je suis ton découvreur.

— Tu es mon quoi ?

— Il est ton *découvreur*.

C'est Ulysse qui venait de répondre. Il les rejoignait et avait entendu la fin de leur conversation. Il continua dans la langue d'Auriane.

— C'est-à-dire que tu es sa prisonnière... euh... personnelle... jusqu'à ce que tu ne sois plus prisonnière. C'est lui qui a dû demander aux jukams d'avoir l'œil sur toi. Il décide de ce qui est bon pour toi. Enfin... ça, c'est théorique. En réalité il a un important mot à dire dans les décisions prises te concernant, c'est vrai. Mais je pense que les Avertis doivent quand même avoir un droit de véto... La situation étant très spéciale, ils ont dû évaluer les risques...

— C'est grâce à lui que j'étais libre la journée, alors ? Je n'avais pas compris ça...

— ...et c'est peut-être aussi grâce à lui que tu étais dans une cage toutes les nuits et que tu avais Nedji sur le dos du lever au coucher du soleil... Va savoir de qui était cette idée...

Lô les laissa finir. Quand Ulysse se tut, il répéta à Auriane qu'elle devait rester à DimHénoé. Qu'il n'avait aucune idée de ce que seraient les exigences de Joka et qu'Ulysse paraissait mieux armé qu'elle pour y faire face. Ulysse n'eut presque pas besoin de lui traduire les phrases pourtant plus complexes, que faisait maintenant Lô.

— Tu crois qu'il dit ça pour rester mon... découvreur ?

— Non. Tu n'étais plus prisonnière quand tu es partie. Je crois qu'il dit ça parce qu'il le pense vraiment... et qu'il t'aime bien...

— Il n'est pas question que je reste là. Il n'est pas question que je te quitte...

Ulysse sourit. Auriane crut bon de préciser :

— Tu es ma clé. J'ai déjà égaré la clé de l'autre verrou pour ouvrir la porte de mon monde. Alors je ne lâche pas celle que j'ai. Ne crois pas que tu me tiennes par les sentiments... c'est plus compliqué que ça, l'amour.

Ulysse avait du mal à cerner ce qu'elle appelait « l'amour ». Lui, voulait passer le maximum de temps avec elle... et visiblement, elle aussi... Il préféra ne rien dire. Il laissa Auriane s'expliquer avec Lô.

Quand il eut fini avec Auriane, Lô s'adressa à Ulysse. Ils parlaient tous les deux tellement vite, qu'elle ne comprenait pas. Ulysse n'était pas content. Il protesta... et Lô partit vers la falaise ! Ulysse le regarda s'éloigner les bras ballants.

— Qu'est-ce qu'il fait ? Il s'en va ?

— Il va chercher sa combinaison de jukam...

Auriane était atterrée. Elle demanda pourquoi il avait besoin de sa combinaison pour contacter Joka. Ulysse lui expliqua que Lô allait les conduire tous les deux auprès de Joka. Auriane était sceptique...

— ...J'ai déjà beaucoup de mal à croire qu'il va revenir...

Ulysse regarda encore un instant dans la direction où était parti Lô. Puis il se tourna vers Auriane.

— C'est de son plein gré qu'il nous aide. Je ne l'ai pas menacé, ni attaché et je n'ai aucun moyen de pression sur lui.

— C'est malin...

— Aucun moyen de pression n'aurait marché. Même la vie de Jéol... Il nous aide parce que ce sont les ordres qu'il a reçus.

Auriane s'étonna :

— Les ordres ?... Mais de qui ?

— Des Avertis... de Joka...

— Mais qu'est-ce qu'ils te veulent, tous ?!

— On ne va pas tarder à le savoir.

Il y eut un silence, puis Auriane ne put s'empêcher de dire :

— Si Lô revient.

— Il va revenir.

— Tu m'énerves, Ulysse, à affirmer des trucs que tu ne sais pas. Tu fais ça souvent. Et c'est très crispant.

Ulysse sourit.

— Mais là, je le sais *vraiment*.

Il voulut prendre Auriane par les épaules mais elle se dégagea.

— ...et tu es *vraiment* énervant...

Énervant et... attirant. Auriane se débattait dans des sentiments tellement opposés, qu'elle se demandait comment elle parvenait à faire un pareil grand écart. La vie pleine de rebondissements et de dangers qu'ils vivaient lui rappelait constamment l'urgence d'exister pleinement au présent... de saisir tous les moments riches, heureux, agréables, qu'elle pouvait glaner. Ne rien rater... Ne rien laisser filer...

Mais ce qu'elle ressentait pour Ulysse était compliqué. Elle avait peur de se laisser aller dans cette relation où leurs codes si différents risquaient de se heurter... *de la heurter, elle...*

Elle imaginait le ventre de la falaise endormi et essayait de s'interdire de formuler la question qui s'imposait à son esprit. C'était une question stupide et ils avaient d'autres préoccupations bien plus pressantes. Mais plus elle la rejetait, plus cette pensée l'envahissait.

— Si ce n'était pas dangereux, et que tu disposes d'un peu de temps, tu rejoindrais Taomi ?

Elle avait dit ça sur un ton badin, mais Ulysse la sentait crispée. Il se tourna vers elle et un lent sourire incrédule se dessina sur ses lèvres.

— Maintenant ?

Auriane était très sérieuse. Ulysse savait qu'elle avait

du mal à comprendre les mœurs de son monde… surtout ceux concernant les rapports humains à l'intérieur de ce qu'elle appelait « un couple ». Il essaya de saisir quelle était la vraie interrogation qui se cachait derrière cette question saugrenue.

— Oui. Maintenant. Maintenant que je suis entrée dans ta vie.

— Mais ça fait longtemps que tu es entrée dans ma vie… Qu'est-ce que tu veux dire ?

— Je veux dire exactement : *maintenant qu'on a fait l'amour ensemble…*

Il trouvait surprenant que le fait d'avoir, comme elle disait, « *fait l'amour ensemble* » constitue une frontière bien marquée, avec un *avant* et un *après…* Il prit un instant de réflexion et répondit que non.

— Non quoi ?

— Non. Là, même si j'avais du temps et qu'on ne risque rien, je ne rejoindrais pas Taomi.

— Pourquoi ?

— Comment ça, pourquoi ?! Auriane ! C'est quoi la vraie question ? C'est quoi que tu veux savoir ?

— Je… …je ne sais pas. Il me semble que chez moi, si un mec de ton âge pouvait vraiment faire l'amour à qui il veut, quand il veut, il n'arrêterait pas.

Ulysse s'emporta gentiment.

— Je ne comprends pas… Tu ne crois pas que j'ai vraiment d'autres choses à penser que de jouer avec Taomi, là !

— Tu as raison ! Oublie ! Ne fais pas attention. Je n'ai rien dit…

Elle allait laisser tomber. Ce n'était ni le lieu ni le moment… Mais Ulysse insista.

— Si… Explique-moi ce que tu veux dire… ce que tu veux dire, *vraiment…* Je sais que ce n'est pas spécialement Taomi, le problème...

Auriane essaya de lui expliquer que la liberté sexuelle

dont il disposait lui semblait correspondre à l'aspiration des garçons qu'elle connaissait... ceux de son époque et de sa classe d'âge. Et qu'elle se demandait s'il n'avait pas envie d'en profiter davantage.

— Pourquoi tu dis « *les garçons* » ? Pas « *les filles* » ?

— Certaines, si... Mais beaucoup sont trop romantiques, je crois. Elles attendent le prince charmant et quand elles le trouvent, elles ne veulent pas le partager... Peut-être qu'il y a plein de garçons comme ça aussi... qui attendent leur princesse. Mais ce n'est pas le discours qu'on entend. On parle toujours beaucoup de ce qu'on ne peut pas faire...

— Oui. Ici, on peut. Alors on en parle moins. Je ne pense pas qu'à ça ! Et tu as quand même remarqué que je suis une lignée très occupée... Particulièrement ces derniers temps ! Je peux jouer à des jeux sexuels quand j'en ai envie, et que c'est possible. Je peux le faire avec tous les corps qui me tentent, si leur propriétaire est d'accord.

Il se tut et réfléchit... Une pensée le fit sourire.

— En fait, non. Ce n'est pas tout à fait vrai. Pour respecter mon statut de lignée, je ne devrais pas jouer avec des serviles... encore que... ça se fait couramment, maintenant... En tout cas pas avec des innés !

Auriane le regarda, surprise.

— Pourquoi tu dis ça ?... tu en connais des innés ?

— Non. ...à part toi... En ce moment, c'est à toi que je pense.

Elle sourit, elle aussi.

— Et...Tu penses à moi comment ?

— J'ai besoin de te faire un dessin ?

Elle rit.

— Non... Arrête ! Arrête de penser à moi... comme ça...

— Comment ?

— ...Fais pas semblant de ne pas comprendre...

— Auriane… ne me demande pas ça… Je ne peux pas décider de ne pas avoir envie de toi. Je peux le taire… Je peux le cacher… mais…

— Ok, Ulysse. N'en dis pas plus. C'est bon.

Ulysse rit lui aussi.

— Je n'ai pas répondu à ta question…

— Tant pis. Tu m'embrouilles, là ! Je vais y réfléchir et je te la poserai de nouveau… Plus clairement…

— Je sais… Tu me la poses tous les jours… Ce n'est jamais tout à fait la même question… et tu n'entends jamais la réponse…

Auriane le regarda en souriant.

— J'ai… du mal à t'entendre…

Elle s'approcha et serra ses deux mains dans les siennes. Elle posa sa tête contre sa poitrine. Pourquoi était-ce si embrouillé pour elle ?

Elle s'éloigna de lui en entendant Lô arriver. Avec tout ça, elle avait oublié son inquiétude de ne pas le voir revenir ! …Et il était là.

56

---créateur---

Lô marchait devant. Auriane et Ulysse suivaient un peu plus loin. Auriane n'en revenait pas de ce qu'Ulysse ait remis leur sort entre les mains de Lô sans plus de garanties que ce qu'il lui avait dit.

— C'est un jukam, Ulysse… Les jukams ne portent pas les lignées dans leur cœur…

— Je ne pense pas qu'il m'apprécie beaucoup. Mais il est discipliné et réfléchi. Il a reçu des ordres. Il fait ce qu'on lui a dit de faire… Et toi, je crois… qu'il t'aime bien. Il a tout fait pour te protéger sans en avoir l'air. Et… je vois bien comment il te regarde.

— N'importe quoi. Je n'ai rien remarqué…

— Dans ce domaine-là, tu ne remarques pas grand-chose… Il y a pas mal de monde avec qui tu pourrais jouer, à DimHénoé…

— Si tu veux parler de Biwam…

Ulysse prit une voix désolée :

— Biwam… maintenant… Je crois que tu seras obligée de te faire une raison… Mais il y en a d'autres…

— Tu dis ça comme si tu voulais m'encourager…

— Tu fais ce que tu veux avec ton corps, Auriane. Ça ne m'enlèvera strictement rien que tu joues avec d'autres… Du moment que tu continues à passer du temps avec moi…

Auriane fronça les sourcils et le coupa en lui disant

qu'ils parleraient plus tard des opportunités qui s'offraient à elle…

Quand ils arrivèrent sur la plage, Lô s'arrêta. En les attendant, il enfila les bras dans sa combinaison qu'il avait laissé pendre autour de sa taille. Quand Ulysse l'eût rejoint, il se tourna vers lui :

— Je vais commencer par t'emmener toi, et…

Ulysse ne lui laissa pas le temps de finir sa phrase.

— On y va tous les trois. Ensemble !

— Mais je ne peux pas !

— Tu ne peux pas quoi ? Elle n'a pas de telib.

— Et toi ? Il aurait fallu que tu désinitialises le tien. Je ne sais pas comment tu arrives à en masquer l'activité, mais moi, je sais que tu l'as réinitialisé… Je sais que là, il fonctionne normalement… Enfin… Quand je dis normalement… Il y a quand même… Bref… Tu l'as, et si tu veux que je vous emmène, il faut au moins que tu le désactives…

— Pas question !

Auriane demanda où on allait exactement… Lô lui répondit presque gentiment qu'il les amenait auprès de Justice et qu'ils n'avaient pas besoin de savoir où c'était. Puis il s'adressa à nouveau à Ulysse et sa voix redevint beaucoup plus sèche.

— Simplement désactivé, si tu es tout seul, ça va … Et je fais deux transferts.

— Quelle garantie j'ai de retrouver Auriane après ?

— Si j'avais voulu te séparer d'elle, ce serait déjà fait. Pas la peine de faire deux transferts pour ça… Tu n'es pas aussi fort que tu as l'air de le croire. Je serais revenu avec les jukams, tout à l'heure… tu n'aurais certainement pas eu le dessus…

Ulysse dit que ça restait à prouver… Non pas qu'il soit sûr de ce qu'il avançait… C'était uniquement par bravade… Il dit encore que de toute façon, il garderait son telib opérationnel. Lô haussa les épaules.

— Alors tu restes là... Si tu veux que je vous transporte comme des paquets, il faut que tu acceptes de le désinitialiser.

Ulysse s'emporta.

— Pas la peine... Je pourrais même y aller tout seul si tu me donnais le point de matérialisation exact.

Lô le regarda surprit. Ulysse continua :

— Comment crois-tu que j'ai pu arriver à DimHénoé ?

Il allait ajouter qu'il avait tous les comedox nécessaires, mais il se mordit la langue et stoppa là ses explications. Lô, semblait encore ignorer beaucoup de choses... Pour la plupart des exogènes, ce qui rendait Ulysse particulier, c'était principalement qu'il soit la lignée Avanaël. Ulysse avait du mal à comprendre pourquoi le fait que Nathol soit son géniteur suffisait à les convaincre de le laisser en vie.

Pourtant, il ne leur avait donné aucune preuve de... de quoi que ce soit... Les exogènes devaient se douter que les sentiments qu'Ulysse leur portait n'étaient pas spécialement amicaux et qu'il restait plutôt mal disposé à leur égard... Nathol bénéficiait d'une sacrée aura parmi eux pour que sa réputation arrive à englober sa lignée... Comme si Ulysse portait un espoir de changements à venir pour eux... Comme si les exogènes l'avaient attendu... Comme si Nathol leur avait prédit sa venue...

Puisque la plupart des exogènes ne savaient rien de lui, il était peut-être préférable qu'ils continuent à ignorer les particularités de son telib... Y compris Lô,

— Mon telib, c'est *mon* problème... Emmène-nous tous les trois et ne t'occupe pas du reste. Ça marchera...

Il y avait une clairière. Le portique se dressait au milieu. Tout autour, c'était la forêt. De la clairière partaient deux sentiers qui s'enfonçaient dans une végétation absolument hallucinante. On aurait pu se croire autour de DimHénoé. C'était la même végétation. La même moiteur de l'air. Mais les arbres étaient encore plus gros, encore plus hauts, et beaucoup plus denses. Auriane avait le sentiment d'avoir soudainement rétréci et d'avancer dans un décor dessiné pour des géants.

Il faisait nuit, et seuls les thermatos projetaient un peu de lumière autour d'eux. Sans hésiter, Lô se dirigea vers l'un des sentiers. Il marchait devant sans se préoccuper d'aucun obstacle. Il avait fait disparaitre sa tête et ses mains dans sa combinaison et passait au travers de tout ce qui aurait pu gêner sa progression. Derrière lui, Ulysse et Auriane peinaient. Le sentier était à peine dessiné et ils avançaient lentement.

— On ne pourrait pas se transférer là où on va ?

— Non. Il y a un grand périmètre autour de la plateforme où tout transfert est impossible… Il ne faut pas qu'il soit trop facile de nous surprendre…

La voix de Lô était à peine étouffée par la cagoule de sa combinaison qui lui couvrait tout le visage.

— Tu connais, ici ? Tu es déjà venu ?

— Je suis un jukam. Je vais partout… Ici, c'est un autre espace que se sont approprié les exogènes. Bien sûr que je le connais. Celui-là et tous les autres… De nombreux exogènes connaissent les autres communautés. C'est à ça que servent les Grands Echanges…

— Il y en a encore beaucoup d'autres, des communautés ?

Lô s'arrêta de marcher et se tourna vers Ulysse.

— En quoi ça peut t'intéresser, combien on est ?

— Si je dois remplir des missions pour vous, j'ai le droit d'en savoir plus…

— Là, tu me suis parce que tu espères récupérer l'autre lignée… Je ne sais pas pourquoi Justice tient tellement à te rencontrer… Il parait qu'il y a des consignes te concernant… Les Avertis disent…

Il se ravisa soudain et reprit :

— …Non. Ce qu'ils disent ne te regarde pas… Je ne sais pas pourquoi c'est si important qu'on te laisse te déplacer d'une communauté à l'autre comme ça. Il y a des choses qui m'échappent. Je fais comme toi. J'obéis. Mais pas pour les mêmes raisons… Tu n'es pas Nathol. Les exogènes ne te doivent rien, à toi. Et tu n'as pas à en savoir plus que ce que tu peux comprendre tout seul.

Il marmonna pour lui-même :

— Si ça ne tenait qu'à moi, je ne t'aurais jamais amené jusqu'ici.

Et il reprit sa marche.

Il bifurqua soudain et il s'arrêta devant le tronc d'un arbre énorme. Il tira sur une corde dissimulée dans des plis de l'écorce et, venant du ciel, une nacelle descendit.

— Grimpez là-dedans. Arrivés en haut, vous descendez et vous attendez. Il n'y aura probablement personne.

— Où est Jok… Justice ?

Lô ôta la partie de sa combinaison qui cachait sa tête.

— Justice est prévenu de votre arrivée. Il va venir.

— Et toi ? Tu ne viens pas ?

— Non. Moi, j'ai fait ce que j'avais à faire.

Il se tourna vers Auriane et lui sourit. Il hésita sur les mots à dire.

— Di-pial, Ao-Yian'…

Ce qui voulait dire « au revoir », mais avec une idée de retour très proche… quelque chose comme : « à très bientôt… » Il s'approcha et lui caressa la joue du dos de ses doigts. Elle le laissa faire puis hésita un instant avant de lui rendre son geste d'adieu.

Ulysse et Auriane s'assirent dans la nacelle. Celle-ci commença son ascension très lentement. Elle grimpa ainsi très longtemps. Le câble minuscule qui les tractait les tirait sans à-coups et sans aucun balancement le long du tronc. Ulysse fixait le sol avec appréhension. Lô attendit un moment en les regardant s'éloigner, puis il se retourna et disparut sous le couvert de la végétation.

Un peu avant la cime de l'arbre, là où les branches sont encore épaisses, mais où l'on est déjà si haut que le regard porte loin au-dessus d'un océan vert, il y avait une sorte de quai large et solide, fait de planches assemblées. Derrière eux, d'autres arbres emmêlaient leurs ramures à celles de l'arbre le long duquel la nacelle les avait hissés. Un chemin de planches serpentait autour et entre les branches, formant un grand cercle au centre duquel il y avait des constructions, en bois elles aussi.

Auriane et Ulysse pénétrèrent dans la première salle qu'ils rencontrèrent. Au fond, on devinait des passages pour rejoindre les autres pièces en enfilade. La salle dans laquelle ils se trouvaient était spacieuse et pourvue de grandes fenêtres. Plusieurs branches la traversaient comme des piliers inclinés et tordus dans lesquels on avait taillé des niches de rangement. Le sol était un plancher lisse et brillant. Le mobilier était bas, comme à DimHénoé... des tabourets, des tables, des coussins, des tentures, des tapis... il y avait aussi des fourrures. Auriane sentait le léger balancement de l'arbre, comme le tangage d'un bateau dans les eaux calmes du port. C'était un endroit chaleureux, agréable.

Ils se rapprochèrent l'un de l'autre. Ulysse prit entre ses mains le visage d'Auriane et lui dit doucement :

— Dommage qu'on ne sache pas combien de temps on va attendre... Il ouvrit le thermato d'Auriane, juste ce qu'il fallait pour pouvoir glisser ses mains à l'intérieur et ferma les yeux pour caresser sa peau. Elle sourit et se rapprocha. Elle prit tout son temps pour l'embrasser...

Ils avaient à peine entendu un bruit de pas sur le sol de bois et Joka entra dans la pièce.

— Bonjour, Onil.

Il se tourna vers Auriane et se contenta de lui adresser un signe de tête. Ulysse se mit debout et se rapprocha. Arrivé face à lui, il se rassit lentement et Joka fit de même. Ils se mesurèrent du regard un moment. Joka tourna la tête et posa à nouveau ses yeux sur Auriane qui était un peu plus loin.

— Tu aurais dû laisser l'innée à DimHénoé.

Ulysse pinça les lèvres.

— Vous avez déjà Solim... Auriane, je la garde avec moi.

— C'est dangereux...

— Quoi ? Qu'est ce qui est dangereux ? Les allers-retours que tu nous fais faire ?

— Non... Ce que je vais te demander maintenant.

Le visage d'Ulysse se crispa.

— Tu demandes... Ce n'est pas sûr que j'accepte... Ne crois pas que je vais chaque fois faire exactement ce que tu veux !

Ulysse s'emportait déjà mais Joka le ramena à la place qu'il lui avait assignée.

— Tu accepteras. Tu n'as pas le choix. J'ai Solim... Et je sais ce qu'il représente pour toi... et pour l'innée aussi...

Le ton était sec. C'était Joka qui menait la discussion. Il ne fallait pas qu'Ulysse l'oublie... Ulysse comprit et se calma.

— Où est Solim ?

— À DimHénoé.

— Et... tu peux encore le protéger, de si loin ?

L'inquiétude qu'il ressentait concernant le sort réservé à Solim reprenait le premier plan.

— Je fais tout mon possible... Les exogènes savent qu'il est notre moyen de pression sur les rebelles. La situation a évolué. Cette lignée-là peut nous être utile. Tous en ont conscience maintenant à DimHénoé. Ce n'est pas dans leurs habitudes de garder des prisonniers et... ils ne sont sûrement pas tendres avec lui, mais… ils le garderont en vie…

— Pourquoi ne l'as-tu pas emmené avec toi ?

Joka émit un gloussement.

— Tu crois qu'après ton départ j'ai eu mon mot à dire ? Les exogènes te croyaient enfui dans la forêt. Les Avertis ont été surpris. Eux ont compris que tu avais réinitialisé ton telib… et ils se sont demandé comment tu avais fait… Ils ne savent pas grand-chose te concernant… Mais ils m'ont regardé d'un autre œil. Ils se sont doutés que je leur taisais des choses. Alors, emmener Solim avec moi… et leur ôter le seul levier qu'ils détenaient encore pour influer sur la situation… Il n'y avait aucune chance pour qu'ils soient d'accord !... Je ne leur ai pas parlé de toi. Enfin… Je leur ai affirmé que tu allais revenir et qu'il fallait que je te voie, mais je ne leur ai pas parlé de la mission que j'allais te confier… Je n'ai pas compris grand-chose de ce que j'ai trouvé dans la tête de l'innée, mais…

— Viens-en au fait, Joka. Ce que tu as compris ne m'intéresse pas. Que veux-tu en échange de Solim ?

Ulysse l'avait encore une fois coupé… Joka serra les lèvres et planta son regard dans les yeux d'Ulysse. Il savait que ce qu'il allait dire maintenant laisserait ce jeune arrogant sans voix. Sa réponse tomba :

— …C'est Nathol que je veux.

Ulysse fut tellement surpris qu'il perdit tout son aplomb. Il bredouilla :

— N… Nathol ?! Mais… où veux-tu que je le trouve ?!

Joka se leva et se mit à déambuler dans la pièce. Après deux allers-retours, il s'arrêta devant Auriane.

— Tu viens d'où ?

Ulysse se leva d'un bond.

— Je ne vois pas le rapport ! Laisse-là en dehors de ça.

Auriane n'avait pas bronché, donnant l'impression qu'elle n'avait même pas compris ce qu'avait dit Joka. Ce dernier ajouta :

— Je la garderais bien ici pour être sûr que tu reviennes jusqu'à moi…

Ulysse prit un air menaçant.

— Si tu…

Joka leva la main.

— Stop ! Pas la peine, Onil. Rassieds-toi. D'abord, tu n'es pas en position de me menacer. C'est toi le demandeur, ici. Tu n'as rien à exiger. J'ai déjà fait énormément pour vous deux. Je ne te demande pas de m'en être reconnaissant, mais considère quand même que j'ai le souci de votre survie.

Ulysse ricana.

— Merci, Joka. Trop gentil de ta part… et tout à fait désintéressé…

Joka monta légèrement le ton.

— Je te propose un moyen de récupérer Solim. Si tu refuses, les exogènes le gardent… et je me désintéresse de son sort. Autant dire…

Il posa sur Ulysse un regard faussement désolé.

— Je n'ai pas l'intention d'aller à l'encontre de tes exigences… dans la mesure où elles ne contrarient pas les miennes. Je te laisse l'innée où tu la laisses ici, ça m'est égal… Et tu tentes l'expérience.

— Quelle expérience ?

— Un créateur t'a-t-il déjà donné le pouvoir d'entrer dans son resil ?

À la façon dont Joka regardait Ulysse, il était évident qu'il connaissait la réponse à cette question.

C'était une expérience qu'Ulysse avait déjà tentée… Et Joka l'avait deviné… Peut-être Joka se doutait-il de l'endroit où Ulysse avait trouvé Auriane. En tout cas, il était sur la bonne piste puisque sa proposition concernait un resil dont Nathol était le créateur… un resil qu'il s'était fabriqué dans l'urgence, sur une des iles à proximité, quand les siols s'étaient dangereusement rapprochés de lui.

Il avait donné à Joka le pouvoir d'y entrer. Mais ils l'avaient peu utilisé tous les deux. Il constituait une sécurité, un refuge fabriqué en prévention... au cas où les siols arriveraient à remonter leur trace jusque dans cette partie du monde.

Un jour Nathol avait fui. Les siols ne devaient pas être loin sur ses talons puisqu'ils comprirent où il avait disparu. Il était seul.

— Les siols sont restés sur l'emplacement du resil à attendre qu'il en sorte. Ils ont même établi un camp d'entrainement qui est longtemps resté en activité, et ils s'en servent encore aujourd'hui, occasionnellement.

Il regarda Ulysse en haussant les sourcils.

— Sais-tu que dans un resil, on a de l'eau... Toujours... Mais on n'a rien à manger...

Joka pensait qu'Ulysse devait le savoir... Il le savait certainement... Il continua :

— Quand j'ai enfin pu retourner là-bas, quand j'ai marché dans l'œil du resil, longtemps, très longtemps après que Nathol ait disparu, il ne s'est rien passé... Il n'était plus dedans...

Ulysse était subjugué par son histoire. C'était... c'était exactement les explications qu'il avait attendues... Celles qu'il avait espérées depuis qu'il était en âge de comprendre... Il demanda d'une voix qu'il aurait voulue un peu plus maitrisée :

— Il est mort à l'intérieur ?

— S'il a réussi à sortir, il n'est pas venu m'en informer. Et si les siols l'avaient tué, ils se seraient fait une joie de nous le faire savoir... Peut-être qu'il est mort dedans... de faim... Je veux que tu vérifies...

Ulysse souleva un problème qui lui paraissait primordial :

— Je ne peux rien faire de plus que toi. Je ne suis pas le créateur de ce resil et Nathol ne m'a donné aucun pouvoir pour y entrer.

— Tu as pu te matérialiser sur la plateforme de DimHénoé.

— Quel rapport avec le resil de mon géniteur ?

— Les comedox, Onil… tu les as. Et personne ne te les a donnés. Tu les as fabriqués… Génétiquement. Et Nathol le savait… J'ai travaillé avec Nathol. Je sais les implications qu'ont ces pouvoirs de comedox. Si tu as pu arriver à DimHénoé seul, et sans en connaitre l'existence, tu dois posséder aussi tous les pouvoirs de créateur sur les gènes que t'a transmis ton géniteur.

— Il reste 50% de mes gènes qui n'ont aucune correspondance pour entrer dans un resil qui n'est pas le mien…

— Qu'on regarde le problème dans un sens ou dans l'autre, une moitié, c'est une moitié… Et peut-être que ça suffit… Je crois que Nathol t'a transmis la possibilité de le retrouver…

Ulysse rit.

— N'importe quoi, Joka ! Tu rêves !... Et même si j'arrivais à entrer dans son resil… S'il est mort… je ne pourrai te ramener que ce qui reste de son corps.

— Eh bien, fais-le ! J'attends ce moment depuis longtemps, Onil. J'attends de savoir… Je veux que tu te présentes dans l'œil du resil… Si tu entres, ramène-moi une preuve de sa mort… ou bien ce n'est pas la peine de revenir.

À ces mots, Ulysse tiqua. Joka précisa :

— Si tu ne trouves rien, cherche-le. Il n'y a que toi qui puisses le faire.

Il plissa les yeux et regarda Ulysse intensément.

— Et s'il a réussi à en sortir… ailleurs… je veux que tu suives sa trace…

Ulysse prit l'air le plus étonné qu'il put.

— Qu'est-ce que tu veux dire ?

Joka le dévisagea.

— Je ne sais pas qui tu es, Onil. Je ne sais pas de quoi tu es capable.

Ulysse faillit répondre que lui non plus, il ne savait pas très bien… mais il s'abstint.

— Tu es fou Joka. Tu me prêtes des pouvoirs que je n'ai pas…

Il y eut un silence puis Ulysse demanda :

— …Pourquoi utiliser Solim pour me faire ce chantage ? Relâchez-le ! Je suis prêt à rechercher Nathol sans que vous menaciez de mort qui que ce soit…

Joka fit une grimace dubitative.

— Je te sens plus concerné, là... La vie de Solim est pour toi une préoccupation de premier plan… C'est très surprenant, d'ailleurs… pour une lignée Avanaël… J'ai bien peur que, sans ce chantage, l'ordre de tes priorités ne soit pas le même que le mien… C'est Solim contre Nathol… ou au moins contre des informations solides à son propos.

Ulysse fit une grimace sardonique.

— Je te ramène ce qui reste de son corps et… ça suffira ?

Joka ne releva pas le cynique qu'il y avait dans le ton. Il répondit très sérieusement :

— Si c'est vraiment lui, oui.

57

---emballage---

Auriane avait laissé Ulysse et Joka discuter sans intervenir. Même quand Joka s'était adressé directement à elle, elle n'avait pas répondu… Elle ne saisissait pas grand-chose de leur échange. Et quand parfois elle comprenait les mots, le sens des phrases lui échappait. Il était question du géniteur d'Ulysse… et d'un resil… Elle avait dressé l'oreille à ce mot-là. Les histoires de resil avaient chez elle un écho particulier. Elle ne connaissait que celui de Solim, mais Ulysse lui avait dit qu'il en existait d'autres… Un resil, c'était la porte de son monde à elle…

La conversation cessa et Auriane interrogea Ulysse du regard. De la main, il lui fit signe de patienter encore. Alors elle se leva et quitta la pièce. Le jour se levait sur l'océan vert… C'était magnifique. Cette lumière du matin était rayonnante, éclatante… Aussi loin que le regard la traversait, elle était transparente et pure… radieuse… Elle mettait au cœur une joie, un plaisir qu'il était impossible de traduire en mots. Une fois qu'on avait dit que cette lumière était… belle, comment expliquer qu'on la buvait… qu'on s'emplissait d'elle… Auriane alla s'asseoir sur les planches. Elle se tourna vers l'est et regarda le soleil se lever. C'était un nouveau jour… Et chacun de ces matins était le premier matin du monde…

Ulysse avait suivi Auriane des yeux, puis il revint à Joka.

— Bon. Ne perdons plus de temps. Explique-moi où je dois aller.

— Doucement, Onil. On ne peut pas se précipiter comme ça.

— Pourquoi ? On y va, j'essaye et...

— Je t'ai dit que les noirs avaient établi un camp d'entrainement à proximité.

— Tu m'as aussi dit qu'ils n'y étaient pas tout le temps.

— Aujourd'hui, ils ne s'y entrainent plus, mais il y a une cellule qui vient là régulièrement. Ils ont recyclé les locaux et ils s'y retrouvent... Je ne sais pas très bien ce qu'ils y font...

Ulysse pensa à cet endroit d'où il s'était enfui, ce nid de siols où se réunissait la cellule de Vérité... Les instances dirigeantes qui relayaient les directives du Grand Terminal s'appuyaient sur les siols pour assurer la pérennité du Monde Parfait. Certains étaient siols parce qu'ils avaient un versant de siol. Ceux-là pouvaient passer beaucoup de temps au sein de leur cellule. Il s'agissait d'une élite. D'autres lignées passaient occasionnellement plusieurs jours, ou simplement une soirée au sein d'une cellule, avant de retourner à leur activité principale de lignée, celle déterminée par leur propre versant. Ceux-là étaient des sympathisants. Ils étaient affectés à une cellule comme réservistes.

Ulysse n'aurait pas su dire précisément comment les siols occupaient leurs journées... mais il savait comment ils avaient occupé les siennes pendant la quinzaine de jours où il avait été leur prisonnier...

C'est Solim qui aurait pu leur détailler ce que faisaient les siols quand ils se retrouvaient... Ils se regroupaient autour de leur chef de cellule, un fip sorti du lot qui avait suivi une formation de Kadjal et présentait des prédispositions de meneur : pugnacité, fiabilité, détermination... ainsi qu'un charisme suffisant pour devenir un chef respecté.

Ensemble ils raffermissaient leur pouvoir en planifiant de nouvelles missions occultes, en échangeant leurs informations, en rendant leur justice interne, en lançant des opérations punitives… et, occasionnellement, en torturant des prisonniers qu'ils avaient fait disparaitre et mis au secret…

En surface, le Monde Parfait ne faisait aucune vague… jamais… Tout était fait pour le bien- être des lignées dans un constant souci de stabilité et de sécurité. Les siols se chargeaient officiellement de l'ordre et plus discrètement, des besognes pas très nettes, des réajustements nécessaires. Les sessions de rééducation ou de reprogrammation personnelle qui permettaient de sortir du circuit les lignées inadaptées ou ouvertement contestataires n'étaient pas toujours suffisantes et il fallait bien faire appel, parfois, au savoir-faire des nettoyeurs de l'ombre.

En ce qui concernait les serviles ordinaires, les moyens de pression et de coercition étaient généralement suffisants pour les garder soumis aux exigences du Monde Parfait sans que les siols aient réellement à intervenir. Ils laissaient les violets gérer le quotidien et s'attelaient aux tâches plus intéressantes. Ils se targuaient d'exceller dans la chasse aux *clandestins*, ceux qui, lignée comme servile, tentaient, d'une manière ou d'une autre et quelle qu'en soit la raison, de déserter les circuits balisés par le réseau.

Les siols impressionnaient par leur efficacité, leur détermination, leur organisation… La légitimité de leur présence au sein de l'organisation sociale n'était pas mise en doute… Qu'il y ait les locaux de réunion d'une cellule de siols à l'endroit où se trouvait le resil de Nathol était une notable complication.

Ulysse se dit prêt à se rendre sur place pour évaluer par lui-même la difficulté à atteindre le point que Joka avait appelé

« *l'œil du resil* ». Mais Joka ne voyait pas la suite des évènements tout à fait de cette manière.

— Tu es précieux, Onil. Je ne vais pas risquer ta vie dans des manœuvres d'approche... D'autres vont s'en charger.

— Précieux ? Toi aussi ?! Vous vous êtes concertés, tous ?! Arrêtez de...

Il chercha ses mots et la colère monta vite. Il s'emporta :

— Cessez de me voir comme l'emballage fragile du précieux telib que vous convoitez... Je peux m'occuper de ce que j'ai à faire tout seul !

— Non. Inutile de prendre des risques... Tu vas rester là et...

Joka était demeuré très calme. Ulysse le coupa :

— Non. Je dois y aller ! On perd du temps !...

Joka soupira et dit d'une voix fatiguée :

— Pour pouvoir bénéficier des services de ce telib hors pair, il faut convaincre son emballage... J'aimerais que ce soit moins laborieux... et surtout moins long... C'est toi qui nous fais perdre du temps, AvanaëlAnaonil...

Il conclut en disant qu'Ulysse ignorait où se trouvait ce resil et qu'il ne le lui dirait pas... Pas avant d'avoir lui-même jugé que c'était le bon moment... Il était donc inutile de discuter...

Plus la peine d'argumenter, Ulysse ne convaincrait pas Joka. Il serra les poings en se mordant la lèvre. Il fallait qu'il abandonne ce sujet. Il leva les yeux au plafond un moment pour se calmer et respira profondément. Joka le regardait faire. Une mimique amusée éclaira son visage.

— Tu es impétueux, Onil... Plein de fougue... Tu aimerais que tout ce que tu entreprends ait toujours le même panache... Tu avances comme dans un simulateur... Dans la *vraie vie*, tu n'as *qu'une vie*, Onil... Se battre dans l'ombre nécessite de la discrétion et de la patience...

Qu'il était horripilant !… Comme Solim… Comme tous ces… vieux du Grand Conseil… Comme tous ces soit disant responsables qui tergiversaient sans cesse… Non !... il n'avait pas comme objectif le panache !… Non !... son principal souci n'était pas de vivre dans un tourbillon d'aventures !… Que savait Joka de ces moments terribles où il avait eu peur ? Peur pour lui… peur pour d'autres ? Que savait-il de ses angoisses... des souffrances qui l'avaient violemment extrait de son monde d'avant… qui l'avaient précipité loin, très loin de cette société bien lisse, bien léchée, qui faisait le quotidien de son enfance ?

Ulysse avait eu sa part d'heures sombres et difficiles… Et la suite lui en réservait probablement d'autres… Il avait été projeté dans un univers complexe et violent où de sinistres individus s'étaient chargés de lui apprendre le prix de la vie et de la liberté en scarifiant sa peau, en martelant son corps, en écorchant son âme… Il bouillait de crier à Joka qu'il n'était plus un adolescent irréfléchi et impulsif… mais il n'en fit rien et essaya de reprendre le contrôle de lui-même. Il attendit que le sermon cesse…

Le sermon cessa et Joka se leva.

— Je t'invite à DimJoania. L'innée y sera accueillie en amie. Pardonne d'avance la méfiance que tous ne manqueront pas de te témoigner. Tu vas être amené à découvrir… des secrets qui nous concernent. Je sais que tous les Avertis ne sont pas d'accord avec moi… Ils pensent que te laisser déambuler parmi nous est un risque stupide… Les exogènes de DimJoania sont fiers et… taciturnes. Bien moins souples et faciles à vivre que ceux de DimHénoé. Ne leur donne aucun motif de t'en vouloir… Ta situation pourrait devenir compliquée.

Ulysse voyait très bien de quelle manière sa situation pouvait se compliquer… Il ne souhaitait pas vivre à nouveau l'expérience d'être leur prisonnier. Mais que faire ? Suivre Joka était la seule alternative… Ulysse acquiesça et ils sortirent.

Auriane les entendit se diriger vers elle et se leva sans quitter des yeux le ciel immense dans lequel volaient maintenant des perroquets verts. Ils jaillissaient de la canopée en formant de grands cercles. Elle en avait vu deux passer près d'elle. On aurait dit de grosses perruches. Ils virevoltaient dans la lumière, toujours en couple, et donnaient au tableau une touche de gaité ludique.

— Regarde, Ulysse…

Le ton était admiratif… Ulysse regarda dans la même direction qu'Auriane… Les frondaisons des arbres s'étendaient à perte de vue dans un doux camaïeu de verts. Oui… C'était beau… Mais son esprit était plein de soucis d'un ordre bien différent et il se contenta d'émettre un grognement qui pouvait passer pour un assentiment.

Ils étaient redescendus sur le sol. La nacelle les avait ramenés au pied des arbres en douceur, sans qu'Ulysse ait réussi à en déterminer le mode de mise en route. Ils marchaient maintenant en suivant Joka. Auriane demanda à Ulysse ce que Joka et lui s'étaient dit, et quelles seraient les péripéties à venir… Ulysse réfléchissait et n'avait pas envie de parler. Il dit rapidement :

— On va à DimJoania… Je ne sais pas où c'est et je ne sais pas combien de temps on sera obligés de rester là-bas.

Auriane attendit la suite. Comme rien ne venait, elle réclama des précisions… Joka et lui n'avaient quand même pas parlé aussi longtemps pour n'échanger que ce vague renseignement !…

Ulysse aurait aimé ne parler du resil de son géniteur que plus tard… Il savait les espoirs qu'allaient faire naitre dans l'esprit d'Auriane le fait qu'il existe un resil pas loin et qu'Ulysse soit peut-être à même d'y entrer… C'était le « *peut-être* » qui posait problème… Il se doutait de l'impatience dans laquelle elle ne manquerait pas de vouloir l'impliquer… Il

devrait lui expliquer qu'encore une fois, il n'était sûr de rien…
et qu'encore une fois, il ne maitrisait pas grand-chose de ce qui
allait constituer leur sort… Elle se mettrait en colère et… tout
cela était… pénible !…

— On va commencer par dormir… Dès qu'on pourra…
Tu n'es pas fatiguée ?

— Ulysse !... C'est toi qui me fatigue ! Explique-moi
ce que veut Joka. Pourquoi il t'a fait venir jusque-là ?… Que
veut-il en échange de Solim ?

Elle ne le lâcherait pas avant qu'il lui ait dit ce qu'il
savait. Alors il lui expliqua. Tout en marchant, il lui raconta ce
qu'il avait appris sur son géniteur et les questions que cela
suscitait en lui. Il insista sur le fait que c'était Joka qui
déciderait du moment où Auriane et lui repartiraient et qu'il
était inutile de s'emballer…

Il émit tout de suite des réserves claires quant aux
pouvoirs que lui prêtait Joka. Il essaya de ne pas lui laisser
croire que ce serait facile… ni même qu'il allait forcément
l'emmener avec lui avant d'avoir expérimenté lui-même de
quoi il était capable… Il essaya, mais elle ne voulut pas
l'entendre…

Joka finit par s'arrêter et leur demander de ne pas faire
autant de bruit…

— C'est encore loin ?

— Oui. Et tapez vos pieds en marchant.

— Pourquoi ?

— Les serpents sont sourds, mais ils sentent les
vibrations transmises dans le sol…

Auriane frissonna. Elle aimait bien les serpents… de
loin…

Ils marchèrent encore longtemps. Alors que rien ne le
laissait prévoir, Joka s'approcha d'un énorme tronc et fit les
mêmes gestes qu'avait faits Lô la nuit précédente. Il dégagea
une corde des replis de l'écorce et fit apparaitre très haut au-

dessus de leur tête une grande nacelle en osier qui descendit lentement vers eux. Quand elle se posa enfin sur le sol, ils grimpèrent tous les trois à l'intérieur et commencèrent une lente ascension. Auriane demanda à Ulysse :

— Ce n'était pas DimJoania où on était, cette nuit ?

Joka comprit le sens de sa question et sourit.

— Non. C'était un poste avancé. Un poste de repos pour les patrouilleurs. DimJoania c'est… autre chose !

Ulysse traduisit et Auriane ne posa pas d'autres questions. Ulysse était tendu. Il n'aimait pas cette sensation d'être ainsi suspendu dans le vide sans rien maitriser… Cette ascension n'en finissait plus… Il tenta de tromper son inquiétude en questionnant Joka.

— Pourquoi est-ce si important pour toi de savoir ce qui est arrivé à Nathol ?

Joka tourna la tête et son regard se perdit au loin. Il ne répondit pas tout de suite… Comme s'il se recueillait.

— Nathol était… notre guide… C'était un chef. Un vrai… Aimé et respecté. Il a découvert l'existence des exogènes quand il était encore très jeune. Il devait avoir à peu près ton âge… Non… Un peu plus. À peine… Il n'était pas encore ton géniteur… Les dims n'était alors que des serviles fuyards qui tentaient de survivre en se cachant dans des coins sauvages de la planète. Il leur a apporté une aide précieuse et leur a permis de s'organiser et de protéger les sites qu'ils avaient choisis pour s'installer.

Ulysse se concentrait pour réunir chronologiquement tout ce qu'il avait appris sur son géniteur… et cette époque dont parlait Joka correspondait à celle pendant laquelle Nathol avait mis en place les prémices d'un mouvement contestataire qui deviendrait la Rébellion. Comment Nathol avait-il pu en parallèle s'occuper *aussi* des exogènes ?

— …mais il était une lignée… qui vivait parmi les lignées…

Joka le regarda et sourit.

— Oui… Il était… incroyable, tu sais… Il menait de front plusieurs combats. Il a tenu bon contre l'avis des rebelles et a continué d'apporter aux premières communautés dims une avancée technologique précieuse. Mais les tensions se faisaient de plus en plus fortes… Il a fini par disparaitre du monde des lignées. Il a rejoint les exogènes et a choisi de vivre parmi eux.

Il y avait une immense admiration dans le ton sur lequel Joka parlait de Nathol.

— On lui doit des avancées technologiques que le Monde Parfait nous envie… et qu'il convoite. Ça fait quelques temps maintenant que les lignées s'inquiètent des technologies que développent les dims. Mais la prise de conscience du réel danger que cette suprématie représente pour le Monde Parfait est encore assez récente…

Ulysse dit sur un ton désabusé :

— Quelle suprématie ? Aujourd'hui, vous vous contentez d'aller voler les lignées…

Joka fronça les sourcils. La réflexion que venait de faire Ulysse le contrariait profondément…

— On ne se contente pas de s'approprier ce que les lignées développent… dans certains domaines, nous sommes à la pointe. Nathol a créé une dynamique et a formé des chercheurs… Ces travaux, ces expériences qu'il effectuait sur les telibs, peut être que d'autres seraient à même de les poursuivre…

— Que vous a-t-il apporté de concret ?

— Il a su… nous rendre invisibles… Il a su contourner l'omniprésence du Grand Terminal en développant des moyens de protection extérieurs au réseau mais qui s'appuient sur lui en le piratant. Ce sont les jukams qui se déplacent. Les jukams sont les dépositaires de leur peau. Et c'est à Nathol qu'on doit cette formidable invention.

— Leur peau ?

— Leur deuxième peau… leur peau-furtive.

La nuit précédente, Ulysse avait pu voir pour la première fois ce qu'il avait cru longtemps être un mythe. Cette combinaison que portait Lô avait des pouvoirs extraordinaires. Il demanda à Joka comment il était possible que les lignées n'aient pas encore réussi à en percer le secret. La raison lui parut surprenante : ils n'avaient, parait-il, jamais réussi à l'étudier.

Ulysse pensait les lignées plus perspicaces… Certainement que des jukams étaient déjà tombés entre les mains des noirs… Des lignées avaient dû en récupérer, de ces combinaisons qui permettaient de passer à travers les murs… Quand les violets avaient pris Zéhéda par exemple, elle avait sa… *peau* sur elle… Ils l'avaient forcément déshabillée… Qu'en avaient-ils fait ?... Joka lui précisa alors qu'il y avait une manière précise d'ôter ces peaux. Une manière secrète… Si on se contentait d'ouvrir la combinaison sans précautions particulières, elle se détruisait…

Ulysse pinça les lèvres et haussa les sourcils… *Une manière secrète !...* depuis qu'il était passé entre les mains des siols, Ulysse savait qu'un secret, n'importe quel secret était difficile à taire longtemps face à la réelle détermination d'un tortionnaire et le travail invasif d'un Kadjal…

— Et jamais aucun jukam n'a trahi ce secret ? Un Kadjal n'a encore jamais été le lire en eux ?

— Pas encore… Mais tu as raison… ça viendra… Ce jour-là les lignées découvriront qu'il y a aussi une question de tracé d'itinéraire à l'intérieur même de la peau et qu'en plus, en dehors d'espaces géographiques prédéterminés, il faut forcément la présence d'un autre jukam pour déshabiller le premier.

Ulysse ne dit rien pendant un moment. Puis il sortit de ses réflexions en demandant :

— …avec ou sans Nathol, vous les avez, ces

combinaisons... Qu'est-ce que ça changerait que je te ramène les restes de mon géniteur ?

— Ses restes ?...

Joka avait dit ces derniers mots comme s'il était sur le point d'ajouter « *quels restes ?*»... comme s'il n'y croyait pas. Il regarda Ulysse, mais s'arrêta là. La nacelle arrivait à destination.

Le quai sur lequel ils débarquèrent était un large plancher. Comme au poste des patrouilleurs où Joka les avait rejoints avant le lever du jour, le sol formé par les planches continuait, encerclant les branches, tournant autour des troncs, formant l'immense niveau principal d'une véritable ville. On aurait dit le pont d'un gigantesque navire.

De ce niveau partaient des escaliers, des ponts-de-singe, des échelles, qui permettaient d'atteindre des espaces plus éloignés à des niveaux différents, au-dessus ou en dessous du plancher principal. Bâtis en rondins ou creusés dans les troncs, des maisons de bois de toutes tailles, de toutes formes, étaient posées sur les planchers, accrochées aux troncs, suspendues aux branches. Elles étaient toutes largement ouvertes sur l'extérieur et souvent reliées entre elles par des passages qui s'entrecroisaient dans les airs.

La végétation naturelle avait été travaillée au fil du temps par la main de l'homme. Des branches greffées les unes dans les autres dessinaient des barrières, des charpentes, des portiques, des piliers, des décorations, des sortes de tunnels... Certaines greffes paraissaient extrêmement anciennes... Tous ces espaces de vie étaient agréablement ombragés par la cime des grands arbres sur lesquels ils reposaient. Tout en haut, on devinait entre les branches l'accès à des plateformes qui devaient être des terrasses ensoleillées. La vue y était certainement grandiose...

Auriane et Ulysse étaient assis par terre, le dos appuyé

contre une barrière du quai d'arrivée. Les Avertis de DimJoania avaient été réunis en assemblée d'urgence pour discuter de leur sort. En attendant qu'ils reviennent, on leur avait sèchement intimé l'ordre d'attendre là. Ulysse avait sombré dans le sommeil, presque sans s'en apercevoir. Sa tête avait roulé sur l'épaule d'Auriane qui n'osait plus bouger.

C'est le gong qui le réveilla. Comme à DimHénoé, un grand plateau de métal concave était suspendu verticalement par des cordes passées au travers de trous percés sur la partie haute du disque. Ses vibrations profondes et graves servaient à convoquer les habitants aux rassemblements. Un moment avant, il avait semblé à Auriane que les espaces qu'elle apercevait étaient déserts. Maintenant, il arrivait du monde de partout.

Petit à petit, la foule grossissait et les avis, les controverses, les discussions, allaient bon train.

— On n'est pas à DimHénoé, ici. Moi, je refuse qu'on lui laisse la possibilité de disparaitre comme il a disparu là-bas.

Il était question d'Ulysse, évidemment, et Joka se demandait comment rassurer celui qui exprimait une méfiance que beaucoup partageaient.

— La situation n'est pas la même.

— Tu peux nous expliquer en quoi c'est différent ?

— Je...

Joka ne savait pas comment leur affirmer qu'il tenait Ulysse, sans leur expliquer tout ce qu'il ne leur avait pas dit jusque-là. Il aurait fallu leur parler des liens qui unissaient Ulysse à Solim. Il aurait fallu parler des comedox... Du resil de Nathol... De tout un tas de choses dont les Avertis n'avaient qu'une connaissance parcellaire et dont seul Joka détenait une vue d'ensemble...

— Je vous demande... de me faire confiance. Onil et l'innée ne passeront que peu de temps parmi nous.

— C'est exactement ce qu'a fait Isgayiel à DimHénoé... Il a sollicité la confiance de chacun... et la situation lui a complètement échappé ! Je demande à ce qu'au moins, on les assure nous-mêmes... et qu'ils n'aient pas la possibilité de se dégager.

Joka n'éleva aucune objection. Ulysse se demanda en quoi allait consister cette nouvelle contrainte... Une femme s'écria :

— Les assurer, c'est bien, mais... on les laisse ensemble ?

Un homme lança :

— Pourquoi ? Tu as peur de ne pas pouvoir en disposer individuellement ?

L'homme avait parlé sur le ton de la raillerie. La femme rit.

— Mais non ! Jamais avec des lignées. C'est un principe... Et... une innée... Je me méfie des situations bizarres !

Elle n'avait certainement jamais l'occasion d'approcher ni l'un, ni l'autre... C'était une simple boutade qui suscita autour d'elle des rires amusés... Ulysse se faisait l'impression d'être un servile-S sur le point d'être mis à la disposition d'une lignée et dont on aurait discuté les avantages et les inconvénients, tant physiques que psychologiques. La femme reprit :

— Non... Les séparer, c'est seulement pour éviter qu'ils complotent.

Les idées fusaient.

— Il faudrait leur délimiter des espaces différents. On peut, si on les assure...

— Tant qu'à les assurer, autant en faire des valoïdes...

— Juste pour le temps qu'ils passeront ici ?...

— Pour la lignée, oui. Mais l'innée ? Sur quel critère ?

Quelqu'un d'autre proposa les cages... en bas...

Ulysse se raidit. Les cages, ce n'était pas une bonne idée...
Peut-être la moins bonne de toutes celles proposées... Encore
que... il n'avait pas compris en quoi consistaient les autres
options... Mais les cages, non ! Se retrouver encore une fois
enfermé lui paraissait déjà insupportable. Il essaya de ne rien
laisser paraitre de son appréhension. Auriane avait du mal à
suivre et guettait ses réactions. Il ne voulait pas l'inquiéter.

Joka avait dit : « *je vous invite* »... Il semblait être le
seul à réellement les inviter... Ulysse continua d'espérer que
leur passage à DimJoania conserverait toute l'apparence d'une
invitation. Mais il y avait un moment déjà qu'il n'y croyait plus
vraiment...

Remerciements

- **à mes premiers lecteurs** *qui m'ont accompagnée, épaulée, aiguillonnée, jour après jour, chapitre après chapitre*
- **à ma famille, à mes amis, à mes collègues…** *à tous ceux qui ont su faire preuve d'indulgence pendant ces années où j'ai vécu à plein temps aux côtés d'Onil*
- **à mes très nombreux correcteurs** *qui ont fait et font encore sur ce texte un formidable travail de fourmi*
- **à mes conseillers techniques** *particulièrement performants tout au long de la rédaction de ce tome 3*
- **à Geoffrey,** *talentueux graphiste à qui je dois de superbes couvertures*
- **à vous tous, mes nouveaux lecteurs et précieux supporters** *qui dites haut et fort votre impatience à découvrir la suite…*
- **aux Éditions Sudarènes,** *aux libraires, aux bibliothécaires, aux professionnels du livres qui lisent, aiment et portent cette saga, aux bénévoles des salons, à tous ceux qui, par leurs compétences, leur soutien et leur confiance, permettent à cette aventure de se poursuivre…*

…MERCI !

Cécile

-Le monde d'Anaonil-

Lexique

(Livre III)

A

(l') Alliance	serment d'allégeance prononcé par un *rebelle* au cours de son *Oral d'Alliance*.
ammonite	Bâtiment d'habitation. Malix vit à *Serdhif* dans *l'ammonite du Grand Ouest*.
amplificateur	Appareil permettant d'amplifier les *rayons*.
apprenti	Deuxième grade dans *la chaine des rebelles*.
apprêter	Préparer de la nourriture. On place le bloc de *nutram* dans un *apprêteur* et on choisit la combinaison pour obtenir la texture, la forme, le goût, le volume de ce que l'on veut manger.
apprêteur	Appareil servant à *apprêter* le *nutram*.
asil	Refuge établi dans un espace virtuel. La personne investie du pouvoir de *créateur* sur un *asil* peut lui donner l'aspect qu'elle souhaite. Elle y trouve alors ce dont elle a besoin. Un même *asil* peut exister en plusieurs exemplaires simultanément et n'existe que pour ceux qui s'y trouvent. Pénétrer un *asil* nécessite une habilitation particulière.
assistant	Troisième grade au sein de *la chaine des rebelles*.
astel	Nom donné par son témoin au *rebelle* passant son *Oral d'Alliance*.
Averti	*Exogène* siégeant dans l'*Assemblée des Avertis* qui est la principale instance décisionnelle des communautés *exogènes*.

B	**bulle**	Dispositif contre le bruit. La *bulle* enferme les sons dans un espace défini.
C	**(la) Carapace**	Bâtiment où travaillent les *violets*. Prison de *Serdhif*.
	(le) Cerli	Grand canal entourant *Eghenne*.
	cercle de feu	Dispositif créé par *rayon* autour d'un prisonnier pour l'enfermer dans un espace déterminé.
	chaine	Permet de faire circuler l'information au sein des rebelles. Chaque *rebelle* ne connait que celui qui le suit ou le précède dans la chaine.
	commandeur	Grade au sein des instances dirigeantes du *Monde Parfait*.
	cabine	Dispositif dans lequel on entre pour se nettoyer. Sert aussi de toilettes.
	clandestin	*lignée* ou *servile* qui tente d'une manière ou d'une autre et quel qu'en soit la raison, de déserter les circuits balisés par le *réseau*.
	comedox	Code génétique permettant à la personne qui le porte l'accès à certains endroits.
	contrage	Rencontre de particules antagoniste émises par des personnes différentes sur un même lieu de matérialisation. Ce phénomène rend dangereux tout transfert en dehors des couloirs de téléportation.
	Conseil des Lucides	Assemblée de sages qui décident de l'avancée des *rebelles* dans la *chaine* et s'occupent de leur quotidien.

D	**créateur**	Personne ayant créé un *asil* ou un *resil*. Le *créateur* a sur ces lieux qu'il crée des pouvoirs particuliers
	Djal	Assemblée des *sahDjals*. Gouvernement central. Interface humain dans l'interprétation des directives édictées par *le Grand Terminal.*
	découvreur	Chez les *exogènes*, celui qui a fait un prisonnier et qui a le pouvoir de décider, dans une certaine mesure, du sort qui lui sera réservé.
	dim	Ou *ohendim. Exogène* en langue simihal.
	DimHénoé	Nom d'une communauté d'*exogènes*.
	DimJoania	Nom d'une communauté d'*exogènes*.
E	**écade**	Localisation géographique d'un point
	écran de confiance	Sorte de miroir qui permet de communiquer des séquences visuelles. On ne peut pas falsifier les images émises par un *écran de confiance.*
	Eghenne	Quartier de *Serdhif* dévolu aux *serviles.*
	Équilibre Équitable	Courant idéologique aspirant à donner aux *serviles* les mêmes droits qu'aux *lignées.*
	exogène	*Ohendim / Dim.* *Servile* ayant fui le *Monde Parfait* pour créer ou rejoindre des communautés *exogènes* secrètes.

F	
Faled	Grande métropole où se trouve *le Tyliom*.
fip	*Lignée* destinée à participer à la vie politique et administrative du *Monde Parfait*. Les fips sont élevés à part. Certains suivront une formation de *Kadjal*. Parmi ceux-là, un petit nombre accédera aux postes les plus élevés.
Fohem	(*Fohemasil*) *Asil* créé par les *rebelles* de *Serdhif* pour servir de refuge aux malades et à ceux qui en ont besoin.
G	
géniteur	Membre d'une lignée. Les gènes d'un *géniteur* sont associés à ceux d'un autre *individu,* prélevés au hasard dans la banque de gènes pour fabriquer sa *lignée,* c'est à dire son seul et unique descendant direct.
Grand Conseil	Plus haute instance décisionnelle de la *Rébellion*.
Grand-Échange	Sorte de grand marché de troc inter-communautés, qu'organisent les *exogènes*.
Grand Terminal	Entité centrale qui génère *le réseau* et s'appuie sur lui pour organiser et gérer le *Monde Parfait*.
H	
Huit (les)	Lors d'un *Oral d'Alliance*, deuxième jury qui fait le pendant au *Conseil des Lucides* pour prendre la décision d'accepter ou non un nouveau membre parmi les *rebelles*.

I	**individu**	Statut privilégié qui, au sein du *Monde Parfait*, n'est accordé qu'aux seules *lignées*. Un *individu* fait forcément partie d'une *lignée* et ses gènes sont répertoriés pour assurer sa descendance. Les *serviles* ne sont pas des *individus*.
	initialiser / désinitialiser	Action par laquelle on remet en service (ou hors service) un *telib* en activant (ou en supprimant) les trames codées qui permettent son fonctionnement. Le porteur d'un *telib* maitrise seul l'*activation* ou la *désactivation*. Par contre l'*initialisation* nécessite un appareil spécial.
	initialiseur	Appareil qui permet d'*initialiser* ou de *désinitialiser* un *telib*.
	inné	Personne à qui l'on n'a pas implanté de *telib*.
J	**jouer**	Terme qui concerne aussi les jeux sexuels.
	jukam	*Exogène* qui se consacre à la défense et à la sauvegarde de toutes les communautés *exogènes*. Le *jukam* est le dépositaire de sa *peau* une sorte de combinaison qui lui permet (entre autre) de passer à travers les obstacles.
K	**kadj**	Puissance de l'esprit.
	Kadjal	Personne qui maitrise le kadj. Le Kadjal maitrise aussi les *rayons de pouvoir* et apprend à lire dans les esprits.

L	**Lucide**	Sage rebelle. Les *Lucides* se réunissent en *Conseil des Lucides*. Cette instance consultative intervient dans ce qui concerne la vie des rebelles au sein de la Rébellion.
	lignée	Au sein du *Monde Parfait*, tout est fait pour les *lignées* qui sont les seules à bénéficier du statut d'*individu* et à profiter d'une organisation sociale exclusivement préoccupée de leur bien-être. Chaque *lignée* devient un jour *géniteur*. Son seul descendant direct s'appelle sa *lignée*.
M	**mohezal**	Élève d'un *tehezal*. Étudiant en formation.
	Monde Parfait	Organisation sociale et politique voulue par les *lignées* et visant leur bien-être dans un constant souci de confort, de santé et de sécurité.
N	**(les) noirs**	Autre terme pour désigner *les siols* (qui portent un thermato noir)
	novice	Tout premier grade dans une *chaine* rebelle.
	nutram	Bloc de petite taille contenant la moitié de l'apport nutritionnel quotidien nécessaire à l'organisme humain. Le nutram est de provenance végétale. Placé dans un *apprêteur*, on peut lui donner l'aspect, le goût, la texture et le volume que l'on veut.
O	**ohendim**	Ou *dim. Exogène* en langue simihale.
	œil du resil	Point géodésique où un *resil* se forme autour de son *créateur* dès lors qu'il y pose le pied.

Oral d'Alliance	Épreuve rebelle secrète à huis clos qui détermine l'acceptation ou le refus d'un nouveau membre. Le nouveau rebelle intronisé partage l'*Alliance,* serment d'allégeance.
Padohes	Lieu d'un massacre d'*exogènes* dans le passé.
peau (de jukam)	Le *jukam* est dépositaire de sa « *peau.* » C'est une combinaison qui recouvre son corps entier, y compris son visage. Elle permet au *jukam* qui la porte de se déplacer à travers les obstacles.
phyzol	Préparation dont le principe actif permet de résister aux dégâts neurologiques causés par les *rayons de pouvoir.*
planificateur	Organisateur au sein des instances dirigeantes du *Monde Parfait.*
plateforme	Espaces déterminés permettant le *transfert* simultané d'un grand nombre de personnes vers des *portes* ou vers d'autres *plateformes.*
points-iris	Monnaie d'échange que chaque *servile* amasse grâce à son travail et qui lui permet de subvenir à ses besoins. Les *points-iris* ont pour support virtuel l'iris de leurs yeux.
porte	Espace déterminé permettant le *transfert* d'une seule personne à la fois, et uniquement vers une autre *porte* ou vers une *plateforme* voisine.
programmeur	Organisateur au sein des instances dirigeantes du *Monde Parfait.*

R

rayon	Énergie corporelle concentrée en faisceau. Projeté par *telib* (ce qui nécessite d'avoir suivi un entrainement particulier) ou à l'aide d'un *amplificateur,* ce *rayon* peut occasionner des blessures plus ou moins graves. Il permet aussi d'émettre différents types d'écrans protecteurs.
rayon de pouvoir	Puissant faisceau d'énergie psychique. Dirigé contre l'esprit de la victime, il porte des atteintes sévères à son cerveau. Seuls les *Kadjals* savent produire ce type de *rayon.*
rebelle	*Lignée* ou *servile* ayant rallié la *Rébellion*
(la) Rébellion	Mouvement contestataire illégal qui lutte contre l'organisation du pouvoir en place dans le *Monde Parfait.*
refuge	Caches *rebelles* que les non-initiés croient uniques mais qui sont, en fait, très nombreuses
resil	Refuge personnel qui se matérialise autour de son *créateur* à chaque fois qu'il se place sur le point géodésique qui constitue *l'œil du resil.* Le *créateur* d'un resil peut donner pouvoir à d'autres personnes d'entrer dans son *resil*, mais il faut pour cela qu'il soit présent à l'intérieur. Le *resil* est un lieu hors du temps.
rétrolister	Revenir en arrière dans la mémoire d'un *initialiseur* pour voir quelles sont les personnes qui l'ont utilisé.
Rite d'Estime	Rituel de deuil. Hommage rendu aux morts.

S

S	Diminutif pour *Servile-S*. Voir *Servile*
sahDjal	Grand sage siégeant au *Djal*
Sarol	Lieu de l'attentat dans lequel est mort Baelis, *lignée* de Solim.
sayik	Sport de combat.
Serdhif	Ville d'où est originaire Onil.
servile	Catégorie de population qui doit travailler pour amasser les *points-iris* qui leur permettent de subvenir à leurs besoins. Ceux-là sont en fait les *serviles-1*. Il existe aussi les *serviles-S* qui sont des prisonniers, sans aucun libre arbitre.
siliane	Drogue *exogène*. S'administre par piqûre. Sous l'emprise du *siliane* on reste conscient mais paralysé et indifférent à ce qui se passe autour de soi.
siol	*Lignées* qui assurent le maintien de l'ordre au sein du *Monde Parfait*. On dit aussi *les noirs,* à cause de la couleur de leur thermato.
simihal	Une des langues parlées dans le monde d'Ulysse
slag	coquillage utilisé par les *exogènes* pour accélérer la régénération cellulaire permettant la réparation des lésions.
slane	Sorte de tripot que l'on trouve dans les quartiers *serviles*. On peut y assister à des combats de *sayik* qui sont l'occasion de faire des paris.

T

talem	Pigmentation de la peau génétiquement implantée qui dessine sur le dos d'une *lignée* l'emblème de sa *lignée*.
tehezal	Formateur auprès des jeunes *lignées*
telib	Bio-implant connecté au cerveau et parfaitement compatible génétiquement. Grandit avec son hôte. Permet d'utiliser pleinement toute la technologie du *Monde Parfait*. Contient un nombre faramineux de fonctions qui simplifient, allègent, protègent la vie de son porteur.
thermato	Vêtement qui s'adapte en tout point à celui qui le revêt. Régule la température, recycle l'eau du corps, garde la peau propre et saine... le *thermato* est doté de bien d'autres fonctions qu'il assure en complète autonomie, en se rechargeant lui-même sur l'énergie dégagée par le corps de la personne qui le porte.
(se) transférer	Se téléporter.
trad	Fonction intégrée au *telib* et qui permet, quand on l'active, de parler écrire et lire une langue étrangère presqu'instantanément.

V

versant	Prédestination sociale. Le *versant* est déterminé par l'étude du caryotype. Il définit la place de chaque humain au sein du *Monde Parfait*.
violet	*serviles* au service des *siols*. Ils assurent le maintien de l'ordre au sein du *Monde Parfait*. Ils portent un *thermato* violet, d'où leur nom.

Petit précis de langue simihale

datis	merci	
kéoya sol	bonne nuit	*Kéoya* : nuit / *sol* : bon
imio	moi	
im		terminaison pour « je »
jajda	manger	
ana naonil	qui avance devant	*naonil* : avancer / *ana* : devant
jukam	furtif	
ohendim	exogène	*dim* : à côté / *ohen* : pousser, croitre
Si niao ayali	viens ici tout de suite	*si* : ici / *niao* : immédiatement / *ayal* : venir / *i* : toi

Li niao. **Lalia i Nao.** **Net !**	pas maintenant calme toi, Nao. Arrête.	*li* : négation /*niao* : maintenant *lalia* : calmer tranquiliser / i : toi /*Net* : arrête stoppe
liê	non	
Mohezal :	élève	*hezal* : formation / *moa* : recevoir
tehezal :	formateur / précepteur	*Hezal* : formation / *tea* : donner
Net issiao !	arrête de bouger	*i* : toi / *siao* : bouger remuer
Cien selat ?!	Et quoi ?!	*cien* : et (et alors) *selat* : après
Di-pial	à très bientôt	
Oan laessol **tiel imeth**	l'inconnu qui appartient à deux mondes	*Oan* : inconnu / *laesol* : appartenir *tiel* : deux / *limeth* : mondes

Personnages
(Livre III)

A	**Alexandre**	Inné (Chapitre 0)	Grand-frère d'Auriane et Ambroise. Fils d'Alice et Charles. Programmeur.
	Alice	Innée (Chapitre 5)	Mère d'Auriane et Ambroise. Infirmière.
	Ambroise	Inné (Chapitre 0)	Ami de Sylvain. Frère d'Auriane et Alexandre. Fils d'Alice et Charles.
	Auriane	Innée (Chapitre 3)	Sœur d'Ambroise et Alexandre. Fille d'Alice et Charles.
	Azel	Rebelle (Chapitre 18)	Lignée. Amie de Nao, Ionae et Malix.
B	**Baelis**	Lignée (Chapitre -6)	Lignée de Solim morte jeune dans un attentat dont Nathol était l'instigateur. Autre élève de Solim et donc compagnon de formation d'Onil.
	Benji	Inné (Chapitre 0)	Copain d'Ambroise et Sylvain. Joueur d'airsoft
	Biwam	exogène (Chapitre 39)	Habitant de DimHénoé. Patrouilleur. Biwam a perdu des proches dans le massacre de Padohes. Il voue aux lignées une haine féroce.
C	**Charles**	Inné (Chapitre 5)	Père d'Auriane, Ambroise et Alexandre. Epoux d'Alice. Magistrat.
	Duize	Rebelle (Chapitre 24)	Lignée. S'occupe des problèmes concernant les arrestations de rebelles
	Endo	Rebelle (Chapitre 24)	Servile ou lignée rebelle
G	**Gaelim**	exogène (Chapitre 40)	Habitant de DimHénoé. Patrouilleur.

	Giomia	Lignée (Chapitre 23)	Lignée de Sienne. Fip. Travaille pour les instances gouvernementales.
	Ionae	Lignée rebelle (Chapitre 18)	MitciliVimionaecili. De la lignée Mitcili. Amie de Nao. Connait Ulysse.
	Isgayiel	exogène (Chapitre 45)	Habitant de DimHénoé. Le plus influent des Avertis de DimHénoé.
J	**Jéol**	exogène (Chapitre 54)	Habitante de DimHénoé. Patrouilleuse. A cassé la clavicule d'Ulysse. Fait une réaction au siliane.
	Jimaël	Servile (Chapitre 19-88)	Tenancier de slane. Espionne et monnaye ses informations.
	Joka (Justice)	exogène (Chapitre 22)	A travaillé avec Nathol sur les telibs. A connu Sienne et Onil. A été un rebelle. A disparu peu après Nathol. « Justice » est son nom de Kadjal.
K	**Khandji**	Rebelle (Chapitre 24)	Servile ou lignée rebelle
L	**Laraya**	exogène (Chapitre 44)	Habitante de DimHénoé. Averti. Semble être une Kadjal encore en formation.
	Lô	exogène (Chapitre 27)	Jukam basé à DimHénoé. Ami de Zéhéda.
M	**Malix**	Rebelle (Chapitre 16)	Lignée. Ami de Nao et d'Onil. Contact d'Onil dans la chaine rebelle à laquelle il appartient
	Malou	exogène (Chapitre 39)	Siz et Malou sont les deux victimes dont parle Biwam à propos du massacre de Padohes.
	Morgane	Innée	Meilleure amie d'Auriane.

MyDy	Lignée (Chapitre -4)	De la lignée My. Compagnon de formation d'Onil. A pour géniteur MyLy.	
MyLy	Lignée siol (Chapitre -1)	De la lignée My. Géniteur de Dy. Siol de réserve. Fait partie des instances dirigeantes du Monde Parfait.	
Namiel	exogène (Chapitre 34)	Habitante de DimHénoé. Guérisseuse.	
Nao	Rebelle (Chapitre 16)	SabethElanaolith. Lignée Sabeth. Rebelle. Amie de Ionae, Azel, Malix et Onil	
Nathol	Rebelle (Chapitre -6)	AvanaëlAslanatholias. De la lignée Avanaël. Géniteur d'Onil. Personnage emblématique aussi bien chez les rebelles que parmi les exogènes. Chercheur. Travaillait avec Joka. A rejoint la clandestinité. Partageait la vie de Sienne avant de disparaitre complètement. Personne ne sait ce qu'il est devenu.	
Nedial	Rebelle (Chapitre 24)	Servile ou lignée rebelle	
Nedji	exogène (Chapitre 29)	Habitante de DimHénoé. A pour mission de surveiller Auriane dans la journée à DimHénoé.	
Nolmi	Rebelle Chapitre 21	MitcilliAhinolminiasinian de la lignée Mitcili. Génitrice de Ionae.	
O	**Onil (Ulysse)**	Lignée rebelle (Chapitre -6)	AvanaëlAnaonil. De la lignée Avanaël. « Anaonil » signifie : « celui qui va devant ». Lignée de Nathol. Elève de Solim. Porte aussi le nom d' « Ulysse »
R	**Rachèle**	Innée	amie d'Auriane
	Romain	Inné	Copain d'Ambroise. Joueur d'airsoft.
S	**Sienne**	Lignée rebelle (Chapitre -6)	Membre du Grand Conseil des rebelles de Serdhif. Vit dans la clandestinité.

			Très proche de Nathol avant sa disparition. Très attachée à Onil.
	Siz	exogène (Chapitre 39)	Siz et Malou sont les deux victimes dont parle Biwam à propos du massacre de Padohes.
	Sodal	Servile (Chapitre 33)	Un des serviles que rencontre Ulysse dans Eghenne pendant les troubles.
	Solim	Lignée rebelle (Chapitre -6)	LiavaolSomalsolimeth. De la lignée Liavaol. Formateur d'Onil. Espion rebelle et siol de réserve au sein de la cellule de Serdhif. Il voue à Nathol une haine farouche qu'il reporte sur Onil.
	Soya	exogène (Chapitre 38)	Habitant de DimHénoé. Patrouilleur (et coiffeur). Onil lui amoche le visage quand il est fait prisonnier dans la forêt.
	Sylvain	Inné (Chapitre 0)	Meilleur ami d'Ambroise. Vit et travaille avec ses parents à proximité du tunnel.
T	**Talens**	Servile (Chapitre -4)	Servile violet. Agent des basses œuvres au service des siols
	Taomi	exogène (Chapitre 42)	Habitante de DimHénoé. Passe de long moment auprès d'Ulysse quand il est prisonnier.
	Tjizal	exogène (Chapitre 40)	Jukam qui rapporte à DimHénoé l'information selon laquelle Ulysse est recherché par les siols.
U	**Ujua**	Lignée (Chapitre 50)	Lignée assassinée par des exogènes avec sa jeune lignée et son servile privé. (Evènement simplement cité)
V	**Vadehin**	Rebelle	Servile ou lignée rebelle

	(Chapitre 24)	
Vemo	exogène (Chapitre 41)	Habitant de DimHénoé. Patrouilleur. Cité comme gardien de l'initialiseur.
Vérité	Lignée siol (Chapitre -6)	Chef Siol. Maitre d'une cellule de siols basée près de Serdhif. Vérité est son nom de Kadjal.
Vilades	exogène (Chapitre 45)	Averti de DimHénoé particulièrement mal disposé à l'égard d'Ulysse.
Vistan	Siol (Chapitre 100)	Lignée appartenant à la cellule dirigée par Vérité.
Y **Yasdil**	exogène (Chapitre 42)	Habitant de DimHénoé. Joue avec Zéhéda une partie de « bâtons/cailloux »
Yomal	Rebelle (Chapitre 24)	Lignée. S'occupe à Serdhif des problèmes concernant les arrestations de rebelles.
Z **Zéhéda**	exogène (Chapitre 25)	Jukam prisonnière dans la prison de « S » dont elle s'évade avec Auriane. Amie de Lô..

Table des matières

Le monde d'Anaonil (Livre II)
Serdhif

Le monde d'Anaonil (Livre III)
DimHénoé

Le monde d'Anaonil (Livre IV)

L'Invictus

Le monde d'Anaonil (Livre V)
Le Tyliom

© Sudarènes éditions
ISBN : 9782374640594
Dépôt légal : Premier semestre 2017
www.sudarenes.com